書下ろし

開署準備室

巡査長・野路明良（のじあきら）

松嶋智左

祥伝社文庫

目次

開署準備室　巡査長・野路明良(のじあきら)……5
解説　宇田川拓也(うだがわたくや)……336

【主な登場人物】

姫野署開署準備室メンバー

野路明良（のじあきら）　総務課　巡査長
山部礼美（やまべれみ）　神谷署総務課　巡査
飯尾憲吾（いいおけんご）　同刑事課盗犯係主任　巡査部長
甲本瑛一郎（こうもとえいいちろう）　同警備課　巡査
王寺遥香（おうじはるか）　同交通課交通指導係主任　巡査部長
宇藤恒美（うとうつねみ）　同生活安全課防犯相談係長　警部補
三好温子（みよしあつこ）　同生活安全課少年係　巡査

宇都宮早織（うつのみやさおり）　県警本部警務部　姫野署開署準備室室長　警視
佐藤 諄一（さとうじゅんいち）　同室長付　警部補
赤木公平（あかぎこうへい）　神谷署総務課課長　警部
山部 佑（やまべたすく）　警察学校教官　警部補
紺野繁臣（こんのしげおみ）　三戸部署刑事課強行犯係係長　警部補
落合 庄司（おちあいしょうじ）　同主任　巡査部長
木祖川 守（きそがわまもる）　県警本部交通機動隊白バイ隊員　巡査長
松村 順紀（まつむらじゅんき）　同白バイ隊員　巡査

プロローグ

「うわっ、うわっ、うわぁー」

　五月二日、晴天。その日の午後、信大山の斜面を一人の中年男が、大声を上げながら駆け登ってきた。

　信大山は、北関東のＹ県北部に位置する標高五〇〇メートル余の山で、この時期、多くの登山客で賑わう。冬も雪のない地域なので一年中楽しめるのだが、やはり四月からがオンシーズンで、ゴールデンウイーク期間ともなれば山登りやキャンプを楽しむ人でごった返す。

　家族と共にハイキングにきていた男性が、キャンプ場にあるトイレまで持ちそうにないといって、妻に叱られながらもルートを外れた。

　血相を変えた夫の顔を見て驚いた妻が、「どうしたのよ」と訊く。男は両手に土をつけたまま、森のなかを指差した。

「ほ、骨っ。人間の骨が」

「えっ」

通りかかった登山客らも、ぎょっと足を止める。そして、道の端から暗い斜面の下を覗(のぞ)き込んだのだ。

通報を受け、すぐに所轄、県警捜査課、本部鑑識、機動隊が出動した。

男性の骨で死亡後、十年前後は経過していることが判明し、更に頭蓋骨に殴打されたような痕(あと)があったこと、土中に埋められていたことなどから、殺人と断定された。

信大山を管轄するのは三戸(みと)部署で、そこに捜査本部が設置され、県警本部の捜査一課が出張ってきた。三戸部署の刑事課員も招集される。捜査一課と所轄の刑事が組んで、付近一帯の聞き込み、行方不明者のデータ精査など、あらゆる面から身元の特定が急がれた。

ただ、大事な手がかりとなるはずの遺留品が少なかった。どれほど時間が経っても多少は残っている衣服片がまったく発見されなかったことから、遺体は全裸で埋められたものと推測された。目ぼしいものは、土のなかから出てきた軍手の糸らしい繊維と手帳に挟(はさ)むような短い黒のボールペン。あと、県内及び近隣県にある歯科医へ歯型や治療痕の問い合わせをしているが、これと思われるような人物はいっこうに挙がらなかった。

身元が判明しないまま、捜査本部は膠着(こうちゃく)状態に陥った。

1

人口の減少や不況による税の減収など、その市だけで維持してゆくのが難しくなると、近隣の市と併合し、大きくなることで活性化しようとする。

その一方で、土地開発にインフラ整備が進み、産業の発展に伴い人口も増加、田舎だった地域が分割され、新しい市や区として生まれ変わることもある。

東京都からそれほど遠くないY県の、南側の県境にある神谷市でも、そんな変革の風の吹くときがやってきた。神谷市はY県のなかで最大の面積を占める市で、その北辺に位置する大友井、加野、新条の三地域をひとつに合併して市に格上げすることが決まった。

そして遠い昔にこの地域を呼び習わしていた姫野という名称を取って、姫野市という新しい市政が敷かれることとなった。やがて役所、消防、警察など市の顔となる新庁舎が続々と並んだ。

駅から延びる道路沿いに市役所ができ、その隣に地上五階建ての新しい警察署ができた。これまでは神谷警察署の管轄だったが、これからは姫野警察署となって新たに人員も配置される。新しい警察署の開署日は、六月一日と決まった。

開署まであと四日と迫った五月二十八日、姫野署の刑事課の部屋では朝から倦んだ空気が滞留していた。

「おい、野路よ。なんかないのか」

飯尾憲吾巡査部長が小指で耳をほじりながらいう。神谷警察署刑事課盗犯係の主任で、今は新しくできた姫野署開署準備室のメンバーの一人だ。その姫野署に朝出勤するなり背広もシャツも脱ぎ捨て、上下ジャージ姿となっている。

呼ばれて野路明良は、両手に抱えていた段ボール箱を持ったまま、一旦、通り過ぎた廊下を戻り、刑事課の部屋を覗き込んだ。神谷署の刑事課では最年長の主任で、五十八歳になる飯尾は床に寝袋を広げ、体半分を入れたままで寛いでいた。

「新聞も読んじまったから、他にすることもないんだ。なんか面白いことないか」

「飯尾さん、いつそんなもの持ち込んだんですか」と寝袋を見て、野路は文句をいった。いいながらも笑みを浮かべ、そのまま部屋に入る。

「いいじゃねえか、新しい署が稼働するまでのただの留守番なんだからよ。好きにさせてもらうさ」

「しようがないなぁ」

　三十になったばかりの巡査長の野路にとって、飯尾は階級もひとつ上で大先輩でもあるが、その屈託のない性格と砕けた物言いのお蔭で、気安く口を利かせてもらっている。それは他の署員も同じらしく、二階にある刑事課にはいつも人が集まっていて賑やかだ。

「今日こそは働いてもらいますよ」と野路は、箱を床に置いてそのまま直に座り込む。

　新庁舎は内装などが終わって、あと残すは内部の設えだけとなった。さすがに警察署のなかのことなので、なにもかも外部業者に任せるというわけにもいかない。業者が運ぶ家具や備品類、機器、什器などを受け取り、配置などの作業は本官がすることになる。そのため、開署準備室メンバーとして神谷署の本官らが配属されてきていた。

　五階建ての姫野新庁舎は四月末に竣工となり、それに合わせて開署準備室という一時的な部署が県警本部内に作られた。臨時にできた部署の長として、キャリア警視である宇都宮早織三十九歳が、県警本部警務部姫野署開署準備室室長の任に就いた。室長はあくまで本部から監督指示を飛ばすだけで、現場はこうやって配された本官が動くことになる。

　開署日を迎えるまでは通常の警察業務は行なわない。玄関ガラス扉も裏の駐車場出入り口も閉鎖されている。

「それ、なんだい」

飯尾が野路の運んできた荷物を見ていう。箱を叩きながら、「トイレットペーパーですよ」と応えると、なーんだとあからさまにがっかりした表情を浮かべる。その場にいた刑事課の係長や甲本が笑う。

甲本瑛一郎は警備課の巡査で二十八歳。こちらもワイシャツを脱ぎ、自前のポロシャツを着ている。警備課は四階で、直轄警察隊の部屋もあるが準備室メンバーとして配置されている者はいなかった。他は当直室や予備室、倉庫のみで、最上階の五階も講堂や柔剣道場、シャワールーム、女性更衣室、倉庫だから人気がない。一人でいるのが寂しいのか、いつも着替えると二階の刑事課にきてずっと居座っている。二階には刑事課の他に交通指導係の部屋、あと会議室と留置場などがあった。

「まあ、でも気楽だよな」と飯尾がしみじみいうのに、「内勤も内勤、仕事は雑用だけですもんね」と甲本が相手をする。

「おい、暇だ暇だなんて外ではいわんでくれよ」

飯尾の直属の上司である盗犯係の係長が、新聞を床に広げて胡坐をかいた格好で苦笑いする。飯尾と甲本は肩をちょっとすくめて、「いいませんよ」と揃って応えた。

「野路、今日は家具の搬入だったよな」係長も暇になったのか時計を見上げながら訊く。野路は胡坐から正座に変えて、姿勢を正す。「ええ、そうなんですが。あいにく、ちょっと遅れるようです」

「なんだ、業者が道でも間違えたのか」と飯尾。

「いいえ、自動車道で大きな事故があったようで、それで遅れるとさきほど連絡がありました。各課には山部から電話で一報を入れることにしてます」

揃って、なーんだという声が上がる。

パタパタパタと廊下に足音がした。みなが顔を向けると、開け放ったままのドアからひょいと顔が覗く。同じフロアにある交通指導係の王寺遥香巡査部長だ。

「さっき自動車道で大きな事故があったみたいで、荷物の搬入がだいぶ遅れるみ、た、あら」と王寺は野路を見つけて目を開く。

「なんだ、野路さんいたの。じゃあ、みんな知ってるのね」

全員が頷く。遥香はそのまま部屋に入ってきた。交通課を主にもう拝命二十年目を迎えるベテラン女性主任は、パーマをかけたショートヘアに薄い化粧をして、上下臙脂色のジャージを着ている。それが警察学校時代に使っていたものとわかって、甲本などはオバサン度マックスだなぁなどと思ってしまう。

「事故の詳細は入ってんの?」と飯尾が訊くのに、首を振る遥香に代わって野路が応える。

「昼までには着くと思いますけどね」

「適当なやつだなぁ。お前、それでも総務担当か?」

飯尾にいわれて苦笑する。ここ姫野にきて、初めて総務担当となった。開署までの準備に勤しめといわれて、まだ二週間ちょっとしか経っていない。ようやく他のメンバーにも慣れ、それなりに会話を楽しめるようになったところだ。

遥香がどっこいしょと、床に敷いたピクニックシートの上に腰を下ろす。そして甲本に、「いる?」と片手を差し出した。遥香の手にはスポーツドリンクがあった。どうやら、五階の更衣室から指導係の部屋に行く途中で、地域課に寄ってきたらしい。

三階は地域課の他に生活安全課、会議室、小倉庫、当直室などがある。甲本も途中覗いてみたが、なにもない部屋の真ん中で、係長らが床に車座になって座り、地図のようなものを広げていた。ブルーグレーの床には電気コードやパソコン用のハブが蜘蛛の巣状に散らばって、固定電話がそのライン上にところどころ小島のように置かれていた。部屋の隅には誰かが家から持ってきたらしいクーラーボックスがあって、なかにはドリンク類が入っている。気のいい地域二係の係長が、立ち上がりながらスポーツドリンクいらないかというのを笑いながら断ったのだった。それを今、遥香がちゃっかり手にしている。

「要りません」というのに、今度は朝ご飯食べたのかと訊く。細身の甲本のことが、遥香には心もとなく見えるらしい。

「コンビニでお握り買って食べました」

「お握りだけ？　そんなんじゃ大きくなれないわよ」

どうっと笑いが弾ける。甲本がうざったそうな顔をしたのを見て、遥香は野路へと目を向けた。

「野路さんは、独り者だっけ？」

野路は苦笑いしながら、そろそろ退散しようかと片膝を立てる。準備室のメンバーはほとんど神谷署からきている人間で、それぞれが顔見知りだ。野路だけが、余所から合流している。

「もう体の方はいいんでしょう」と遥香。野路が九か月余りの療養を終え、復帰という形で赴任したことはみなが知っている。

「とても怪我をして長く入院していたとは思えない」と今にも手を伸ばして体を撫でさすりそうな素振りをみせる。見ると、飯尾や係長らが喉の奥で含み笑いをしていた。あれこれ人のことを詮索するのが好きらしいということはすぐわかったから、野路もなるべく顔を合わせないようにしていた。ただ、そんな面倒臭いところはあるものの、子ども三人と夫の五人家族で、家事も子どもの送り迎えも早朝取締りも当直もこなし、夫の愚痴はいっても疲れたとか仕事の不平はこぼさない遥香は、上下の関係なく親しまれている。

「それじゃ、俺は仕事があるので」と急いで立ち上がった。

「あら」と遥香がむくれる。

「バタバタするこたぁないさ。遅れてんならしようがない。わしらのせいじゃないし」と飯尾がまた新聞を手に取る。これであとビールでもあれば天国だよなぁと呟けば、遥香も、「ご褒美ですよ、飯尾主任。永く働いた者への、ちょっとしたプレゼント」とにんまり笑った。

「そうか。ならここであとしばらく楽をさせてもらおうか。いっそこのまま定年まで突っ走るか」

「それは駄目。もうひと働きはしてもらわないと。姫野の治安は飯尾主任次第ですよ」と遥香が飯尾の背をどんと叩く。飯尾は大仰に咳き込みながら、勘弁してくれ、そろそろ交通課に入れてくれという。また笑いが起き、盗犯の係長までが茶化したことをいってまた笑う。

そこにノックの音が甲高く響いた。笑い声がぴたりと止まり、全員が戸口へとさっと目を向ける。開いたままの出入り口に、制服をきっちり身につけた山部礼美が、ノックした手を挙げたままの格好でこちらを見ていた。

遥香が、にこっと笑って、「お早う、山部」と挨拶する。甲本は、その場ですぐに立ち上がって、こちらも満面の笑みで挨拶する。野路は段ボール箱を持ったまま、しまったという表情を浮かべた。

「お早うございます。皆さんお揃いですね」

礼美が一歩部屋のなかに入って、床に座る全員を見回した。そして、荷物を持ったまま立っている野路をちらりと見やる。まだこんなところでうろうろしているのか、という顔だった。野路は、喉の奥で咳をする。

山部礼美、二十五歳、巡査。学校を出てまだ三年ほどだが、神谷署が最初の赴任署で、地域課に二年ほどいて今は総務課だ。そして、開署準備室ができるとそのまま横滑りのように、総務担当としてここにやってきた。

すらりとした細身で、前髪ごとかき上げ、後ろでひとつにまとめている。切れ長の一重で、色白の面長、日本人形のような整った顔をしている。可愛いというタイプではないが、人によっては美人というだろう。独身の甲本がそんな礼美を憎からず思っているらしいのは、赴任二週間の野路にもすぐ知れた。

礼美は寝袋のなかで寛いでいる飯尾に近づく。切れ長の目をいっそう細めるのを飯尾が見上げてにんまりした。

「や、礼美ちゃん。今日も可愛いね」

どん、と慌てて甲本が飯尾を小突く。「主任、セクハラになりますよ」

遥香も隣で睨(にら)んでいる。

「え。そうか？　なにせ、うちの娘と同い年だから、ついね。うちの娘ときたら、ちっとも口を利いてくれないし、ここだとこんな若い子でも声かけたらちゃんと返事してくれるじゃないか。主任になって良かったなぁって思った唯一のことだよ」

笑いがさざ波のように広がるなか、「飯尾主任」と礼美が鋭い声で遮(さえぎ)った。「署内では山部と呼んでいただけますか。それと出勤簿に押印お願いします」

「あれ、してなかったっけ。悪い悪い」

礼美が手にある黒いバインダーを差し出すと、飯尾はポケットから印鑑を取り出した。

「なんせ、こういうアナログの出勤簿は久し振りだからさ。普段はパソコンから入力するだろ。こういう出勤簿はわしがまだ刑事の強行犯係にいたころまでだったかな。毎日、わざわざ一階の総務の前まで行って」

「パソコン類は明日には入る予定ですが、出退勤管理ソフトの利用はもう少し先になります。ご足労ですが、一階の総務まで毎日、お願いします」

几帳面に室内の敬礼をしてくるりと背を向け、部屋を出る手前で野路を振り返った。

「野路さん、それまだかかりますか」

「あ、いや、もう終わるところだ」箱を抱えたまま、弁解する。

「そうですか。あとで駐車場の仕切りで見ていただきたいのがありますので、終わり次第お願いします」

「ああ、わかった。すぐ戻る」

出て行く礼美をみなが見送る。甲本が名残惜しそうに口を半開きにしているのを見て、座っていた遥香がズボンの裾を引っ張った。

「なんですか」

「甲本くん、いっとくけど彼女は駄目よ」

「はぁ？　なにいってんですか、僕は別に」といいかけ、周囲にいる人間がみなニヤニヤと笑っているのに気づいて、顔が赤くなる前に憤然と床に座った。そして、自分の掌を撫でさすり、ちょっと肩をほぐすような振りをして、小さく遥香に訊く。「どうして駄目なんですか」

スポーツドリンクを飲み干した遥香がにっと笑い、「結婚してるのよ」という。

「えっ、そうなんですか」

唖然とした顔で飯尾らを見回し、野路に視線を止めるから、仕方なく頷いた。甲本が知らなかったことに逆に驚くが、みながわざと教えなかったのだろう。

ショックを隠せない顔でいい募る。「そうなんだ。へえ、でもまだ、二十五くらいでしたよね。今どきにしては早い方ですね。そうか結婚しているのか」

「ついでにいうと、彼女の夫、あなたも知っている人よ」

「え？　そうなんですか？　誰ですか」

それまでニヤニヤしていた飯尾が、「お前、山部っていう名字でピンとこないのか？」と、呆れた顔になって尋ねる。わしなんかすぐにわかったとうそぶく。

「え。山部？　警察官なんですよね、えっと」

「お前、何年拝命だっけ？　いつ学校卒業した？」

「学校？　なんでがっ、あっ」

余程、驚いた顔だったのだろう。部屋いっぱいに、どっと笑いが弾けた。

「まさか、まさか、あの山部教官？　えっ、嘘。なんで、だって」

「だって、なによ」遥香が横から睨んでくる。

「え。いや」

「確か、四十半ばくらいじゃなかったか」飯尾がしれっというのに、甲本は勢い良く何度も頷いてみせる。

「歳なんか関係ないですよ、飯尾主任」

　遥香がいうと誰も否定できないが、それでもいいたい。

「確かに山部教官は奥さんと死別されてお独りでしたけど、でも、曲がりなりにも学校ですよ。そんな、学生に」と甲本がいえば、「そうだ、そうだ」と飯尾も尻馬に乗る。

「教師が生徒に手を出していいのかって話だ」

　まるで自分の娘の不品行を嘆くようないいようだ。遥香がムキになって山部礼美を擁護する。

「なにも学校でどうこうしたわけでもないでしょ。結婚は去年のことで、卒業して三年近く経っているんだから」

「いやあ、学校でなんかあったんだよ。教官という立場なら、いくらでもお近づきになれるだろう。そうでなきゃ、四十も超したオッサンがあんな若い美人を嫁にできるか」

　飯尾も礼美を美人と認めるのだから、好みのタイプなのだ。主任という立場を笠（かさ）にきて若くて綺麗（きれい）な女性警官と親密になろうとする、これは立派なセクハラじゃないか、と野路はまた苦笑する。まあ、相手が礼美ならその心配はないだろうが。

「嫌だわ、これだからオッサンは。卒業してからだそうよ、お付き合いを始めたのは」と遥香が頬をふくらませ、怒った顔を見せる。

「え。なんでそんなことまで知っているんですか、王寺主任」

「そりゃ、本人に訊いたもの」

ぷぷっと、周囲で笑いが起きる。遥香はなぜか、フンと鼻息を勢い良く吐いた。

山部佑。

今もその名を聞くたび、野路の口のなかには苦いものが広がる。

甲本が学校にいたころなら四十近かっただろう。野路が教わったのはもう八年前になる。中肉中背で、柔道三段、剣道二段、担当教科は刑法と刑事訴訟法。今はもう主任教官になっているはずだ。特別優しいわけではなかったが、教練や術科の教官ほど厳しい人でもなかった。そんな山部は、大失敗を犯し、警官として進退窮まった野路を間近で見ていた人間でもあった。

遥香がニヤリと口角を曲げ、甲本を見やる。

「彼女の方から攻めたらしいわよ」

甲本はそのまま床に仰向けで転がった。野路は箱を抱えたまま、そんな甲本にお気の毒さまと頭を下げ、刑事課の部屋をあとにした。

野路が出て行ったのを見て、飯尾が呟いた。

「あれもよくやってるよな」

遥香も頷きながら、「事故の後遺症もあるようですよ」という。

「そうなのか。現場には戻れないってことか」

「たぶん」

新聞を閉じた係長が、仕方あるまいという。

「事故は去年の夏でしたよね」と甲本。

「ああ。当時、車を運転していた後輩が、ハンドル操作を誤ったせいで事故を起こした。本人は意識不明のまま三か月後に逝き、助手席にいた野路は助かったが長く入院した。回復したが、事故の責任を感じて警察を辞めようとしたらしい」

「そうでしたか。じゃあ、誰かが引き止めて？」

「だろうな。曲がりなりにも県警の英雄だった男だから、そのまま辞めさせるには忍びなかったんだろう」

飯尾が、ふんと鼻で息を吐く。「英雄とはふざけた呼びようだな。それが今は、できたばかりの署で雑用兼留守番担当。トイレットペーパーを抱えて部屋を回る仕事だ。持ち上げるだけ持ち上げて、使い物にならなくなったら窓際仕事へポイか。組織にとってわしらはただの手駒さ、なんとも思っちゃいない。気にするのは体面だけ」

「飯尾主任」と係長がやんわり咎める。飯尾は寝袋に頭まで潜り込むと、そのまま床に転がった。

遥香や甲本はそれを見て、同じように口を引き結んだ。

2

「野路さん、今度はどこへ？」

野路明良は声をかけられた弾みで、テーブルの足にスリッパを引っかけ、たたらを踏んだ。振り返ると、長テーブルの真ん中でパイプ椅子に座った山部礼美が、ノートパソコン越しにこちらを見ていた。

「いや、ちょっと庁内の見回りにでも行ってこようかと。まだ家具もきそうにないし」

そういいながらテーブルの下にある革靴を引き出し、履き替える。礼美はまたパソコンの画面に目を落とし、「もうすぐ室長がこられるの、ご存知ですよね」という。野路は、ああそうだったという風に口を開けて小さく頷いた。

「お迎えするのに総務の人間がいないと困ります」

「ああ、うん、俺らの上司であるキャリア警視だろ？　ただ、まあ、お宅がいればいいんじゃないかな。こういう人数体制なんだし」

「でしたら、野路さんこそお迎えするべきじゃないですか。わたしより五期も先輩なんですし、巡査長ですから」

野路は遠慮せず大きなため息をひとつ吐いた。このごろようやく礼美が、自分が嫌味をいっているのに気づいていないことに思い至るようになった。

巡査長など階級ではない。巡査部長の試験に通らないまま、ある一定の年数を勤めれば誰でもなれる。若輩者と区別するための名称だろうと野路は思っている。その若輩である礼美は平気でそれを盾に取る。

だいたい総務担当といっても、ただの雑用に過ぎない。経験のない自分がここにきたのは、単に厄介払いされただけなのだ。なにせ――。

野路は右手の指へと視線を落とす。中指と薬指。この二本に痺れが残って、満足に動かすことができない。苛立つ気持ちが湧くと、無意識に役立たずの指に目がゆく。それがもう癖になっていることに自身で気づいていながら、治そうというだけの執着もない。警察官としてまともに働けそうにないから、ここへ押しやられた。そんな考えが子どもじみているとわかっていても、体のどこかで生焼けのようにくすぶり続けている。

「痛むんですか？」

礼美は容赦なく口にする。気づいたからいっただけという顔つきだから、聞き流せばいいと頭でわかっていても、気持ちは抑えられない。どちらかといえば短気な性格で、強気がモットーのようなところのある野路は、感情を御する機能が人より緩めにできている。野路は険しくなりかけた目をさっと逸らし、いやとだけ応えた。痛みなどない。体のどこにもない。ただ、芯にあるものがよじれているだけなのだ。

今年の春になってようやくリハビリを終えた。仕事に復帰できる身となって、本部人事部が決めたのが、この姫野署開署準備室総務課だ。

よもやそういう仕事に就くことになるとは思っていなかった。去年の夏に起こした事故のせいで、長く入院することにはなったが、元々頑丈な人間だ。筋肉は多少落ちたが、まだまだ内勤の人間よりは動けるし、ちょっと運動すれば以前に近い体力まで取り戻せる自信もあった。てっきり地域課か機動隊だろうと予想していたが、蓋を開ければ開署準備室、しかも総務課だ。組織としては配慮したつもりなのだろう。二本の指に後遺症が残った以上、組織の判断は明確だ。利き手の指が動かせないということは、拳銃が握れないということ。そうなると拳銃を必要としない部署になる。人事部からも、いいところに行けて良かったなといわれれば、憮然と従うしかなかった。

黙り込んだ野路に礼美がまた訊いてきた。気を遣ったつもりなのか、席を外されると困るから引き止めるためなのか無理に会話を続ける。

「その程度の後遺症でも、白バイには乗れないものなんですか」

余りにも簡単に踏み込んでくる態度に、却ってさばさばしたものを感じる。他の署員は気を遣って昔のことは訊いてこない。野路は苦笑いしながら、「無理だ」と応える。

野路明良は事故を起こす前まで、県警本部交通機動隊に所属していた。いわゆる白バイ隊員だったのだ。

子どものときからの夢で、大学卒業と共に警察官になった。そして十六歳から乗り続けていたバイクの技術をもって、念願の白バイ隊員となった。

「白バイで競技する大会の、特練生をされていたんですよね」

「全国白バイ安全運転競技大会だ」

それは日本全国の白バイ隊員のなかから選ばれた人間が出場し、その技量を競うものだ。

大会には団体競技と個人種目別がある。また職員数の公平性を考え、警視庁や神奈川など九つの都府県警を一部とし、それ以外全ての県警を二部として分けている。野路のいる県警は二部になる。年一回開催され、傾斜走行やバランス走行、モトクロスなどの競技を行ない、タイムを競って順位をつけるのだ。

一般には余り知られていないが警察のなかでは、特に白バイ隊員のなかでは、この大会に出ることには大きな意味と栄誉があった。大会のための特練生だというだけで、白バイ隊員はその技量と運動神経が人並み以上だと考える。また、普通にはやらない訓練もするので、大きなバイクを操る力も技術も半端ではないとみなされる。選抜されただけで、そんな風に見られるのだから、大会出場選手となって競技会で上位入賞、更には個人総合優勝者ともなれば、もう全国の白バイ隊員の頂点に立つ人間と目される。そういっても過言ではない。

野路はその負けず嫌いな性格と天性のバランス感覚とで、すぐに大会の強化メンバーである特練生に抜擢(ばってき)された。大会の出場者は厳しい訓練を受けたのち、この特練生のなかから選ばれる。

「大会は無理でも、普通に白バイに乗るのも駄目なんですか」

右頬がひきつる。気楽にいってくれるじゃないか、という言葉が喉元までせり上がる。

野路の右手中指は、バイクのグリップを握る上で大事な指だ。アクセルを回しながらも、この指はブレーキレバーを摑(つか)んでいる。アクセルを戻すと同時に急制動をかけるのに必要だからだ。グリップを握り込んでいては、咄嗟(とっさ)のブレーキが一拍遅れる。中指があるから、〇コンマ何秒か早くブレーキをかけられるのだ。だから、この指が動かないということは、もう白バイに乗る資格がないということだ。

そう口早に説明すると、「そうなんですか」と殊勝に目を伏せた。これで話は終わったかとほっとしかけると、また顔を上げた。

「それでも、野路さんはその全国大会で優勝されたんですよね。凄い功績を挙げたことはずっと残るわけですから」

同情されているのか？　野路は礼美の顔から目を背け、残るからこそしんどいんだ、と心のなかで吐き捨てるように呟いた。

これまで野路のいる県警は、団体でも個人でもずっと下位、良くても真ん中止まりだった。それが二年前の秋、全国白バイ安全運転競技大会において、野路の突出した活躍のお蔭で、県警を団体二部の優勝へと導いたのだ。その上、野路は全出場者のなかから選ばれる個人総合でも一位となった。番狂わせなどという生易しいものではない。異常事態とまでいわれた。交通機動隊は元より、本部から所轄までみな諸手を上げて喜び、県警本部長から一介の所轄の交通課員まで、しばらく笑顔が絶えず、大会の話で持ちきりとなった。

弱冠二十八歳で本部長賞を授与された野路は、県警で名を知らない者のない、また他県警においても名の知れ渡った警察官となった。まさしく英雄扱いだ。

それが、たった一度の事故で全てを失った。いや、自分はまだいい。指に麻痺という後遺症を残しながらも、こうして生きて戻れたのだから――。

療養を終えた野路は、迷うことなく辞表を書いた。だが、上司や同僚から止められ、親身になって世話をしてくれた人の熱意に負けて、一旦は引き下がった。取りあえずは、この準備室という、およそ警察官らしくない職場で六月まで働こうと思った。そして、開署したあとに改めて辞表を出そうと決めた。そんな目論見を胸に抱きながら、野路は他の署員に少し遅れて、ゴールデンウイーク明けに着任したのだった。

野路の顔が曇っていることに気づいた礼美は、ようやく話題を変えた。

「庁内の見回りはあとでいいと思います。宇都宮警視も巡回したいとおっしゃられるでしょうし」と礼美が一重の目をじっと注ぎながらいう。

「だったら、余計に先に点検しておいた方がいいだろう。万が一、妙なものでも見つかったらマズイだろう。お宅や俺が叱られる」

「妙なものってなんです？　見つかったらマズイから隠すのですか？　そういう隠蔽体質自体、問題ではないですか」

「いや、隠蔽なんてそんな大袈裟なことはいってない」

「なら、なんです？　隠す必要などなにひとつないと思います。警視と一緒に見回って問題が見つかれば改善する、それだけのことではないですか。警視の視点だからこそ気づけるものもあるでしょうから」

「うん、まあ、そうだけど。そうだな」

野路は礼美といい合う気はさらさらない。勝てる気がしないのだから、無理に討論をしようとは思わない。さっさと降りる、諦（あきら）める。そういうことに抵抗がなくなったとつくづく思う。昔の自分とは大違いだ、そんな意気地のなくなった己を笑った。

「わたし、なにかおかしなことといいましたか」

また突っ込まれる。こういう女性と二人きりで向かい合わせに座る居心地の悪さを少しでも短い時間ですませたいと、日々、野路は苦心していた。

再びパイプ椅子に腰を下ろし、野路は携帯電話を確認する。荷物が遅れているから、他にすることも見つからない。仕方なく色々ページを繰って、それにも飽きるとなんとなく周囲を見回した。

一階は警察署の顔で、受付窓口のある場所だ。

玄関のガラスの自動扉を潜（くぐ）ると、ホテルのロビー並みのオープンスペースが広がる。真ん中辺りでカウンターが仕切りとして横長に延びていた。

やってきた一般人は、まずカウンターの前で用件を尋ねられ、関係部署へと案内される。そのため、一階には総務課が必ず配置される。その総務課の後ろには署長室と副署長室が控える。今は両方とも誰もいない。野路のいる総務は、その署長や副署長の秘書的役目も兼ねている。

カウンターの内側には他に、交通規制係の島もある。警察にくる人のほとんどが免許の更新だから、玄関を入ってすぐわかるよう、総務課の島の隣に置いている。あと交通事故係も人の出入りが多いので一階にあるが、オープンスペースから廊下を辿った奥になる。他にも、パトカー乗務員待機室や会計課、食堂などが並ぶ。

今はそんな広々とした受付に、総務の二人と交通規制係が一人いるだけだ。規制係の男性は暇を持て余すからか、それとも野路と礼美のいい合いに巻き込まれないためにか、朝、出勤するなり事故係の部屋へ行ったきり戻ってこない。どれほど声を潜めても大声で会話しているかのように部屋中に響き渡る。

六月の開署に向けての支度を整えるだけのことだから、各課から二、三名の選出で、総勢でも十八名しかいない。五階建ての署にたった十八名。開署すれば、警察官だけでも二百余名が配属される予定の庁舎にこの人数は、まさに留守番以外のなにものでもない。そんな場所で二人が口争いしても疲れるだけだし、むなしい。

「メールが入りました」

今、姫野にある官品のパソコンは礼美の前にあるノートタイプ一台だけだ。これで神谷署とやり取りしたり、県警本部からの通達や連絡事項を受け取ったりする。

「宇都宮警視の乗った車が光岡(みつおか)交差点を通過したようです。およそ、十分ほどで到着ですね」

「そうか」と野路はパイプ椅子に横座りの姿勢のまま首だけ回す。「じゃ、そろそろお出迎えの用意をするか」

「はい」

礼美はノートパソコンを閉じ、立ち上がる。制服の上着を着、乱れがないかあちこち点検する。最後に額(ひたい)を撫で上げ、髪がきちんとまとまっているか確認し、制帽を手にするとさっと野路へと視線を流した。

五月いっぱいまでが合服(あいふく)期間になるから、野路も渋々、暑苦しさを我慢して上着に袖を通す。制帽を脇に挟みながらネクタイの結び目に軽く手を当てて、一応身支度を整えているという顔をした。

二人でカウンターの外側に出、裏口に続く廊下を歩き始めたとき、階段を下りてくる足音がした。なんとなく立ち止まって待っていると、生活安全課の宇藤恒美(うとうつねみ)相談係長が顔を出し、どんぐり眼(まなこ)をこちらに向けた。

野路は内心舌打ちする。一八〇センチを超す長身で、上から人を見下ろすように喋(しゃべ)る癖のあるこの係長は、野路の顔を見るたび、クレームじみた言葉を吐く。

生安には、この四十五歳にもなる係長と、去年異動してきた二十六歳の女性課員の二人がきていた。

野路は一人遅れての着任だったから、署内を回って一人一人と顔を合わせ、挨拶を交わした。ほとんどの人から、六月一日の開署セレモニーを目指し、滞(とどこお)りなくスタートを切れるよう頑張ろうという言葉をかけてもらえた。だが、この宇藤だけは、『白バイの英雄にきていただけたんだから、この姫野署の格も上がるってもんだな』といって嫌味な笑い声を上げたのだ。無表情を作って引き下がろうとしたら、いきなり生活安全課の部屋割が気に食わない、なんとかしろといい出した。どうして刑事課が二階で、生安課が三階なのだという。そんなことをいわれても、部屋割については上層部が相談の上、決定したことだ。単なる留守番にしか過ぎない野路や礼美にはどうしようもない。そういっても納得せず、それから顔を見ればあれこれケチをつけ、しまいに上に掛け合え、それが総務の仕事だろうと無茶をいったりした。

またぞろ部屋の話かと、すいと顔を横に向けたら、それもまた気に食わないらしい。

「なんだ、うるさいのがきたって顔だな」

「いえ、別に。宇藤係長、なにか御用ですか」

「御用があるから下りてきたんだ。わざわざ三階から」

　わざわざって。たった三階だろうがと思いながら、視線を階段の横にあるエレベータへとあからさまに振る。まだ開署前なので稼働はさせていないが、オープンすれば使えるのだ。

「ふん、あのエレベータを俺らが使えると思うのか。一般専用だろうよ。本官は、足を使って上れってことになるに決まってる」

「絶対駄目だということでもないでしょう」

「本気でいってんのか？　そんな真似して一階に降りた途端、署長や副署長の目に留まってみろ、あの横着しているのは誰だって話になるだろうが。そういうつまらんことが昇任には差し障るんだ。ああ」と宇藤はなにか思いついたように、どんぐり眼を細める。

「昇任試験に興味のない野路巡査長にはどうでもいい話だったか」

「この問題の焦点は昇任試験のことではないと思いますが」

　いきなり礼美が口を挟む。「警察官が体力重視の職業であることは周知のことですし、その維持のためにもエレベータを使わず階段を上るのは至極当然のことだと思います」

「なっ」

　宇藤の唇が、き、という形に変わったが、すんでのところで持ちこたえた。礼美のような若い女性巡査を貴様呼ばわりしたら、後々問題にならないとも限らない。係長ともなるとそういう抑制だけは人並み以上に利くようだ。上から覆い被さるようにして睨みつけるにとどめた。

「それで御用というのはなんでしょうか、宇藤係長」

　そんな宇藤の威圧的な態度になにも感じないのか、礼美はしれっと話を続ける。宇藤は大きく肩を上下させ、軽く目を瞬かせた。

「部屋のことはまたあとでいい。それより、備品はどうなっているんだ。今日、搬入じゃなかったのか」

　そんなことなら電話ですむだろうと思うが、いえばまた話が長くなる。どうせ、若い女性部下と二人きりで気まずいから、部屋を出る理由を作っただけなのだ。

「山部が内線電話で、自動車道での事故のために遅れているとお伝えしたはずですが」

「それからどうなっているんだって訊いてんだ。あれからもう一時間以上経つじゃないか」

「到着したらご連絡します」

「備品がなきゃ、なんにも始まらん。いつまでも床に座り込んでいられるか」

「持病の腰痛に響きますか」

「持病じゃねぇっ」

野路とのやり取りを聞いていた礼美が、タイミングを逃さず素早く割り込む。

「宇藤係長、申し訳ありませんが今から警視をお迎えしなくてはならないので、これで失礼します」とさっと室内の敬礼をするなり、廊下を歩き出した。野路も宇藤を避けて、小走りに行く。振り返ると、歯噛(はが)みしている顔が睨んでいた。

にやつきそうになった顔を掌でひと撫でしたあと、野路は隣の礼美を見やる。

最初、同じ総務担当となる礼美が、若い上に日本的な美人だったことで、戸惑いのあった仕事も、なんとかうまくやれるのではと安堵(あんど)する気持ちが湧いた。どうせなら働いて楽しい相手と一緒の方がいいに決まっている。まして野路には、ここの仕事を無事終えたら警察という職に決着をつけようという考えもあるから余計だ。

だが、この半月近く一緒に働いてわかったことは、この山部礼美という女性がおよそ一般的な女性とはどこかが違うということだった。なにが違うといわれてもはっきりいえないのだが、警察官だからという以前に人としてなにかが欠けているような気がする。今も、宇藤に睨まれているのに平然とした顔つきをしている。必要なことは必ずいうし、相手の気持ちを忖度(そんたく)することよりも、自分の意思を表明することを優先する。学校を出て三年しか経っていない二十五歳なのだ。それくらいの若い女性が持っているだろう溌溂とした明るさというのか、屈託のなさも少しも感じられない。

先輩や上司などの上下関係のうるさい警察組織で、二つも階級が上の警部補相手に沈着冷静な対応などなかなかできないものだが、今どきの若者はみなこうなのだろうかと、たった五つの歳の差も案外大きいのかと考える。

野路の視線を感じたらしい礼美が、横顔をこちらに向け、なにか？という風に眉を寄せた。

「あ、いや。お宅は、宇都宮警視と会ったことがあるのかなと思って」

「いえ、ありません。わたしは所轄の巡査ですし」

「まあ、そうだよな」

およそキャリアと顔を合わす警察官は限られる。だいたいキャリア自身、いたとしても二年程度の短期勤務なのだ。知らなくてもどうということはない。

宇都宮早織警視もこの春、Y県警にやってきたばかりで、四月の竣工がなるやこの姫野署開署準備室の室長という役を割り当てられた。準備室自体は県警本部内にあり、室長である宇都宮警視もそこにいる。

姫野署には神谷署の総務課長である赤木公平警部が監督者として時どき様子を見にき

て、処々方々の問題を解決していた。キャリアがわざわざ姫野にきてすることはなにもない。いうなれば早織が本社責任者で、赤木が現場責任者だ。

けれどさすがに開署まであと四日と迫ってくれば、離れた県警本部で報告を受けているだけではすまされない。セレモニーの準備もある。ようやく腰を上げ、準備室長が直々に姫野署に足を踏み入れることと相成った。

普通、キャリアは係長からスタートだ。三十九歳という年齢からすれば、各県警を順調に回ってつつがなく警視に昇格したことが窺える。所轄なら署長クラス、県警本部なら課長クラスの任に就く。神谷署ではここ数年キャリアはいなかったらしく、礼美にとっては初めてのキャリア相手の仕事となる。それで少しは緊張しているのかと思ったが、先ほどの宇藤のあしらいからして、普段とまったく変わらない。

野路は一応、事故前は交通機動隊という本部系列の部署にいた。そのことを思い出したのか、逆に訊いてきた。

「野路さんはお会いしたことはないのですか」

「いやない」

県警本部にいたのなら顔を合わせる機会はあるかもしれないが、野路はこの九か月余りほとんど病院暮らしだった。五月になってようやく、復帰の報告と辞令をもらいに本部まで出向いたが、既に赴任していた宇都宮警視と廊下ですれ違うこともなかった。だいたい、一介の巡査や巡査長ごときが会える相手ではない。

署の裏口のドアの前で足を止めた。稼働していない署なので、玄関と共に裏口も閉鎖している。礼美がタッチパネルに暗証番号を入力する。ドアを押し開け、駐車場に出た。

幼稚園の園庭ほどの広さのアスファルト敷きで、高さ三メートルの塀が取り囲む。パトカーや捜査車両のためのルーフ付きガレージがあり、他に大型バス用の車庫や機材倉庫などが点在する。奥にはコンクリート造りの霊安室が設置されていて、側にはオリーブの木が数本植えられている。

当然ながら今はパトカーも捜査車両もなく、塀際に乗用車が三台とバイク、自転車が停められている。グレーの乗用車だけは警察車両だが、他は自家用車だ。ここに勤務する署員が乗ってきている。

野路は中央まで出て、大きく伸びをした。

五月末ともなると、もう夏だ。日差しが遠慮なしに落ちてきて、空気も風も生温く、昼近くにもなるとアスファルトは熱せられ、立っているだけで汗が滲(にじ)み出てくる。それでも庁内にこもって事務仕事をしているよりは、ずっとマシだ。外の空気を思い切り吸い込み、眩(まぶ)しい日差しを掌で遮りながら、午後から車の清掃でもしようかと考えた。一台だけある警察車両は、総務が保管、管理することになっている。

礼美が駐車場出入り口のスライド式門扉（もんぴ）を引き開ける。それを手伝い、野路はぶらぶら歩いて道路端まで出て様子を窺った。腕時計を見ているらしい礼美が、もうそろそろだと思いますというのを背中で聞く。

3

道の先に黒い乗用車が見え、野路は門扉まで足早に戻る。礼美と共に並んで制帽を被り直し、車が駐車場内に進入するまで挙手の敬礼を維持した。

停車したと同時に駆け寄る。運転してきた男性がすぐに降りて、後部座席のドアを開けた。

私服姿の宇都宮早織警視が出てきた。三センチヒールの黒のパンプスで地面に立ち、さっと身を翻（ひるがえ）すと野路と礼美に向き合う。

身長は一六〇センチあるかないか。黒のパンツスーツに白いシャツ姿でボブヘアの黒髪に黒縁の眼鏡。前髪が眼鏡にかかっているから、二重の大きな目が半分しか見えない。鼻も口も普通で、骨太なのか脂肪はついていないようなのにがっちりして見える。年齢は三十九歳ということだが、少し老けて見えるだろうか。

二人は早織に対し、もう一度敬礼する。直れと同時に野路から自己紹介を始める。

「姫野署開署準備室総務課、巡査長、野路明良です」

「同じく、巡査、山部礼美」

「宇都宮です、よろしく」

そして、こちらは、と早織は運転してきた警察官を振り返った。「わたしを補佐するため、秘書として一緒に赴任してくれる佐藤(さとう)警部補です。本部準備室では係員の一人ですが、こちらでは係長の役職になります」

佐藤は制服に着帽もしているから、真っすぐ指を伸ばした綺麗な敬礼をした。すぐに直ると走って車に戻り、出しやすいようにバックで車庫に入れる。戻ってくるときには、早織の荷物らしいバッグと制服の入ったハンガーを抱えていた。

早織の視線が、ちらりと駐車場に停めてある自家用車へ流れた。そんな気がして、野路は慌てて弁解する。

「車でくる場合の時間とコースを確認したいため、一部の署員が今日だけ自家用車で」

早織は野路を遮って、微(かす)かに口元を弛(ゆる)めた。

「構いません。搬入のトラックなどの邪魔にならなければいいですよ。むしろ表に出しておくよりはルーフのある車庫に入れておいた方がいいでしょう」

「は。恐れ入ります」

早織の斜め前を野路が先導するように歩き、早織の後ろを佐藤が、最後尾に礼美がつく。

全員が一階の署長室に入った。まだ正式な人事発表はされていないが、姫野署が開署したら署長には警視か警視正が就く。恐らく、経験のある人物が署長となるだろうが、階級は同じなので立場は室長でも、署長と変わらない。

署長室のものだけは他の部署の家具とは別物だから、搬入にばらつきが出ていた。グレーの毛足の長い絨毯の上にオーク材のエグゼクティブデスクに革の椅子、大振りのワードローブにサイドボード、書類棚は既に設置されているが、会議用の楕円テーブルと応接セットが未着で、今は取りあえず横長の事務テーブルとパイプ椅子を並べている。

早織は執務机に着くと、持参のバッグから携帯電話やタブレット、資料や手帳を取り出して並べた。野路と礼美が事務テーブルに着いて現在の署の状況を説明する。そんな野路らの話をノートに書き込みながら、早織は時折、短い質問を発した。

「では備品類はまだということですか。パソコン類も？」

礼美が野路に目を向けるので、仕方なく口を開いた。

「はい、本日は机、椅子、ロッカーなどの搬入が予定されていますが、自動車道での事故のため少し遅れています。作業は午後になるかと。あとパソコン類の設置と署長室の大型家具類などは明日になります」

「そうですか。わたしは、準備室室長とはいえ、内装の最終チェックにきているようなものですから、段取り他は全てお二人にお任せします」

開署まであと四日。その間、宇都宮早織は県警本部を離れ、佐藤が運転する公用車で自宅と新署を行き来することになる。朝、九時から五時半まで在署し、準備の様子を監督するのだ。自宅は県内にある警察が借り上げているマンションだが、一般の警察官が警察住宅に住むのとは違う。キャリアは同じ県警に長くいることはなく、また全国規模で異動するため短期滞在用として用意している部屋になる。今日も、そのマンションまで佐藤が迎えに行ったのだろうが、あいにく交通渋滞に巻き込まれ、遅れてしまったと早織はいった。佐藤は黙って目を伏せている。

「このあと庁舎を見て回られますか?」と礼美が最後に尋ねた。

そうね、と早織は顎に手を当て、野路らと同じテーブルに着いている佐藤に目を向けた。

「少し係長と打ち合わせをしてからにするわ。制服にも着替えたいし、お二人はドアの向こうにいるのですね？」

「はい。机の上のお電話で呼び出していただいても構いません」

「わかりました」

「警視」

「なに？」

「大したものはご用意できませんが、お茶かインスタントコーヒーならお出しできます。どちらがよろしいでしょう」

早織は眼鏡の奥から礼美を見つめ、薄い色の口紅を塗った口角を引き上げた。

「そういうことをするようにいわれましたか」

「え。いえ」珍しく、礼美が口ごもる。

「給湯室の場所だけ教えてもらえたらいいわ。この歳にもなればお茶くらい自分で淹れられますから」

そういって野路に視線を振ってくるから、これまでお茶を淹れてくれなどいっぺんたりともいったことはないという念を込めて見返す。早織はそのまま手元のタブレットへ視線を落とすと、下がって結構だと告げた。

署長室の扉を閉め、二人揃って総務のテーブル席へと戻る。パイプ椅子に座ってすぐに、礼美が珍しく大きなため息を吐いた。

「どうした。緊張したのか。お宅でも、そんな風に」といいかけて止す。これもなんらかのハラスメントになるかもと自重する。

「そういうわけでもないんですけど。やはり、キャリアの方は違う気がしました」

「違う？」

「はい。なんだか独特の雰囲気というのか、想像と違っていたというのか」

「ふーん。ま、あの佐藤係長からして緊張度が半端なかったものな」

「わたしは、キャリアはどんな役職に就いても、単なる腰かけ仕事にしかならない、頭はいいから話すことは上等だが、することはトンチンカンだと聞いていました」

「おい。そんなこと大きな声でいうな。だいたい、誰になにを吹き込まれたか知らないが、自分で確かめてもいないことを鵜呑みにするな」

礼美が、一重の綺麗な目をはっと見開いた。

「はい。確かにそうです。すみません」

野路は上着を脱いでパイプ椅子の背にかけ、汗を拭う。ペットボトルの水を一気に飲み干した。開署までの日々、これはこれで大変かもしれないと思った。

チャイムが鳴った。礼美がインターホンの画面を確かめ、振り返る。

「配送の車が到着したようです」

「よし、やるか」

野路は立ち上がり、ワイシャツの袖を捲り上げた。

4

姫野署で家具の搬入が始まる三日前の五月二十五日。

信大山男性白骨遺体殺害事件の捜査本部では、三戸部署刑事課強行犯係の紺野繁臣係長が呻き声を上げていた。

「身元さえ判明すればな」

男性の白骨遺体が発見されてからもう三週間以上が経つ。紺野の呟きも幾度となく繰り返されたもので、ただ空中に浮遊して霧散してゆくばかりだ。

捜査本部のある会議室の奥の隅に、三戸部署員は係長を中心に固まっていて、携帯電話をいじりながら欠伸を嚙み殺している。そんな様子を見た紺野は手帳を広げ、これまで判明したことを大声で読み上げ始めた。他の捜査員らがぎょっと振り返るが、紺野だとわかると、またかという顔をした。

「推定三十代から五十代の男性。身長一七〇センチ前後。右足首に骨折の痕。下の第二大臼歯及び上の第三大臼歯、つまり奥歯の二本が差し歯になっていて他にも治療の痕がある」

誰の頭にも刷り込まれている僅かな手がかりだ。

「これだけ歯をいじっていたんなら、歯医者から届けがありそうなもんだがな」

独り言を続けているのを気の毒に思ったのか、同じ強行犯係の主任で五十五歳になる落合庄司巡査部長が言葉を添えた。紺野より五つ上で、ずっと刑事畑一本を歩いてきたベテランだ。昔気質のところもあるが、年下の係長にも息子ほどの若い捜査員にも、頓着なく接するだけの柔軟さや気安さも持つ。

「十年もの年数が経っているのがネックですな。歯科医院は今や飽和状態で、子どもも歯を悪くすることが減ってきているから、経営の先行きが不安と世代交代もなく、閉院したところも少なくないようですし」

「そうだな。十年は厳しいよな」と紺野は頭に手をやる。

「となると遺留品からになるが、軍手は量販品だし、ボールペンも未だにメーカーさえ判明していない状態だろう」

「登山口の防犯カメラだってとっくに消えてますし、目撃者だって十年前遊びにきた人が今もきているとは思えないですよ」と若い捜査員も携帯電話を脇に置いて話に参加する。

紺野は顎をさすりながら、横長のテーブルに尻を乗せた。

「復顔の方も当たりがないのは、この県の人間じゃないということかな」

「今は、コンピュータを使ってするようですが、実際、どこまで正確なんでしょう」と他のメンバーも寄ってくる。話が盛り上がってきたことに係長は気を良くした。刑事が諦めモードになっていては気づくことも気づけない。

「それでもなにもないよりはマシだぞ。家族は元より、たとえ独り者でも必ずどっかにヤサがあったわけだから、隣近所や近くの店の者など見覚えている者は必ずいる」

「確かに、情報だけはたくさん集まってはいますけど、どれも不発ですよ。だいたい十年も前の人相をそうそう覚えているとは思えないんですが」

「確かに、似ているっていう話だけは頻繁(ひんぱん)に上がってくるよな」

落合が苦虫を嚙み潰(つぶ)したような顔を向けた。「半端な顔写真を持って聞き回るから、おぼろな記憶とすり合わせ、あの人かも昔の知り合いかもということになるんだ。それを律儀に集めて持って帰ってくるもんだから、お蔭で、わしらはそれをいちいち確かめに出かけなくちゃなんねぇ」

「オチさん、半端なんていわんでくれ。今はそれしかないんだから、情報もあるだけマシ。それを篩にかけるのが我々の仕事だよ、な?」と係長が慰めるように肩を叩いた。

「せめて遺留品からなにか出てこんですかね」と落合は更に大きなため息を吐く。

「ああ」

白骨遺体は裸で埋められていた。そのため着衣からの手がかりは得られず、個人を特定できるのはDNAだけだった。それこそ、何者であるかを判明させる最強のアイテムだが、比べる相手がいなければないに等しい。当然ながら、前科前歴もない。

残る期待の持てる遺留物といえば、全裸にするため衣服を脱がした際にこぼれ落ちたと思われるボールペン一本だ。手帳に差すような小振りの短いものだったが、肝心な手帳は見つからなかった。そのボールペンの軸になにかの文字が見えていることから、ここが突破口と勇んだのも少しのあいだだけ。漢字らしいということと、個人名ではないということくらいで、ボールペン追跡担当班はずっと空振り続きらしい。

「もうすぐ捜査会議が始まりますね」

最年少の刑事が、夕飯をどうしましょうかというのに誰も返さない。闇雲に聞き込みに出向いたり、現場周辺を歩き回るばかりで、みな疲弊しきっていた。

ふいに、ドアの外からけたたましい足音が聞こえた。

部屋にいる者は思わず首を伸ばし、なかには手を止めてドアへと歩み寄る者もいた。三戸部署刑事課の面々も、テーブルに乗せていた尻を浮かせる。ドアが開き、捜査員二人が飛び込んできた。手にクリアファイルに入った書類を持ち、それを旗のように振り回していた。

紺野や落合らもホワイトボードのある雛壇（ひなだん）の方へと走り寄る。捜査員は科学捜査研究所から提出された資料をボードに貼った。発見された唯一の遺留品、ボールペンの写真だ。全体写真、上半分をアップにした写真。そこにうっすらと模様のようなものが浮き上がって見える。

「これがなにか、なかなかわからなかったんですが、ようやく判明しました」

黒い細身の短い、手帳に差し込むためのボールペン。一般に販売されているものながら、なにかの記念なのか名入りで配られたものだとわかったという。

息を切らせた捜査員の一人が新たな写真を貼る。遺留品のボールペンの綺麗な姿だ。名入りを請け負う業者をようやく特定し、残っていたデータから本来のものの写真を手に入れ、今、ファックスで送ってもらったといった。

「なんて書いてあったんだ」

「持ち主がわかったのか」

人垣のあちこちから声が飛ぶ。

「ペンに書かれていた文字は、ソウマコウギョウ。相談の相、走る馬の馬、興す方の興業、相馬興業です」

みな一斉に手帳に書き込む。いや、一人だけペンを握ったまま、首を傾げている男がいた。落合庄司だ。紺野が気づいて、「どうしたオチさん」と呼びかけると頭を傾けたままいう。

「係長、わしどっかでこの名前を聞いた気がします」

「えっ」と周囲にいる者が反応した。紺野がせっつくように訊く。

「どこでだ。いつ？　なにかの事件か。関係者か？」

「いやあ、頭の隅でちらちらっと光ってんですが」

「おい、オチさん、なんとか思い出せ」

「わかってます、待ってください、もうちょっと時間を。たぶん、わしが直接当たったんじゃないんでしょう。鑑取りのリストのひとつにあった名前じゃないかと思うんだが」

「いつごろのことかもわからんか」

「うーん。これまで多くのヤマに関わってきましたからな。もうちょっと」といって落合は、後ろの席に着いて額をテーブルに押しつける。そのままぴくりとも動かなくなった。

若い係員が寄ろうとするのを紺野は押しとどめる。放っておこうといった。

「オチさんも、この道数十年のベテランだ。死んでも思い出す」

5

「おい、そっちじゃないだろう」

いきなり怒鳴りつけられ、二人の業者は抱えていた事務机を落としそうになった。

宇藤は、自分だけ先に椅子を手に入れて、腰かけたままずっと業者の動きを睨みつけていた。そして、どうでもいい指示を出したり、些細(ささい)なしくじりを見つけては文句の唾を飛ばしている。そんな様子を横目で見ながら、生活安全課少年係の新人、三好温子(みよしあつこ)巡査は自分の島を黙々と整えていた。

午後になってようやく、部屋の備品類が搬入されることになった。廊下や壁には業者によって養生のためのマットが敷かれ、裏の駐車場に停められた大型配送車から流れるように次々と荷物が運び込まれてゆく。庁内にあるエレベータは小さい上に一台しかないから、遅れを取り戻すために業者はせっせと階段を往復した。

夏が間近に迫ったこの時期、冷房もまだ稼働させていないなかでの運搬作業で、彼らの背中や顔はたちまち汗に塗(まみ)れていく。

作業しやすいようにジャージに着替えた温子は、部屋の入口で待ち構えて椅子の搬入などを手伝う。他の課でも恐らく同じように作業が始まっているだろう。椅子を受け取るたびに、ありがとうございます、と作業員から威勢のいい声をかけられる。喚(わめ)いているばかりの宇藤はもう、温子には存在しないものとなっていた。

生安課に入って間もない自分が、新署の準備メンバーに回されるのは仕方がないと思っている。だが、そこにどうしてこの宇藤相談係長も入れるのかと、文句のひとつもいいたい気持ちを、この五月のスタート時点からずっと抱えていた。

神谷署生安課は宇藤を体よく追い払ったのだろうが、組まされる温子はいい迷惑だ。係が違うから、さすがに直属の部下に対するような尊大ないい方はしないが、それでも毎日、この宇藤の顔しか見ないという状況は気が滅入る。そんな温子を見かねたのか、交通指導係の王寺遥香主任が声をかけてくれ、時どき刑事課へ暇潰しに行くようになった。それがまた宇藤には気に入らないらしく、部屋を出るたび嫌味なことをいってくるから、最近では少し控えるようにしていた。

宇藤は元々、交通課を希望していた。この四月に警部補に昇任異動してきたのだが、配属が神谷署の生安課防犯の相談係長だった。

生活安全課には少年係と防犯係があって、それぞれに係長がいる。それに加えて、神谷署では、防犯係長に並ぶ形で相談係長が据えられている。いわば、犯罪予防に関する事柄を含め、相談や困りごとを受け付ける窓口だ。二畳ほどの小部屋を与えられ、日々、相談者がくるのを待っている。相談内容がストーカーや苛め、万引き、徘徊など現在進行中のものは元より、将来的に事件に結び付きそうなのを選別しては、防犯係や少年係、時には刑事課へと割り振る。ある意味、重要な部署でもある。

そうはいっても、事件性のある相談など頻繁にくるものではない。もちろん、暇なときは防犯係の仕事も手伝う。ただ宇藤にとっては希望していなかった部署で、経験もないから一から覚えなくてはならない。上司に気を遣い、同僚からは不要領を注意され、部下にはこんなことも知らないのかとバカにされる毎日では、腐る気持ちも起きよう。遣るかたない様子に温子も気の毒と思わないでもなかった。だが、それもこの開署準備室に回された途端、これまでの鬱憤を撒き散らすかのような体たらくを目の当たりにして、ひとかけらの同情すら掻き消えた。上司や同僚の目がないのをいいことに、感情も露わに文句をいい、ケチをつけては、表向きは生安課のためだとあれこれ注文をつける。

その矢面に立っているのが、総務の野路明良だ。宇藤はどういうわけか、遅れて配属されてきた野路を目の敵にしていた。元白バイ隊員で華々しい活躍をした人だが、その後の事故で一線から退くことになった。温子から見ればこちらの方が気の毒な人だ。だが、宇藤からすると、どうしてそんなのが姫野の総務にいるんだ、ということになるらしい。

署内の順位では、総務課が最上位に位置する。そういう部署に、過去の栄光がどうであれ、体も万全でなく総務経験もないような巡査長が就くのは納得いかない、と平気で口にした。もちろん適当に聞き流すようにしているが、毎日、なにもない部屋に二人だけなのだから、温子自身の不満も鬱積する。そういうときは一階下の刑事課に行って、王寺主任や飯尾主任らを相手に本音混じりの愚痴をいわせてもらうことにしていた。警備課の甲本ともよく顔を合わせるが、あれこれいい募る温子に呆れた視線しか向けない。甲本などうということはない。むしろ、気になるのは野路と同じく総務担当になった山部礼美だろうか。

山部礼美は温子より一つ下の二十五歳だ。入校の期も一期下で、温子は先輩になる。警察内では、たとえ一期違いでも先輩後輩のあいだには大きな開きがある。なにもかしずけといっているわけではない。先輩に対し敬意を持ち、それ相応の態度で接するべきだろう。

だが、あの山部礼美は神谷署の総務課にいたころから、温子を先輩と見ていない節があった。出退勤のチェックがなされていないと指摘されるのはしょっちゅうだったし、土曜の当直日に自家用車で出勤すると規則違反だからと注意され、挙句に当直の格好としてハーフパンツはいかがなものかと呆れたような口調でいわれた。そんなことはまだいい。仕事に関してまで口を出されたのにはさすがに頭にきた。

　青少年犯罪抑止会議に出す資料を作成した温子に、その内容についてケチをつけてきたのだ。いい回しがおかしいとか、接続詞の使い方が間違っている、統計の数値と概論に整合性がないとか。会議に使う資料は全て、署長や課長らも目を通すので一旦、総務課に集まる。そこで気づいたのだろう、温子におためごかしに教えにきたのだ。

　上司である少年係の係長が確認済みのものだと撥ねつけると、あの狐のような細い目を更に細くして人間味の感じられない声でいった。

『上司がいいといえば、間違っていても構わないということですか。それで仕事をしたことになるのでしょうか』

　かっとなって、生安の仕事を知らないお宅にあれこれいわれる筋合いはないと声を荒らげた。礼美は、それでも顔色ひとつ変えることがなかった。

『三好さんがおっしゃりにくいのでしたら、わたしから少年係長に申し上げてみます。こういう資料を署長の目に触れさせることは、係長にとっても芳しくないことでしょうから』

　温子は資料をもぎ取ると背を向け、生安課の部屋に大股で戻ったのだった。

その礼美が警察学校の教官である山部佑の妻と知ったときは正直驚いた。山部は学校時代、温子にとっても刑法、刑訴法の授業を担当してもらったよく知る教官だ。教官のなかではどちらかといえば温厚な、日々の授業を淡々とこなす真面目な警察官で、穿(うが)ったいい方をすればことなかれ主義のような、凡庸な人だったという印象がある。それがどういうわけでこの、口達者で生意気な礼美と結婚するに至ったのか。女性としても生徒としても知りたい気持ちがあって、同期や後輩と会うたび、聞いて回ったことがあった。

けれど誰も詳しいことは知らなかった。なかには山部と礼美が結婚したことも知らない同じクラスの子もいた。裏を返せば警察学校にいたころにはなにもなかったということでもあるのだろうが、それでもどこかで礼美は山部を男性と意識したはずなのだ。温子の同期などは単純に、『若い子にオッサン好きは多い』と切り捨てる。

礼美の同期からはこれといった話は聞けなかったが、彼女の旧姓を知ることになった。結婚前の名字は、〝燈(ともしび)〟というらしい。燈礼美。なんともロマンチックな名字だと思った。素直にそういうと、礼美と同じクラスだった女性警官は目をパチパチさせ、微かに首を傾げた。どうしたの？　と突っ込むと、『なぜかはわからないですけど、級長は自分の名字を酷(ひど)く嫌っていました』といった。

礼美は学校時代、クラスの級長を務めていた。級長に選ばれるということは、警察官試験において良い成績だったということだ。しかも礼美は、卒業生総代をも務めたのだ。その話は、神谷署に赴任してすぐ耳にした。

　学校で優秀だった人間は、所轄でも期待される。実際、地域課から流れてくる噂も、頭が切れて、よく勉強し、仕事も熱心だというのが多かった。ただ、なぜか誰の言葉からも好意的なニュアンスが感じ取れなかったのを温子なりに不思議に思っていた。

　その後輩がいった。

『警察官は人の燈となれ、ということだな。燈礼美は警察官になるべくしてなった人間だな』と担当教官が褒めるようにいったのに、礼美は嫌悪の表情を露わに、名字は単なる符号で関係ありません、といい返したそうだ。それ以来、名字のことをいうとあの切れ長の目を吊り上げ、くだらない話はしないでと、けんもほろろの態度だったらしい。同じクラスはもとより、他クラスの学生も教科担当も礼美の名字のことはいわなくなった。ずっと級長で通したという。

　はあ、としか応えようのない話だった。とにかくよくわからない後輩で、生意気な総務課員ということだけはわかった。その礼美が、姫野署の準備室に温子同様配置されたことに思わず舌打ちが出た。宇藤にしろ、礼美にしろ、この準備室での仕事が予想していた以上に気楽なものでないことを実感した。

温子は、椅子を運び終えると今度は机の引き出しを押さえているテープを取り外していく。終わると雑巾とバケツを手に部屋を出た。音がして、振り返ると廊下を業者が台車を押して歩いているのが目に入った。

「あら。それはなんですか」

生活安全課の隣は会議室で既に会議室用の横長のテーブルやパイプ椅子が数多く搬入されている。会議室の向こうにあるのは、物置がわりの小倉庫だけだ。

温子の声に台車が止まり、大柄な男が振り返った。帽子の下に白髪混じりの短髪、四角い顔に大きな鼻と不釣り合いなくらい小さな目、薄い唇、そして一九〇センチ近い背丈に、中肉ではあるが、捲り上げた制服の袖から筋肉が盛り上がっているのが見える。運送業者の仕事にはぴったりの体軀だが、年齢はいくつだろう。心のなかで首を傾げる。髪と顔の皺からすれば年配のようにも見えるが、体つきや目にある力からすればまだ若いようにも思える。

「それどこの家具ですか。会議室の分は搬入し終わったんじゃないんですか」

温子の問いに業者の男は無表情のまま、黙って手元の台車に目を落とし、再び温子へと視線を返した。苛立つ気持ちを抑え、それはどこへ運ぶものかと言葉を区切りながら聞き質す。男はようやく笑みらしいものを口元に浮かべ、薄いグリーンの制服の尻ポケットか

ら紙を取り出し、しげしげと目を通し始めた。そしておもむろに、帽子の庇(ひさし)に手を当て、

「すみません、四階と間違えました」というと台車をくるっと反転させた。

すれ違い様に、台車に載せられたグレーの大きな書類棚を見て、温子は眉根を寄せた。男のおよそ会議室に必要なものではないし、小倉庫だと入れることもできないサイズだ。男の目には間違えたことに対する動揺も、指摘されたことへの羞恥(しゆうち)もまったく浮かんでいなかった。人に指示されて唯々諾々(いいだくだく)と動き回り、ひたすら荷物を下から上へ運ぶだけだと思っているのだろう。年齢に関係なく、最近はそういう人が多いなと温子は思う。バケツを持って、階段の脇にある洗面所へ歩き出した。そこで水を張り、また部屋へと戻る。

階段を上り下りする足音がずっと、午後いっぱいまで聞こえていた。

6

落合は、紺野係長に頼み込んで「相馬興業」の調べにつかせてもらった。記憶の断片にその名があるということで、捜査一課の班長からもすぐに許可が下りた。

だが、相馬興業は既になく、ずい分前に大手の金光(かねみつ)建築土木に吸収されていた。そこから当時のことを知る人間を捜すことになるのだが、落合はそれよりも自分が過去に関わっ

た事件を浚うことにする。名前に聞き覚えがあるのだから、なんらかの事件であることは間違いない。自宅の押入れにしまったままの捜査メモや当時、一緒に働いていた同僚、上司、昔いた所轄の刑事課などを当たる。

白骨遺体が十年ほど前のものということだが、期間をひとまず十五年前から七、八年前までのあいだに絞った。十五年前となれば落合は四十歳前後。刑事としてそろそろ中堅になろうかという時期だ。一人前と認められ、年若い後輩と共に捜査のため走り回っていた。その部下が今は四十歳を超し、今や中堅として活躍している。警察組織のいいところは、どこへ異動しようと必ず現在の勤務地がわかるところだ。まして刑事なら、いつなんどき仕事の指令が入るかしれないから、携帯電話に応じないことは絶対ない。

すぐに何人かと連絡を取り、久し振りの挨拶もそこそこに「相馬興業」に聞き覚えがないか問う。落合より年若い分、記憶も鮮明だし容量も大きい。だが、芳しい返事は得られなかった。再び捜査メモを繰る。十四年前、十三年前、十二年前と順々に手前へと戻してゆく。

手が止まった。メモ帳が丸ごと一冊使われている事件があった。何度も書いては消しを繰り返したせいで、ページのあちこちが汚れて破れ、唾をつけて捲ったせいで縁は干からび、固くよじれている。

表紙を捲った一枚目には事件名が書かれている。その黒い文字を睨んでいるうち、落合の記憶は十二年前へと引き戻される。

中途半端に終わった事件だった。全面解決できた、白星を挙げたと高らかに声を上げることのできないものだった。なにより、逮捕した被疑者の特異さ。これまで数多くの犯罪者や異常者と向き合ってきた落合だったが、今もってこの被疑者を凌駕（りょうが）するほどの者を捕まえたことがない。

指先に唾をつけ、固くなった隅を持って捲る。びっしり書かれた文字の羅列を追ってゆくうち、徐々に瞬きが減ってゆく。なにかのリストなのか、いくつもの名前が並んで×印で消されている。息が止まった。『ソウマ』という文字があった。その下に更に、『平田（ひらた）♂不明？』と書き殴っている。

全てがまるで昨日のことのように蘇（よみがえ）り、眼前に当時の捜査本部の映像が現れた。ホワイトボードに書かれている名前が見える。会社の名前がずらずらと記されている。その上から二番目に、『相馬興業』とあった。

落合は思わず、うおぉお、と獣のような吠え声を発したのだった。

「それで？」

捜査一課の班長が目を向ける。集まった他の捜一のメンバーも注視する。なにか情報があるならちゃんといえよ、独り占めするなよという目だ。

落合は軽く首を振りながら、「確認要ですが」と、ひとまず断りを入れる。そして促され、雛壇の前まで出て、班長の側に立った。

ボールペンの写真を小突きながらいう。

「十二年前のことだ。相馬興業はある事件で一度、名が挙がった。皆さんが思い出されないのも無理ない。実際、わしも使い古しの記憶の隅に引っかかったという程度で、昔の事件を順に浚って、ようやく思い出せた。この相馬興業は被疑者の一人が昔バイトしていた会社のひとつだった」

「十二年前といえば、オチさんは確か、中松署の強行犯係」

「中松署」と班長が呟き、すぐにはっと頬を引きつらせた。他にもあれ？　という思い巡らすような声が上がった。さすがに県警本部捜査一課だけあって、殺人以外の事案にも明るい。特に大きな事件は。

「覚えています」と班長が低い声でいい、ゆっくりボールペンの写真へと目を向けた。

十二年前、中松署管内で集金中の警備会社の車が襲われ、現金およそ五億円が強奪された。そんな多額の金額が運ばれていたのは、その警備会社の上層部に反社組織の人間がいて、顧客に暴力団のフロント企業があったためと思われた。そこから回収する金員は日ごろから大きな額だったが、その日のは特に大きかった。

襲撃犯は三名。拳銃を持っていて、運転手と助手席の警備員を制圧したあと荷台にあった段ボール箱二つにアルミケース三個、計五億円余りを奪った。

「当時、車に集められた現金はもっとあったのではと疑われましたが、被害者の半分近くが暴力団関係者だったんで正確なところはわからなかった。警備会社の方も脅されたのか口裏を合わせるし、結局、被害金額五億ということで落ち着きましたが」

「それでも大きい」

「ああ。当時も今も、強奪された金額ではトップクラスじゃないかな」

「確か、被疑者は捕まっていますよね」

「うん」と落合は頷き、すぐに唇を噛んだ。「襲撃犯三名のうち二名は河島葵（かわしまあおい）と隼（じゅん）という名の姉弟で逮捕、収監された。そして事件は、残りの一名を取り逃がしたまま、未だ誰ともわからず、しかも奪われた現金も発見されないまま十二年が経ちました。現在も継続班がその人物の特定と消えた五億の行方を追っているはずです」

「それでこの相馬興業は」

「はい。最初に捕縛した河島隼は、転々と仕事を替えていました。その職場を当時の捜査員は片端から手分けして当たった」

「つまり、そこの関係者がもう一人の襲撃犯と考えた」

「そうです。わしもいくつかの職場を当たった。だが目ぼしい情報はなかったし、おかしな人物も浮かんでこなかった」

落合は顔を歪(ゆが)めて一拍置く。捜査一課の面々の刺すような視線を受け止め、再び口を開いた。

「隼が当時、働いていたバイトのひとつ前が相馬興業での土木作業でした。別班が当たって調べましたが、これといって怪しむべき人物は出てこなかった。だが、事件後、二週間ほどして一人の男が行方をくらませていることが判明した」

「それがこの平田厚好(あつよし)、当時、四十八歳か」

落合は真一文字に口を引き結んで頷く。落合は当時の捜査本部にいた刑事に当たり、捜査したときのリストと名簿を手に入れ、自分の記憶と照合していた。確かに手帳にあったソウマは、「相馬興業」のことで平田はそこで働いていた男だった。

「河島隼は事件当時、運送業の仕事をしていたが、その前は相馬興業でアルバイトをしていたということか」

「そうです。隼の鑑取りをしているなかで、担当刑事は平田にも直接会って話を聞いていました。ひとつ前のバイトでしたし、全員、いつもと同じ様子で働いていたから問題なしと、そのときは判断したのでしょうが。それからしばらくして再度、出向いたら現場監督の平田が消えていた」

「なるほど」というも、班長の眉が歪み、落合は自分の不始末のように唇を噛んだ。

「すぐに行方を追いましたが、結局、見つからず、捜査本部としては平田と河島姉弟との接点も確認できないまま――」最後までいえなかった。

捜査一課の誰かが聞こえよがしに呟いた。「どうせ一味との繋（つな）がりの確証が見つけられないからって、関係なしと処理したんだろうな」

落合がぎっと目を剝（む）く。班長がすかさず、声を張った。

「信大山の白骨遺体が平田厚好であるか、急ぎＤＮＡなどの照合を進める。たとえ平田だとしても、まだ十二年前の現金輸送車襲撃事件との関与は明らかになっていない。だが、ひとつの進展が見えたのは間違いない。今から捜査会議を始める。全員、席に着けっ」

一斉に返事が起き、捜査本部が揺れた。歪んだテーブルの並びを整え、資料の用意をし、外に出ている者に連絡をつけ始める。新たな手がかりが判明したのだ。これで捜査の方針が決まり、動き出すことになる。倦んだ空気はいっぺんに消え、ドアが開け閉めされるたび、すがしい風が通るが、閉めるとたちまち熱気の滾（たぎ）る気配が部屋の隅々まで充満した。

班長も頻に緊張を乗せた顔で、携帯電話を耳に当てている。上層部に報告し、会議の出席を促しているのだろう。紺野係長はそれを見ながら、落合に声をかけた。

「オチさん、えらいもんが出てきたな」

「ええ、まあ」

「どうした、元気がないじゃないか。捜一のいうことなんか気にするな。オチさんらしくない」

「いえね。あいつのいうことも一理あるなと思ってね」

「そうか」

「もう一人の襲撃犯も特定できず、現金も発見できないまま、唯一、怪しいと思った男まで見失った。いくら捜しても見つからないものだから、そのうち、あれは単に蒸発しただけだろうと思い込もうとしたんです。平田は、そのとき奥さんと離婚で揉めていたらしいんで」

「だが、白骨が平田なら逃げていたわけじゃないことになる。既に何者かによって殺害されていたなら、見つけられなかったのも当然だ」

落合も紺野の慰めになんとか笑みを浮かべる。「そうですね。これで十二年間、喉の奥に刺さったままの棘がようやく落とせる気がします。いや、なんとしてでも始末をつけてやりますよ」

「落合さんだけに」

にやつく紺野に苦笑いを向けて、携帯電話を取り出した。若い捜査員に、「神谷署の番号わかるか」と訊いた。

「神谷署ですか？　ちょっと待ってください、調べます」と自分の携帯電話を出して、ホームページを探す。

「そうか。そういうのを見ればいいんだな。刑事課の直通はあるか」

「いえ、さすがにそれは。代表でいいですよね」

聞いた番号をかけるが、すぐに残念そうに電話を切った。

「今、姫野署にいるってさ。あれ？　姫野署なんてあったか？」

今度は紺野がいう。「困るな、同じ県警にいながら新しくできる署のことを知らないなんて」

「ああ、そういえばそんな話ありましたね。どこにできるんです？」

「神谷市が分割され、市に格上げされるんだ。うちの三戸部署からだと南西に下った、車で三十分ほどのところにある町だよ。まあ田舎という点ではうちとどっこいどっこいだろう」

「なるほど。なあ、姫野署の番号わかるか?」

捜査員は困った顔をして見せ、首を振る。「さすがにそれは無理ですよ。まだ開署してないんですから」

「そうか。飯尾さんの携帯電話の番号は新しいのに替えたとき消しちまったんだよな」

「飯尾?」

「当時、一緒に現金輸送車襲撃事件を捜査した刑事ですよ。わしより三つ四つ先輩だが、向こうは盗犯でこっちは強行。めったにない大きな事件だから、刑事課総出で駆り出された」

「なるほど。当時のお仲間に朗報を、ってわけですね」

落合は、へへっ、と妙な笑みを浮かべた。「同じ捜査本部でも、元来部署が違うからな、どっちかってっと張り合う気持ちが強かった。今回の件のことを知らせてやれば、きっと捜査に加われないことを地団駄踏んで悔しがるだろうと思ってね」

紺野係長も若い刑事も苦笑する。

「神谷署の刑事課にいることは聞いていたんだが。今は新しい署の準備室で気楽な仕事をしているようだ」

「姫野の電話番号調べてみましょうか」

「そうだな」とぽつりと落とし、携帯電話をひと撫でして、いや、いい、といった。

「まだ、平田と決まったわけでもないしな。なにより、今はわしのヤマだ」

そういって落合は、舌舐めずりするように口角を引き上げた。

7

今日一日でだいたいの備品什器類が揃う。曲がりなりにもオフィス然とした設えとなるわけだ。明日の二十九日は、大型の家具とパソコンやコピー機、ファックスなどの事務機器の搬入、設置が行なわれることになっている。

それが無事終われば、ひとまず新庁舎の準備は一応の完了だなと、野路はペットボトルの水を飲み干した。

真新しいグレーの執務机をひと撫でしてから、予定表に目をやる。搬入後は、各課が適宜、自分らの仕様に変更したり、手を入れたりする。明後日の三十日は予備日としてあり、なにか不足や問題が発覚した場合に備える。各課担当者は総務、つまり野路か礼美に問題点を申告し、野路らが赤木課長に報告、請求し、決裁を仰いだ上で補充する形となる。最終チェックとして、全ての電源や機器のスイッチを入れ、動作を確認。異常がなければいいが、あれば再び、業者にきてもらって補完する。

そして五月の最終日には宇都宮室長の最終点検を受け、翌六月一日の開署セレモニーに向けての準備に取りかかることになる。

野路は、胸のポケットからもう一枚、新たに渡された予定表を広げた。開署セレモニーの会場設営のための準備、段取りを含めた進行表だ。県内で新署ができるのはずい分久し振りのことだ。そのため、式典は最近ちょっとないほど派手に行なうことになっている。

まず、署の玄関横にある一般駐車場にテントを張り、紅白のロープで仕切って来賓席を設ける。来賓には、神谷市及び姫野市議会議長や姫野市消防署長、福祉協議会長、市民病院院長、防犯委員などのお歴々を招く。警察音楽隊による楽団演奏があって、県知事、県公安委員、市長の祝辞、県警本部長、姫野警察署長の挨拶のあと、最後に玄関前に横並びになり警務部長による開署の宣言と共に、テープカットを行なう。引き続き、警務部長を先頭に来賓をぞろぞろ引き連れての庁舎内視閲。

朝、九時開始で、終了がだいたい十時半予定のおよそ一時間半。署員らは五月二十九日付けで姫野署への異動内示が出ることになっている。交替制勤務の者ら以外は全員出署、式典が終わるまで神谷署で待機し、来賓らが署をあとにするのを待って、大型バスで移動する。その際、姫野署が管轄する地域に関する資料も神谷署から搬入する予定だ。それらを片づけ、整理してようやく姫野署が警察署としてスタートすることになる。

もちろん準備室室長である宇都宮早織も式典に参列する。ようはこのセレモニーをつつがなく終わらせるための役職が早織の担(にな)っている準備室室長である。

一方、現場責任者である神谷署総務課長赤木警部は、準備室のメンバーらと共に式典の設営、準備、進行など最後まで裏方作業に従事をする。終了後は、さっさと後片づけをして赴任してくる署員らを迎えるという役目まである。

宇都宮室長はセレモニーを成功させるため、赤木総務課長は姫野署が問題なくスタートできるためにと働く。それぞれが大事に思うものは違っても、最終的に求める形は同じだ。

とにかく、なにも起きないようにする。

だから、セレモニーさえうまくいけばいいと考える宇都宮早織が、着任早々、庁内巡視をするといった言葉も、形だけのものだと野路は本気で考えていなかった。

ようやく家具や備品の搬入が終わり、退庁時間の五時半に迫るころ、署長室のドアが開いた。出てきた早織は制服に着替え、胸に警視のバッジを付けている。

「ひと通りの搬入が終わったようなので、庁内を一巡してみます」と野路と礼美を一瞥(いちべつ)することなくいった。佐藤が後ろにつき、揃って階段へ向かいかけたのを見て慌てた。野路と礼美は上着を摑むと、腕を通しながら走る。

早織は五階まで上がって、それから一階ずつ下りながら各課の部屋だけでなく、更衣室やシャワールーム、果てはトイレや給湯室、倉庫、配電盤室に至るまで全てを確認するかのように見て回った。各課にいる署員らも、退庁の準備をしているところにいきなり警視が現れたから、気の毒なほどに右往左往している。本来なら、巡視の報を事前に発するのだが、今回はそれができなかった。さすがにランニングシャツ姿でドリンクを飲んでいるというようなことはなかったが、刑事課の飯尾主任はトイレに行って姿が見えなかったし、交通課の王寺遥香などは、なんで連絡しないのよと嚙みつかんばかりに野路を睨み続けた。

無事、早織が署長室に戻るのを確認したあと、野路はビニールカバーを付けたままの回転椅子に腰を下ろし、湿ったタオルで顔を拭う。そして机の固定電話から神谷署の赤木総務課長に連絡を入れた。

宇都宮室長が赴任したこと、今日の搬入が終わったこと、そのあと早織による庁舎の巡視をしたことを告げ、そのとき指摘されたことなどを順次報告する。そして、本来現場責任者である赤木がすべきことを巡査長と巡査という頼りない二人組がすることに大変居心地の悪い思いをしたと、嫌味のひとつもいおうとした。

赤木は察したのか、野路の声に被せるように、「いやあ、悪かったなあ。こっちの仕事さえ立て込んでなけりゃ、わたしもキャリア警視のご尊顔を拝(はい)したかったところだが。ま、年寄りが相手するよりも、お前さんらのような若者が側にいる方が警視殿も気安くていいだろう。とにかくご苦労さん、じゃ、引き続き桃太郎の世話をよろしく。わたしも明日には行けたら行くから」といいたいことをいって切った。

なにが若者だ、桃太郎ってなんだ、食えないオヤジだな、とつい声に出していうと、さっそく向かいに座る礼美から、「わたし達と佐藤係長のことでしょうか。猿、犬、雉(きじ)」と無表情に呟くから、笑い飛ばしたい気持ちも瞬時に萎(な)えた。差し詰め礼美が雉で、佐藤係長が犬で、自分は猿だろうか。あと四日が思いやられると額に手を当てる。

早織が佐藤の運転で駐車場を出て行くのを見送ったあと、ようやく帰り支度を始めた。ふと見ると、礼美が更衣室のある五階に行く素振りも見せず、席に着いたままパソコンを開いている。

「どうした、帰らないのか」

「少しまとめておきたいので」

「なにを」

「宇都宮室長が指摘された点と、それについて回答した内容などを整理して明日、改めて赤木総務課長に送ろうと思います」

さすがに警察学校の総代を務めただけはある、仕事にそつがないな、といいかけて止す。代わりに短くひと言。

「そんなの明日にすればいいだろう」

「メモを取り損なったところもありますので、記憶が確かなうちにやっておきます」

「そうか」と野路はまた椅子に腰を下ろした。向かい側からそんな野路を見て、礼美は不思議そうな顔をする。けれど、なにもいわずにまた画面へと目を移した。

普通、こういう場合、野路さんはどうぞ先に帰ってください、とかいわないだろうか。どうして野路が再び腰を下ろしたのか、その理由に思い至っていないようだ。

卒業生総代をするほど優秀で、三年近く働いた二十五歳が、そういう気配りや気の回しが身に付いていないのはどういうわけだろう。しかも、この山部礼美は結婚している。そのことを教えてくれたのは、先ほどきつい目で睨んできた王寺遥香だった。

山部佑教官の！

そう思わず叫んだとき、さすがの遥香も驚いた顔をして、なにをそんなにびっくりするのと逆に訊いてきた。いや、別に。俺も学校で教わった口なんで、と言葉を濁したが、怪しむような表情をいつまでも消さなかった。

野路は横目で礼美を窺いながら、警察学校時代のことを思い出す。

もう八年も前の話だ。当時、山部は野路のクラスの副担当教官をしていた。担当教官が四十八歳の警部で、副担の山部は三十六で警部補だった。そのとき山部には妻がいて、子どもはいなかった。

野路は当時から、白バイ隊員になるのが目標だった。大学時代には７５０のバイクを乗り回し、国内の様々な地域へツーリングに出かけたりしていた。ただ、警察学校では全寮制ということもあって、バイクに限らず車両全般の運転は禁じられていた。

夏季休暇を迎えた際には厳命された。

『実家に戻って骨休みをするのはいい。だが、車やバイクなどには乗るな。怪我をしてはいけないというのもあるが、万が一、事故や違反などしては一人前の警察官になる途上の人間として、言語道断の話だからな』

そういわれていながら、実家に戻った気の弛みから、愛車のＣＢ７５０でちょっと遠出してみようと考えた。景色のいい山を目指して走っていた。国道の四差路に差しかかったとき、信号無視した直進車と右折の車とが接触する事故を目の当たりにした。直進した車は一旦、スピードを緩めたがまたアクセルを踏んで走り出した。

『当て逃げする気か。逃がすか』

野路は逃走する車を見て、信号が変わると同時に飛び出した。警察官である自負心がむくむくと湧き上がったのだ。追いかけ始めて間もなく、後ろから笛を鳴らしたような独特のサイレン音が聞こえた。ミラーを見ると後方からスカイブルーの制服を着た白バイが追ってくるのが見えた。

逃走車両は、白バイに気づいたらしくスピードを更に上げ、信号のある国道を避けて、山頂へと向かう道に入り込んだ。角度のきつい九十九折り(つづら)の道が長く続く有名な道で、車はブレーキもかけずに走り抜けるから、カーブのたびに大きくふくらみ、対向車があれば大きな事故になりそうな危うさがあった。

野路は二十二歳。まだ若かった。

『CB1300Pの白バイか。直線なら太刀打ちできないが、連続するカーブなら俺の草臥(くたび)れた愛車でも腕次第で張り合える』

白バイより先に逃走車両を捕まえてやろうと考えた。憧れの白バイがどれほどのものか見てやろうという生意気が頭をもたげたのだ。

姿勢を低くし、脇を締めて太ももでタンクを力強く挟む。カーブになってもブレーキを踏むことなく、上半身を一気にカーブの内側へ倒し、ヘルメットがぎりぎり接地しそうになるまで堪えて遠心力で外に飛び出すのを抑える。そのまま路肩をなぞるように曲がり切った。

　バックミラーを見ると、少し遅れて白バイがカーブの先から姿を現すのが見えた。野路は更にスピードを上げ、山頂まで一気に走り抜ける。広大な駐車場が現れ、多くの観光客が上の展望台へと向かって歩いているのが見えた。逃走車両はそんななかを乱暴な運転のまま突き進む。歩行者らが立ち止まり、仰け反るようにして悲鳴を上げる者もいた。

　ミラーのなかに白バイの姿はなかった。

『なんだ。これなら白バイより先に逃走車両を捕まえられるな』

　目の隅に白と青が過ったのに気づいた。先ほどの白バイが、展望台への通路付近に向かうのが見えた。逃走車両を追っている様子がないのを怪訝に思いながらも、アクセルを回した。

　白バイは、観光客の多い駐車場に入ってなおスピードを落とそうとしない被疑車両の危険性を感じたのだ。一番人の集まる展望台近くを走ることで歩行者を保護し、少しでも逃走車両と引き離そうとした。だが、そのときの野路にはそこまでわからなかった。

　やがて登ってきた道からサイレンが聞こえ、パトカーに続き、別の白バイも姿を現した。どんどん増える緊急車両を見て野路は、ようやく自分が愚かなことをしていることに気づいた。偉そうに追尾してきたのはいいが、自分は所詮、警察学校の学生だ。しかも、休暇中のバイクの運転は禁じられている。そんなことがもしバレて学校に連絡がいったら。

『マズイぞ』急に怖じける気持ちが湧いた。集中が途切れた瞬間、前を走っていた逃走車両が急ブレーキを踏んで停車したのが見えた。集まってきたパトカーの数に観念したのだろう。お蔭で野路の回避行動が遅れた。慌てて前輪ブレーキとフットブレーキを同時に力いっぱいかけた。更に、少しでも衝突を避けようとヘタにハンドルを切ったものだから、後輪タイヤが滑ってバランスを崩した。そのままバイクは逃走車両の脇で横倒しになり、野路は放り出されてごろごろ地面を転がった。

体に痛みを感じつつも、バイクの行方を目で追った。横に倒れたまま、地面を滑ってゆくのが見えた。その先にベビーカーを押している女性の姿があった。野路のバイクが真っすぐ向かっていた。

危ない、避けろ、と叫んだつもりだったが、全身が痺れて動かなかった。驚愕した女性が咄嗟に体をベビーカーへと折り曲げ、庇おうとした。もう駄目だと思ったとき、白いなにかが横手から飛び出してきた。

大きな衝突音と共に白バイが倒れるのが見えた。瞬きを忘れて見つめていると、野路のバイクにわざとぶつかって倒れた白バイの隊員は、起き上がるなりベビーカーの女性の元に走り、身振り手振りで宥め始めた。女性に笑みが浮かぶと、ようやく戻ってバイクを引き起こし、野路の側へとやってきた。

『大丈夫か。救急車を呼ぶからじっとしてろ』といった。

野路は小さく頷くと目を瞑り、遠くで救急車のサイレンが鳴るのを聞いていた。

幸い、打ち身と擦り傷程度で大した怪我はなかったが、学校から出頭するよう呼び出しがあった。担当教官だけでなく、学生部長や総務課長、主任教官らから事情を訊かれ、激しい叱責を受けた。自分がなにをやったのかわかっているのかと、怒りで顔色を青ざめさせた担当教官から詰られ、野路は申し訳なさと恥ずかしさに思わず涙をこぼした。

すぐに処分は下されなかった。休暇は返上し、結果が出るまで寮で謹慎となった。誰もいない寮の部屋で、一人机に向かってぼんやり窓の空を見ていた。

ドアを叩く音がした。慌てて返事をし、起立して待つ。開けて入ってきたのは、山部佑副担当教官だった。穏やかな顔つきの、話し方も声も警官とは思えないような柔らかな雰囲気のある人だ。

『野路、ちゃんと飯食べているか』と山部は訊いた。直立したまま、大丈夫です、とわけのわからない返事をした。目上の人から問われたら、即座に返答するよう躾られている。

食欲などあろうはずなく、手持ちの菓子をかじる程度でやり過ごしていた。

山部は困ったように笑う。『まあ座れ』といって、教官は窓際にある勉強机の椅子を引いて腰を下ろした。

『大丈夫です』と応える。

『お前、白バイが希望だっていってたよな』

入校して間もなく、希望の部署や仕事、将来の目標などを書かされていた。そのどれもに野路は白バイ乗りとして活躍したいと書き込んでいた。だが、今やそれも夢のまた夢。第一、警察官になることさえもう叶わないだろう。そう思うとまた、体のどこかからしょっぱい水が溢れ出そうで、顔を上げたまま唇を噛んで堪えた。

そんな野路を見るでなく、山部は机に肘をついて窓の外を向いたままいう。

『あの白バイな、お前の後ろを走っていたやつだが、いってたぞ』

なんの話だろうと思いながら、直立した姿勢のまま、視線だけ山部の背へと注いだ。

『なかなかの腕前だそうじゃないか。白バイが、あやうく置いて行かれるところだったと感心していた。コーナーリングか？　あれ難しいらしいな』と山部はしばらく白バイ警官と話したらしい内容を手振りを交えて一人喋り続けた。野路は黙って、そんな山部の言葉を聞いていた。

『野路』

呼ばれて野路は背筋を伸ばし、『はいっ』と返事した。

『今も、警察官になりたいと思っているか』

『はいっ』

『白バイに乗りたいか』

俯（うつむ）きかけた顔を無理に持ち上げ、宙を睨みながら応えた。

『はいっ』

『今度のことで、白バイ隊員として重要なのが運転技術だけでないことはわかったな』

うっ、と喉の奥を鳴らし、込み上がってくる嗚咽（おえつ）を懸命に呑み込んだ。

『はい、自分は愚かでした』

転がる野路のバイクを制止するため、あの白バイ隊員は自分の手足も同様の大切なバイクを犠牲にした。そんなことを意に介することなく、隊員は怯（おび）える女性を労（いたわ）り、そして事故を起こした野路にも案じる言葉をかけてきた。ゴーグルの奥にあった目を、野路は二度と忘れないと思った。

山部は野路の方を振り返る。

『野路、警察官であることを胸に刻み込め。なにがあろうと決して忘れてはならん』

『はいっ』

それからどういう経緯があったのかわからないが、野路は退校処分を免れ、元の学生へと復した。

卒業式を迎えた日、野路は思い切って担当教官に尋ねた。どうして自分は、処分を免れることができたのか。

担当教官は、自分は退校やむなしといったんだと目を細めて吐息を吐いた。教職員会議で多数が、そうすべきと発言するなか、山部が待ってくれといったのだ。どう始末をつけたのか、野路を追った白バイ隊員と野路のバイクを止めるために自車を犠牲にした白バイ隊員から、寛恕されたし、との上申書を書いてもらってきた。そして、過ちを犯した者はその消えない過去のために道を踏み外すことを恐れるようになる、それが警察官という特殊な職業には大きな支柱ともなり得るといった。もちろん心弱い人間は更に道を誤ることもあるが、野路は強い人間だから問題ないといった。これまで副担当教官としてずっと野路明良という二十二歳の学生を見てきたが、それだけは確信を持っていえると。万が一、そうでなかったのなら、その責任の全てを自分が負うとまでいった。

担当教官は、式典用の制服の埃を払いながら言葉を続けた。

『あの山部ってやつはな、心優しい男なんだ。心優しく諦めない男なんだ。感謝しろよ、野路』

　卒業式に山部の姿はなかった。当時、山部の妻は重い病に罹っていて、ずっと療養生活を送っていたのだ。卒業式の三日後、亡くなったことをあとから野路は知った。

　そんな山部の期待に応えられたのではと思ったのは、野路が全国白バイ安全運転競技大会で団体優勝に貢献し、個人総合優勝を得て、本部長賞をもらったときだった。これであのときの失態を少しでも挽回できたろうか、身を挺して庇ってくれた山部に恩返しができただろうかと、そういう気持ちも喜びと同時に湧き上がったものだった。

　それなのに。それが今は、こんなザマとなった。

　結局、自分はあのときの山部教官の温情を無にし、後悔させるような真似をした。野路は、山部礼美から目を逸らし、右手で拳を作り左手で包むように撫で回した。

「痛むのですか？」

　パソコンの脇から、一重の目がこちらを向いていた。本気で案じている風でもない、なんの感情も見えない、ガラスのような双眸。

　なんでもないと応えて一旦目を逸らしたが、そっとまた視線を流した。山部教官はどうしてこんな女性と結婚したのだろうか。余りに個人的な話題だから、尋ねるのは憚られる。また、交通課の王寺主任の地獄耳に頼ってみようか。

野路は拳を解くと、「悪いが先に帰る」と立ち上がった。礼美は画面を見ながら、「お疲れ様です」と返事した。

8

中松署には、縮小はされているが一応、十二年前の現金輸送車襲撃事件の継続捜査班があった。特別な部屋があるわけではない。

継続捜査として捜査員が常駐し、毎日のように手がかりを求めて県内を走り回ったのは数年ほどのあいだで、縮小され本部から人がこなくなり、時効が成立すると所轄の捜査も形骸化していった。今では中松署の会議室の隅にパーティションで囲ったスペースがあるだけで、そこに捜査資料などを置いている。中松署管内で事件が起きれば人手は全てそちらに回るし、そうでないときに限って手の空いている刑事が、調書を精査したり、関係者情報を集めに出たりする程度となっていた。

「これじゃあ、進展のしようもないわな」

十二年も経ってんだからなぁ、と落合があっさりいい捨てると、同行した捜一の二十代の刑事が苦虫を噛み潰した顔をした。二人の後ろでは中松署の刑事課員がワイシャツの袖を捲った姿で、タオルでしきりと汗を拭っていた。恐縮して冷汗をかいているのではない。三日前に起きたパチンコ店襲撃事件の捜査中で、ほとんどの刑事課員が駆り出されていた。この刑事もその一人で、突然、十二年前の事件について詳細を知りたいと捜査一課から問い合わせがきたから帰署しろといわれ、慌てて出先から駆け戻ったのだ。

「まあ、強盗に関しては時効だしな。死者が出たわけでもなく、怪我人もなかった案件で、継続班があるだけマシというしかないか」と落合がいうのに、捜一はもう顔色を変えることなく机の資料を淡々と選り始めた。

「それで本当なんですか、事件関係者の白骨遺体が見つかったっていうのは」と、汗を拭い終わったらしい刑事が問う。

「うん？　いや、まだわからん。はっきりするのは鑑定が出てからだ」

「そうですか」刑事は癖のように耳の上を掻いた。「自分は当時の捜査本部にはいなかったんで詳しいことはちょっと」

「そうだろうな。わしの知る人間はもう誰もおらんだろう。継続といっても、ただ消えた五億を放っておくわけにもいかないから、こうして形ばかりに残しているのはわかってんだ」

「そういっていただけると」

「それでも、どうなんだ。一応、あの姉弟の居場所は把握しているんだろう?」

刑事は耳を掻くのを止め、両目を瞬かせて頷く。パソコンを調べていた捜一の若手もさっと顔を上げ、注視した。

「河島葵と河島隼ですな。出所したのが、葵が本年の三月二十八日、隼が四月十六日で共に木泊(きどまり)市久保井(くぼい)町のアパートに居住しています。共犯と接触がないかとひと月近く張ってみましたが、そんな様子もないんで、最近ではたまにしか」といいかけたところで、捜一の顔つきが強張(こわば)るのを見て言葉を濁した。そして取ってつけたような笑みを浮かばせ、

「しかし、共犯がとっくに死んでいたのなら、そんな可能性はなかったわけですな」といった。

「まだ共犯かどうかもはっきりしていないことですから」と、年下の刑事から投げつけるようにいわれて慌てて首を引っ込める。

「まあまあ。ところで肝心な話だが、もし白骨遺体がその共犯だとして、それなら殺したやつは誰だって話になるんだよな」

「はあ」と刑事がぽかんとした顔をする。捜一の男が舌打ちした。それを聞いてようやく気づいたらしく、あ、と声を上げ、みるみる顔を引きつらせていった。

「そういうことだな」落合は、細かに何度も頷く。「河島葵は殺人犯である可能性が高

い。弟の河島隼は、襲撃事件のときにその場で捕らえているから違う。葵ともう一人の共犯の男が逃げて、葵だけがおよそひと月後に捕まった」

　当時、どれほど責め立てても河島葵は、もう一人の共犯者が誰か白状しなかった。恐らく、現金を持っているから捕まれば元も子もないと考えたのだろうと捜査本部は思った。だが、もしその時点で殺害していたのなら、頑強に黙秘したのも納得がいく。そのとき完落ちさせられなかった捜査本部の大失態だ。

　落合が真っ先に思ったことはそのことだった。殺人犯を単なる強盗の被疑者として送検してしまったのではないか。当時の捜査本部は、もう一人の共犯と五億の行方を追うという任務を抱えたまま、しばらくは懸命に捜査を続けた。だが裁判が終わり、河島姉弟が収監されると、警察組織は継続捜査においてマイナスになることであっても、完落ちさせられなかった責任の所在をはっきりさせ、始末をつけることを優先した。厳格な縦社会なのだ。当時の捜査員は数年のあいだに順次異動させられていった。

「しまった」と刑事が自分の頭を掌で打つ。

「今は行動確認していないんだな」

「は、はい。まさか、そんなことになるとは」

「最後に見たのはいつだ」

「えっと。確か、一週間ほど前、いやもうちょっと前だったかな」といってうな垂れた。

落合は、慰めるように刑事の肩を叩く。中松署の刑事を責める気は毛頭ない。元々は、落合ら捜査本部が中途半端な調べをしたからだ。黙々と資料を捲る若い刑事にちらりと視線を流し、責められないのも辛いがなと胸の内で同じようにうな垂れた。同類相憐れむような笑みを浮かべ、「とにかく二人の資料は根こそぎもらってゆくから。上には適当にいっておいてくれないか」と落合は告げた。うぐ、と言葉にならないような声で身悶えする刑事を見ながら、落合は十二年前を思い出していた。

十二月七日の初冬だった。雪こそ降らなかったが、午後になっても気温は上がらず、陽があるのに凍てつくような空気が町中を覆っていた。

午後三時十一分、第一報が入った。

中松署管内にて、現金輸送車襲撃事件発生。所轄の刑事は元より、本部刑事部からも捜査一課、二課が臨場してきた。県警本部に捜査三課はなく、全て一課、二課で対応している。現金輸送車ともなると金額も大きくなるし、怪我人も出ている可能性がある。そうなれば強盗傷害、強盗殺人となり、お金もからむから二つの課が仲良く出張るのは当然のことだった。

事件の概要はこうだ。

七日の午後三時五分ごろ、黒に白のツートンカラーの警備保障会社のワゴン車は、その日のルート通りに走り、各所の集金を終えて、銀行のすぐ側まできていた。

銀行の裏口がある路地に入る手前の一方通行に、子どもがこちらに背を向けてうずくまっている姿があった。他に人影もなく、幅二メートルほどの道の両側は建物の壁で、右にビルの裏口がひとつあるだけだった。クラクションを鳴らしたが一向に動こうとしない。仕方なく、助手席の男が用心しながら降りて近づいた。見ると子どもは地面に体育座りしながら、流行(はや)りのゲームをいじって遊んでいた。

向こうへ行くように促して、戻りかけたときビルの裏口が突然開いて、覆面を被った男らが現れた。襲撃犯は三人で、年配らしい一人がいきなり拳銃を突きつけてきた。更に運転席の男を脅し、こちらも外へと引っ張り出された。がたいの大きな若い男に腕をねじ上げられ、警備員二人は襲撃犯が出てきたビルの裏口からなかに押し入れられ、トイレの個室に閉じ込められた。

捜査において運が良かったのは、犯人らがその結構な量の現金を別の車に移し替えている最中、近くにいた警ら中の警察官が発見したことだった。車はすぐに逃走したが、無茶なハンドル回しをしたせいか、開いたままのドアを手繰(たぐ)ろうとした、がたいの大きな男が半身を飛び出させ、ドアごと道にあった看板に当たって転落したことだった。襲撃犯の乗った乗用車は一旦停まりかけたが、結局、落ちた男を見捨てて逃げ去った。

当然ながら、置いていかれた男はその場で捕縛された。それが河島隼、当時二十一歳だった。そこから、一味の一人が隼の姉の葵、三十歳であることが判明。だが、もう一人の共犯がわからなかった。河島隼は、葵の知り合いだとしかいわず、拳銃もその男が用意したと供述しただけだった。

捜査本部は徹底的に河島隼を締め上げた。姉の葵の情報を引き出させ、嗜好や土地鑑から、立ち回り先、知人、関係者を追い、ひと月を経てようやく逮捕にこぎつけた。それによって捜査員らは、今回の襲撃計画の主犯が河島葵だと知ったのだった。

落合は、取調室で相対した女の顔をまざまざと思い出していた。

赤茶色のショートヘアにリスのようにくるくる動く目。小柄で肉感的な体型、美人ではないが男を招き寄せる鱗粉を全身に纏っているように見えた。ただ、その黒目の奥に感情というおよそ人間らしい揺らぎが振れることはなかった。まるで、空洞だなと落合は思った。

調書を繰っていた捜一が、「二人は恵まれた環境にはなかったようですね」と呟くのを聞いて、落合は頷いた。頭のなかには当時調べた内容が完璧に蘇っている。

姉弟の母親は同じだが、父親が違った。葵の父親は早くに死んでおり、隼の父親は反社組織の人間だった。二人のことは母親任せだったが、そのうち別の男と出奔（しゅっぽん）、子どもらは放置された。以降、自分の食い扶持（ぶち）を自分で稼ぐことになった。

「それが、葵がまだ小学生のころですか。なら、隼は」

「立って歩き始めたくらいだったろう。狭いアパートにそんな姉弟が二人だけで暮らしていた。周囲にいるのも自分のことで精一杯の人間ばかりだったから、誰も構ってやろうなんて思わない。到頭、生きてゆけなくなって、葵は隼の父親を頼った。血は繋がらないが葵は女だからな、役に立つと思われたんだろう。組の人間の世話になった。お蔭で盗みや恐喝を知り、喧嘩の仕方やナイフの使い方を覚えた。やがて葵は風俗で働かされ、いいように使われ、搾取されるようになったところで二人は父親の下（もと）を逃げ出した」

その際、父親に馬乗りになって喉にナイフを突きつけたのが十七の葵で、八歳の隼はその標準より大きく育った体で精一杯、父親を押さえつけていたらしい。

「父親は酷い怪我を負ったようですが、被害届けは出さなかったんですね」

「ああ。たまたまそのころ、組対がその組を挙げたこともあって、二人は追手を免れた。それから姉弟は生きるため、なんでもやった。良い悪いなど関係ない、金になるかならないかだけが二人の行動基準だったろう」

生き延びる術（すべ）として、姉弟は当たり前のように犯罪を選択していた。未成年のあいだは窃盗や恐喝、ひったくりを繰り返したが、成人すると累犯で罪が重くなるのを恐れ、男を騙して金をむしり取るような後妻業のようなことを始めた。

葵は常に司令官であり、弟の隼の庇護者だった。隼は体が大きいばかりで、力はあっても単純で粗暴。子どものときから困ったことになるとすぐに姉に助けを求めるような甘ったれだったが、葵はなぜかそんな隼を見捨てることなく必ず保護してやっていた。そのせいか、隼は葵に対しては驚くほど従順でどんな命令にも従い、手段を選ばず実行した。これまで実行犯として多くの罪を犯していながら、一度も捕まることがなかったのは、ひとえに葵のお蔭だった。それが今回に限ってしくじった。

姉も逮捕されたと知ると隼は、姉ちゃんに叱られると子どものように泣きじゃくり、落合らを驚かせた。とにかく葵は学歴こそないが、こと犯罪に関しては頭が切れ、なにが起きても冷静に判断のできる悪女だった。

もう一人の共犯を見つけるべく、落合らは葵や隼の周辺を捜し回った。そのなかのひとつに相馬興業があったのだ。河島隼は肉体労働ばかりを選んで、アルバイトを転々としていた。

落合は、白骨遺体の復顔データを当時の捜査本部のメンバーに送っていた。特に、相馬興業を担当した刑事には直接電話を入れて問い質しもした。十二年前、相馬興業で平田と直接話をした刑事は写真を見て、似ているといえば似ているかなといった。半端な仕事をようやく綺麗にできるかと、五十五になる落合は久し振りに全身が高揚してくるのを感じた。

「帰りに河島のアパートを覗いて行かないか」

落合の言葉に、若い刑事は渋い顔をした。指示されていないことをして、あとで余計なことをしたと叱られるのが嫌なのだろう。

「いいじゃないか、そっと遠くから見るだけさ。家の窓だけでも拝（おが）めたらそれでいいんだから」

「もう、うちの誰かが張っているんじゃないですか」

「そうかもしれないが、それならそれでいいじゃないか。陣中見舞いだ」

仕方ない風に肩を落とし、「落合さんがそういったと班長にいってくださいね」と念を押す。はいはい、と生返事しながら、落合は携帯電話を取り出した。

紺野係長に頼んで、姫野署の電話番号を調べてもらっていた。そろそろ、飯尾憲吾にこちらの捜査状況を教えてやろうかと思ったのだ。電話の向こうで驚く声が聞こえるようだ。

中松署の刑事に見送られながら、荷物を抱えて捜査車両に乗り込む。シートベルトを締め終わると、耳に当てていた電話が応答した。

「はい、姫野署開署準備室、総務担当山部です」

「ああ、わしは三戸部署刑事課の落合といいますが、そちらに飯尾さんはおりますか」

「お疲れ様です。刑事課の飯尾主任ですね」

「そう」

「お待ちください。内線に繋ぎます」

　エンジンが掛かった途端、運転席にいる捜一の携帯電話が鳴った。すぐにエンジンを切って応答する。その様子を隣で眺めながら、保留音を聞いていた。

「はい、はい。えっ」顔色を変えて、落合へ視線を向けてくる。なんだ？　と目を見開いた。耳に内線が切り替わる音が聞こえた。

「落合さん、アパートに河島姉弟の姿がありません。聞き込みに入った捜査員の話では、どうやら五月の半ばごろには見えなくなっていたらしいと」

「なんだとぉ」

〈もしもし？　オチか？　飯尾だ〉

「それと」と捜一刑事の頬が引きつる。落合はその顔に視線を当てたまま、ゆっくり携帯電話を耳から離した。

「それと、ＤＮＡが一致しました。信大山の白骨遺体は、やはり平田厚好でした」

落合は携帯電話を膝の上に落とした。問いかける声が遠くなる。

わしらは、またしくじったのか。殴られたような痛みと共に、激しい怒りがせり上がる。

「くっそおぉぉ」

握った右手をダッシュボードに打ちつけた。

「くそっ、くそっ、くそっ」

手を当てたまま、目だけをフロントガラスの向こうへやる。あの事件のときに犯した、もうひとつのしくじりが、凄(すさ)まじいスピードで落合の頭のなかを浸食してゆく。幼い泣き声が再び、耳の奥に蘇ってきた。

それに被さるような野太い声がした。

〈もしもし？　おーい、オチよぉー、どうしたぁ？〉

9

姫野署開署まであと三日。

二十九日は、朝からてんやわんやだった。パソコンが搬入される。少し間を置いて、署長室の応接セット、会議用テーブルなども業者によって運ばれてきた。結構な大荷物がパソコン類の搬入と重なり、ちょっとバタついた。

パソコンはノートタイプで、概ね一人一台ずつになるが、課員数最多の地域課は交番ごとになるから数はいらない。搬入予定数は九十八台だ。準備室メンバーは自分の課の分を運び入れるなり、手早く作業を始めた。梱包を解いて設置し、コンセントに繋ぐ。接続、基本の設定まではこちらでして、必要なソフトやアプリは本部情報管理課からの遠隔操作によって行なわれる。だから大した手間ではないのだが、年配者らには厄介らしく、何度も指示書を見、恐る恐るマウスを滑らせ、引きつったようにクリックする。そんな体だから、午後を過ぎても終わりそうになかった。

野路も礼美と共に総務周辺の機器の設置をするが、礼美は早々に設定を終えて隣にいる交通規制係の方を手伝い始める。野路は一人頭を抱えて自分のパソコンをいじっているところに、うるさいのが下りてきて、思わず舌打ちが出た。

「おい、どうなってんだ」

宇藤の相手などしていられないと野路は無視する。当然、それで収まるわけもなく、気づいた礼美が声をかけた。宇藤は宇藤で、礼美に見向きもせず真っすぐ野路の側までやってくる。仕方なくケーブルを繋ぐ手を止め、机の下から立ち上がった。

「なんでしょうか、宇藤係長」

「なんでしょうかじゃない。三階にいらん備品がきてるぞ」

「いらない備品？」

礼美も側へと寄ってくる。

「なにがあるんですか？」

宇藤は、けっという顔をして、「自分で見てくればいいだろう」という。

どうやら先ほど搬入した業者が間違って運び込んだものがあるらしい。なぜ、三階にと首を傾げる。搬入のためエレベータは稼働させていた。そんな備品が上がったことにも気づかなかったのは、みなパソコン類に集中していたせいだろう。ひとまず首を傾げてみせ、わかりましたと返事する。礼美がすぐに階段へと向かいかけるのを野路は止めた。パソコン関係は礼美がやった方が早いから、そっちは自分が対応するといってあとを頼んだ。

　宇藤を置いてさっさと階段を上るが、ついてくる気配はない。ようは面倒なパソコン設定を温子に任せて、自分は逃げてきたということなのだ。

　三階にある生活安全課の部屋の開け放ったドアを叩く。礼美と歳の近い三好温子巡査が半袖のポロシャツにカーゴパンツという気楽な格好で、床に膝をついて机のパソコン画面を睨みながらマウスを動かしていた。集中しているせいか、何度か呼びかけてようやく目を上げる。野路を見つけて、慌てて立ち上がった。

「ああ、あれですか」と温子が膝の埃を払いながら廊下へと出てくる。

そのまま階段とは逆の方へと歩き出す。生活安全課の先は、会議室と小倉庫しかない。温子は会議室のドアを開けて指差した。確かに天井近くまで高さのある大型の書類棚が置かれている。ご丁寧に会議用に並べた長テーブルとパイプ椅子の一部を動かし、スペースを作っていた。

「会議室に書類棚はいらないと思うので、どこか別の部署のが間違ってきているんじゃないかと思うんですけど」と温子は不思議そうに首をひねる。

「本当だ。なんでこんなところに運んだんだろう」

「わたしもうちの課のパソコン搬入と設定に気を取られて、外の廊下を通ったのに気づかなかったんです。昨日も、作業員の人が台車で運ぼうとするのを見かけて、そのときは止めましたけど」

「そうかもしれない。業者への指図表が間違っているんじゃないですか」

「わかった、一度確認してみる」

「はい、お願いします」

温子はそういって会議室を出て行った。野路はブラインドを上げて部屋を明るくした。人気のない会議室の隅で、大きな獣のようにうずくまる書類棚に近づく。両開きの扉を開こうと手を伸ばしかけたとき、携帯電話が鳴った。礼美からで、お客がきたと知らせてきた。野路はすぐに行くといって電話を切り、会議室を出た。

今日は総務課にとっては気の遣う仕事が山ほど控えている。パソコン関係をすませたら、礼美と共にすぐに取りかかろうと思っていたことのひとつにカメラの設営がある。だが、そんなときに限って来訪者があるのだから、なかなか予定通りにはいかないものだな、と宇藤のように人任せに開き直れる性格を羨ましく思った。

新しくできた姫野署は、モデルケースという役目も担っていた。試験的にいくつかの試みがなされることになっていて、それに基づいて機器や設備も配されている。そのひとつが庁内各所に防犯カメラを設置することだ。これまで、署の受付、駐車場、署の塀際などには設置されていたが、姫野署を始めとしてこれからは内部にも設置されることが決まった。署内にカメラがあるのは留置場くらいで、他にはなかったからだ。

一般人が入るのはせいぜい一階までで、二階以上は本官ばかり。そこにカメラを据えるというのは、警察官を監視するのかという反対する声が長くあった。けれど、取り調べの可視化も進み、あらゆる場面をチェックし、監視する必要があるのではという考えから、今回、新署の姫野をモデルケースにしようと設置が決まった。

署内、計十一か所にカメラを設置し、それら全部の映像が総務課の後ろの壁面パネルに映し出される仕組みになっている。カメラは既に業者が取り付けていたが、画像の修正や角度の調整など、各課の応援を頼んでしなくてはならない。

準備室のメンバーにしてみれば、カメラの有無そのものよりも、そのお蔭で余計な仕事が増えたという疎ましさの方が大きい。野路もこの忙しいときに誰がきたのだろうと思いながら廊下を歩いた。途中、窓から外を眺めている温子の姿を見つけた。近づくと振り返り、妙な戸惑いを浮かべて、「白バイです」という。

温子は元より、県警にいる人間で野路明良がどういう経歴と過去を持っているのか知らない人間はいない。野路に対して、白バイの話題は避けた方がいいという、暗黙のルールでもあるのだろう。それだけいうと、温子はさっと生安の部屋へと戻って行った。

廊下からは、署の駐車場とその出入り口が一望できる。門扉の前に、スカイブルーの制服を着た白バイ隊員が三名、バイクに跨ったまま待機している姿があった。

やがて、礼美が裏口から出てきて門扉を開けるのが見えた。

軽快でいながら深いエンジン音を立てて入場し、駐車場のなかを連なって一周回ると、隅に三台が順序良く、綺麗に横並びに停まった。

最初に停まった白バイが最新モデルのＦＪＲ１３００Ｐであることに気づいた。一台は野路も乗っていたＣＢ１３００Ｐで、三台目がＶＦＲ８００。ＦＪＲから降りた男が、ヘルメットを取った。

木祖川守（きそがわまもる）。

野路は身を翻（ひるがえ）し、階段を一段飛ばしに駆け下りた。そのまま奥の廊下を走って裏口へと向かう。ちょうどなかに入ろうとしている木祖川と出くわした。

「よお」

「木祖川さん」

野路の六期先輩で、白バイ隊員としても三年先輩だった。今年、三十六歳になるかと思うが、今も現役で白バイに乗っている。

背の高い木祖川は右脇にヘルメットを抱えて、黒い手袋をした左手で髪を撫（な）でつけると満面の笑みを浮かべた。

「姫野署のお顔を拝見しに、ちょっと寄ってみた」

「そうなんですか」

他にもっといわねばならないことがあるのに、野路は喉（のど）が詰まったように言葉を発せずにいた。そんな様子を見た木祖川が、悪戯（いたずら）っぽい目をして駐車場の方を指差す。

「俺の愛車見る?」

あ、はい、ぜひ、FJRなんですねと、そういうセリフだけはすらすら出る。

「お、目ざといなぁ。そうさ、うちの隊にようやく二台が入った。その一台を俺がもらったってわけよ」

またぞろぞろと裏口を出る。木祖川についてきたのは、若い二人の隊員でどちらも野路は見覚えがなかった。なぜか礼美までもが出てきた。

白い車体が初夏の陽を返して輝いていた。風をまとっているかのような流線形のフォルムは、微塵も弛みのないアスリートの疾駆する姿に似ている。前面はまるで昆虫を思わせるかのようなするどいカーブを描き、前照灯もそれに合わせるようにカマキリの目のように釣り上がっている。強化プラスチックのシールドがあって、両側に白いミラー。前面部の左右に赤色灯があるが、これも従来のような半球でなく四角に近い角度を持った形状をしている。左の赤色灯の下にはスピーカー。

車体の横に立ち、なかのコックピットを覗く。スピードメーターと違反車両の速度を示すストップメーターのパネルが真ん中にあり、ガソリンやオイルの残量計、時計などが整然と並ぶ。違反速度を印字するプリンター、多くのスイッチが付いたグリップに思わず手を伸ばしかけて、すんでのところで止めた。

「いいぞ、触っても」

「いえ」といって、野路は一歩下がった。右手に視線が落ちそうになるのを懸命に堪(こら)える。自分にはもうその資格がない。

引きはがすようにして目を上げ、木祖川に改めて頭を下げる。

「ご無沙汰してすみません」

「ふん。お前が復帰したことは聞いていたから、そのうち会いにくるかと思っていたが、いっこうにきそうにないから、俺がきた」

すみません、と謝ることしかできない。

「ま、白バイ隊員は県内全(すべ)てが管轄だからな。取締りに出たならどこへ行こうが自由気まま。新人二人の指導名目で、ちょっと寄ってみたってところが本当さ。でも、ま」

一旦言葉を止め、野路の顔をじっと見つめて、「元気そうだな」と低く呟(つぶや)いた。雨垂れが優しく肩に落ちかかるような声だった。

野路は、前歯で唇を嚙(か)んで堪えねばならなかった。

全国白バイ安全運転競技大会に出場するチームは、白バイ隊員の精鋭の集まりだ。その技量を見込まれ、競技大会特練生になると普段の取締りを半分免除される代わりに、交通機動隊の敷地のなかの訓練コースで毎日練習を行なう。

野路は白バイ隊員となってすぐに抜擢された。特練チームには既に木祖川がいて、リーダーとして活躍していた。

どういうわけか野路は木祖川に気に入られ、訓練の終わったあと毎日のように飲みに誘われた。色んなことを教えられた。飲み過ぎたときの木祖川の愚痴は、決まって大会で上位に入賞できないことだった。

都道府県警の規模によって訓練の環境も違ってくるのだから、ある程度差ができるのは仕方がない。それでも試合となれば、時の運もある。技術においてそんなに大きな開きがあるとは思えない、ようはここだろうと、木祖川は拳で胸を叩いた。

『うちの連中は、訓練だけは熱心だ。それだけはどこの県警にも負けないと思っている。だが、いざ大会となって警視庁や神奈川県警の技量を目の当たりにすると、心のどこかに、所詮二部の下位県警だという諦めの気持ちを持ってしまう。だから粘れない』

その言葉を証明するかのように、競技のひとつであるバランス走行の点数が悪かった。車体がぎりぎり通過できる幅で作った迷路状のコースを低速で走る。立ち運転で全身を使ってバランスを取り、細かなブレーキ操作をしながら進む。ときにその場に長く停止しなくてはならない事態にもなるから、かなりの集中力が必要とされる。

メンバーのほとんどがこれを苦手としていて、どうしても堪え切れずにコースを逸脱、足接地、コーン接触などを犯す。

『簡単に諦めてしまうんだ』木祖川は最後に決まって、無念そうに呟いた。

競技は他に、カーブの連続するコースを傾斜走行しタイムを競うスラローム、モトクロスバイクで走るトライアル走行などがある。競技ごとに点数を付け、総合点の高いチームが優勝、また各競技それぞれにも優秀者が選ばれ、個人総合としても賞される。

木祖川のそんな無念を感じたわけでもないが、野路は発奮し、訓練に励んだ。取締りが終わったあと、夜間にライトをつけてコースを走り回った。休みの日も出てきて走り、当直の合間にも走った。交通機動隊長から、いい加減にしろ、ガソリン代はタダじゃないんだと注意されるまで走った。

隊の訓練コースだと叱られるから、木祖川と共に一般のモトクロス場へも出かけた。夜間閉鎖した駐車場を借りて、隊から勝手に持ち出したカラーコーンを並べ、自分のバイクでスラロームやバランス走行の練習をした。

そのかいあって、野路は見事に成績を残した。

木祖川は泣いて喜び、二人で死ぬほど酒を飲んだ。そして翌年。再び栄光をと、野路は特練生としてこれまで以上に懸命に励んだ。木祖川はもう年齢的にもきついとメンバーから外れ、コーチとして携(たずさ)わった。新しい隊員も入ってきて、野路以上にヤル気に燃えるムードが隊内に満ちた。誰もが、次の優勝も間違いなく手に入れるという気概を持って打ち込んだ。

そんな新人の一人に、宗形（むなかた）という野路より三期後輩の白バイ隊員がいた。

「また乗りたいですか」

声をかけられ、野路は意識を戻した。顔を向けると、ヘルメットを小脇に抱えたスポーツ刈りの隊員の目がこちらを向いていた。制服の上からでも筋肉がついているのがわかる。木祖川のお古であるＣＢ１３００Ｐを与えられていると聞いて、思わず競技大会の特練生なのかと問うていた。

松村順紀（まつむらじゅんき）というその新人は小さく頷（うなず）き、なぜか黙って野路を見返した。その目に、微（かす）かに敵意のような光があるのを感じて戸惑った。すぐ隣に立つ、ＶＦＲ８００に乗る新人が、「わが交機隊の誇りである野路先輩とお会いできて光栄です」と、人懐っこそうな笑顔を向けるのと比するから余計にそう思えた。愛想言葉が続きそうな気配を察して、野路は顔を伏せる。木祖川が新人二人を促（うなが）し、なかに入ろうと声をかけ、礼美が先導するように裏口へ向かった。野路は、松村のひりつくような視線を振り払ってあとに続いた。

一階の総務課で木祖川を中心に円陣を組むように椅子（いす）に座る。インスタントコーヒーを淹（い）れようとしたら礼美が手伝うといい、「悪い」といって頼む。

屈託なく、豪気な木祖川のお蔭で座は明るく、話題も差し障り（さわ）のないものに終始する。やがて礼美がトイレに立つと、それを待っていたかのように木祖川が声を潜（ひそ）めて新人らに囁（ささや）いた。

「あれ、誰の奥さんか知ってるか」

二人は膝にヘルメットを置いたまま首を傾げる。

「山部佑だよ」

えっ、と驚く顔を見て、木祖川は嬉しそうに笑む。野路の期以降の人間は、必ず警察学校で山部に習っているはずだ。この二人のときなら、もう副担でなく担当教官だっただろう。案の定、ＶＦＲの隊員が「僕の担当教官でした」と目をパチパチさせる。

「噂でも聞かなかったか？」と木祖川。首を勢い良く振ると、あの人歳いくつですかと野路に尋ねてくる。自分より若いと聞いて、更に目を丸くした。

「俺は山部さんに習わなかったが、所轄でのことは聞いたことがあるぞ」とトイレの方を窺（うかが）いながら木祖川がいう。

「へえ、どんなことですか」

野路は思わず身を乗り出した。学校以外での様子は耳にしたことがなかったし、まさか私生活はどんなだと礼美に尋ねるわけにもいかないから、ちょっとモヤモヤしていた。

木祖川は足を組み替え、白いヘルメットを撫で回しながら、「優しい人らしい」とまずいった。

「警察官で、優しいですか」と松村が不満そうに呟く。どうやら、質実剛健、謹厳実直という四文字熟語が警察官の備えるべきものと思っているらしい。

「うん、まあな。でも、へこたれないそうだ」

へこたれない？　と新人二人が揃って声を出す。

「粘り強く、相手と向き合う。どれほど時間や手間がかかっても諦めない。取り調べや捜査において決して粗雑なことはしない。相手の気持ちを否定せず、かといって同調することもなく、他人行儀かといえばそうでもないという。一緒に仕事をしたという人は、山部さんは相手を思いやることはするが、寄り添うことはしない、あくまでも相手に考えさせ、自分で決着をつけさせる人だといったな」

「なんか悠長に聞こえますけど」と松村。

うん、と木祖川は頷いて更に言葉を足す。「厄介な被疑者や違反者に対して常にそんな態度だったから、傍からはまどろっこしく見えた。まるで水のなかに手を入れてかき回しているだけのようだといってたな。だが、結局、それが一番の近道だったことが何度もあったそうだ」

「そうなんですか」

ふと漏(も)れ出た呟きだったが、遠い目をしていたらしい。木祖川に気づかれ、お前も世話になったんじゃないのかと、冗談混じりに尋ねてくる。

野路は改めて木祖川と視線を合わせた。体が大きく、その体軀(たいく)に相応(ふさわ)しく豪快で雑なところのある人だが白バイ愛の半端ない人だ。未だに巡査長でいるのは、昇任すれば異動しなくてはならないからだった。後輩や特に特練生らには、遠慮なく厳しい叱責を繰り出し、過酷な訓練も強いるが、信実な人柄で底辺には深い愛情があるのはわかっているから、悪くいう人はいなかった。

野路が事故で入院してからも、三日にあげず見舞いにきてくれたし、運転していた宗形が助からなかったと聞いて自棄(やけ)になったときも、見捨てず、ずっと側で声をかけ続けてくれた人だった。退院を待たずに警察を辞めたいといったときは、叱ることなく、もうちょっとだけ頑張れと目に涙をためていってくれた。せめて復帰だけはしてくれ、そして少しだけでも警察官を続けてくれたなら、俺は安心してお前から離れることができるといった。

そんな木祖川のことを思い出し、野路はつい、学校での不始末を話した。誰にもいったことのない話だったが、もちろん上層部は知っているし、噂くらいでも耳にすることはあるだろう。だが、木祖川や二人の後輩は知らなかったようだ。

野路としては、山部の人格者振りを伝えたいと思っただけだった。そこに礼美が戻ってきた。カップを片づけ始めたのをなんとなく目で追っていると、横から声がした。

「そのとき、退校していればあんな事故は起きなかったかもしれませんね」

10

野路はゆっくり目を開くようにして松村を見た。

この男が、最初から野路に良い印象を持っていないのはわかっていた。県の白バイ隊を全国一にまでしておきながら、翌年には事故を起こし、その年の大会を棄権に追い込んだ人間なのだ。憧れる気持ちが強いほど裏切られた感は大きいだろう。だが、この松村はそんな生易しい感情でものをいっている雰囲気ではなかった。

「なんかいいたいことがあるようだな」

野路は、目の前の新人の鬱憤（うっぷん）を晴らしてやりたいと、自虐的（じぎゃくてき）な気持ちで言葉を返した。もう一人の新人が顔色を変えて、腰を浮かしかけたが木祖川は黙っている。

「ええ、ありますよ。もし、お会いすることがあったならちゃんと訊いてみたいと思っていました」

「そうか。なんだ。なんでも訊いてくれ。事故の話か」

「はい。あなたが宗形を死なせたあの交通事故です」

松村さん、と若い隊員が手を伸ばそうとしたのを木祖川は止めた。礼美もカップを持ったまま、二人にじっと視線を注ぐ。

「宗形を知っているのか」野路は苦い唾を呑み込んだ。

「はい。僕の同期で、親友でした」

宗形と松村は互いに白バイ隊員を目指していた。

宗形の方がひと足早く、交通機動隊に異動となったが、松村は羨みつつもいつかは自分もと発奮していたそうだ。その親友が大会の強化チームの一人に選出されたと聞いたときは、心から喜んだが同時に妬ましさも尋常でないほど湧き上がった。それでも、平然とした顔で応援し、必ず優勝に貢献しろといったらしい。

だが、それからしばらくして宗形から、泣き言のような愚痴のような言葉を聞かされるようになった。どうやってもかなわない人がいるという。

野路明良。

誰もが知る交通機動隊の英雄、白バイ隊員の誇りだ。万年、下位だったチームを一気に優勝へと導いた。

その人と同じコースを走り、あとを追う興奮と緊張感に宗形が欣喜していたのも、少しのあいだだった。やがて、その力量、技、才能のどれにおいても余りにも開きがあることを思い知らされる。なぜ野路明良にできて自分にできないのか。なぜ、野路明良がたった一度の練習走行で完璧に技を習得できるのか。宗形はそれこそ昔の野路のように、昼も夜も休みの日も訓練に明け暮れた。それでも野路の悪いときのタイムにも及ばなかった。

焦る宗形に対し、野路は懇切丁寧に指導してくれたといった。どうしてもできないと弱音を吐くと、ときに叱り、ときに勇気づけてくれた。

『心から尊敬できる人なんだ。僕はどうしてもあの人のあとに続きたい』宗形は、松村と飲んだときには、必ずそういって笑みを浮かべたという。それなのに。

その年の安全運転競技大会の本選出場選手がほぼ決まったころだった。宗形は一年目にして大抜擢された。そんな宗形が運転を誤り、事故を起こしたのだ。野路は大怪我を負い、宗形も意識の戻らない重篤となった。三か月ほどして、宗形は一度も目を覚ますことなく亡くなった。

「一体、なにがあったんです。野路さんは、宗形が疲れていたのに無理に運転させたせいだと、まるで自分が悪いかのように庇って、英雄気取りが身に付いたような証言をされたと聞きましたけど、実際はどうなんです？」

野路は、目の下を痙攣させながらも松村から視線を離さなかった。木祖川が腕を組み、二人を注視する。若い隊員は黙って唾を呑み込んだ。

宗形と野路が乗った車は、カーブした道のガードレールに衝突し、フロント部を大破した。事故現場にブレーキ痕がなかったことから、野路は入院中、聴取を受け、宗形は居眠り運転をしていた、そして自分もうとうとしていて気づくのが遅れたと証言した。運転を本業とする交通機動隊員がよもやと疑問視する声もあったが、野路は眠っていたからこそ、カーブに気づかず曲がり切れなかったのだといい通した。

「別に」と野路は腹のなかの息をゆっくり吐き出した。「別に、庇ったわけじゃない。本当にそうなんだからしようがない。宗形は疲れていた。日々の訓練で、自分の体力の限界を超えているのに気づかないほど疲れていた。そうですよね、木祖川さん」

野路は強い視線を木祖川へぶつけた。木祖川はわざとこの松村を連れてきたのだ。

車という密室のなかでなにがあったのか、木祖川にも打ち明けていない。木祖川にとっては、死んだ宗形も野路も毎日のように顔を合わせ、一緒に汗水流した仲間だ。そんな白バイ特練生が二人揃って居眠りし、そのせいで咄嗟の反応もできないまま、まともにぶつかったなど、到底信じられないことだろう。木祖川は宗形の死を悼みながらも、事故の原因についてずっと疑問を抱き続けていたのだ。

野路は何度も肩で息を繰り返し、平静になろうと汗に濡れた手を握ったり開いたりした。

『僕、どうしたら野路先輩のようになれるんでしょう』

今も、宗形のあの、打ちひしがれたような湿った声が聞こえる。

希望者を募って休日に訓練しようということになった。隊舎のコースを使うわけにもいかないので、少し遠いが栃木のモトクロス場を目指した。バイクでくる者もいたが、野路はレンタルすることに決めて、車で行く後輩に乗せてもらうことにした。木祖川はそのとき家族サービスで行けなかった。施設の時間いっぱいまで走って、帰りに温泉に浸かり、食事をしたら結構な時間となった。

宗形も車できていて、帰りは送りますと声をかけてきた。その日の宗形は練習でも覇気がなく、疲れていたようだったから運転は自分がすると、野路は強くいった。なのに宗形は、先輩にさせられないと固辞した。仕方なく、助手席に着いてシートベルトを締めた。

運転しながら宗形は、うまくいかないバランス走行や、スラロームで平凡なタイムしか出せないことを悩み、どうすればいいか、ああすればいいのか、こうした方がいいのかとえんえんと喋り続けた。大会のプレッシャーで夜も眠れないといい、段々と話し方も激しくなった。

思い詰める宗形を宥めるために、野路は軽い気持ちでいった。

『宗形、そんなに考え過ぎるな。なにも大会だけが白バイの仕事じゃないんだぞ。第一、俺らは白バイ隊員である前に警察官なんだ。そのことを胸に刻め。警察官であることを忘れるなよ』

野路としては、力を抜けというつもりでいった言葉だった。偶然、山部教官にいわれたセリフを口にしていたことに、不思議な気持ちが湧いた。そして、思わず笑ってしまった。教官の言葉がすっと出てきたということは、それが胸の奥にしっかり居座っていたのだと思った。その嬉しさがあって、笑ったのだった。

だが、宗形はそう受け取らなかった。

『僕なんかが大会の選手だなんておかしいですよね。こんなんじゃ優勝どころか、せっかく先輩方がなしとげた偉業に泥を塗る。僕は白バイ隊の恥だ』

『え。いや、そういうことじゃない』

野路は慌てて弁明した。けれど、宗形は平静さを失っていて、野路の声が聞こえていないようだった。お前は大会に出る器じゃない、さっさと諦めてメンバーを外れろ、いやそれよりバイクを降りて所轄の交番にでも行け、そういわれていると思ったのだ。

宗形の全身が強張り、顔色は蒼白となり、おびただしい汗が顔から噴き出ていた。目から冷静さが消えていた。力んでアクセルを踏み込んでいるのに気づいていないようだった。どんどん車のスピードが上がって行った。肩を摑んで懸命に揺すったが、宗形は意味不明な言葉を呟いて、怯えた目を向けただけだった――。

重責に耐え切れず、自棄を起こしたとは思いたくなかった。そうと知れば、家族はいっそう悲しみを深くするだろう。木祖川は、メンタルのフォローを怠った自分を許さないに違いない。なにより、軽々しい返事をしたせいで宗形を傷つけ、追い詰めることになった。そのことを野路自身が認めたくなかったのだ。

宗形、宗形と悲鳴のように叫んだ自分の声が、今も時折、耳の奥に聞こえる。

「野路？」

黙り込んだことで木祖川が声をかけてきた。はっと視線を上げる。

「野路、正直にいってくれ。お前は、まだなにか隠していることがあるのじゃないか。それをいわなけりゃ、お前は本当の意味で復帰できない。なあ、野路」

「いえ、木祖川さん、俺はなんにも隠していません。本当のことしかいってません。疲れた宗形がハンドル操作を誤った、それだけです」

椅子から立ち上がり、自分のカップを持って給湯室へと体を向けた。

「嘘だっ」松村の怒りに滲んだ声が放たれた。「あんたがなにかしたんだろう。宗形は絶対、居眠りなんかしない。学生時代の友達を事故で亡くしてから、バイクでも車でも決して気を抜くことはなかった。あんたはなにかを隠している。自分一人生き残ったことを心苦しいとは思わないのか。そこまでして英雄でいたいのかっ」

「松村っ」さすがの木祖川も顔色を変え、立ち上がった。それより早く、松村は背を向けた野路に襲いかかり、その肩を摑んで強引に引き戻す。

カップが床に落ちて割れた。

野路が松村を押し返そうと伸ばした手が、胸倉を摑みにかかった松村の顎に触れた。殴られたと思った松村は、そのまま右手を拳にして野路の頰へ放った。

「やめろっ、松村っ」

木祖川が羽交い締めにし、もう一人も押さえにかかる。野路は殴られたせいで大きくよろけ、後ろのテーブルに手を突いた。上背のある木祖川が止めなければ、乱闘になっていただろう。いや、応戦する気のない野路が一方的に殴られただけだったろうが、とにかくこれ以上の騒ぎにはならなかった。

木祖川に首根っこを押さえられるようにして松村は廊下の方へと連れて行かれ、先に戻れと突き飛ばされた。よろけた松村は興奮で赤くなった顔に、恨めしそうな表情を浮かばせ、小さく肩を落とすと裏口へとぼとぼと歩き出した。もう一人が松村のヘルメットと手袋を拾い集め、頷くようにして挨拶（あいさつ）するとあとを追って駆けて行った。

木祖川が自分のヘルメットを拾い、手袋ではたきながら、「すまなかった」といった。

野路は俯（うつむ）いたまま、小さく首を振る。

そのとき、奥にある署長室のドアが開き、佐藤係長が顔を出した。外の騒ぎを聞きつけ、早織から様子を見てくるよういわれたのだろう。野路と礼美、倒れている椅子などを眺め回したあと、白バイ隊員の姿があるのを認めて、佐藤はきゅっと目を細めた。

「どうかしたのか」

礼美がさっと頭を下げる。「見回りにきてくださった白バイ隊員とふざけてカップを割ってしまいました。お騒がせしました」

野路も合わせるように軽く頭を振った。佐藤がドアを閉めようとしたとき、木祖川が声を上げた。

「佐藤係長じゃないですか？　俺です、木祖川です」

ドアノブを握ったまま、佐藤が疎まし気に木祖川を見やる。

「六年前、山城南（やましろみなみ）署でお世話になりました」

「悪いが覚えていない。用がすんだら自分の仕事に戻った方がいい」というなりドアを閉めた。

　妙な空気が落ちて、礼美は木祖川を振り返る。野路もなんとなく見ていると、視線に気づいて肩をすくめた。

「ま、俺が白バイに入る前にちょっと一緒になっただけだからな。なんというか、久々にお会いしたけど雰囲気が変わったな」

　それより野路、と体ごと向けて律儀に頭を下げる。

「悪かった。あいつを連れてきた俺の責任だ。まさかあんなに興奮するとは思わなかった」

「いえ」と短く応える。野路が視線を合わせようとしないのを見て、木祖川は深い息をひとつ落として背を向けた。

「それじゃ、帰るわ」

　木祖川は、またくるとはいわずに裏口へと歩いて行く。やがてエンジン音がして、FJR1300Pを先頭に三台が駐車場を出てゆくのを野路は窓から見送った。

　後ろでチャラチャラと硬い音がした。振り返ると礼美が箒(ほうき)でカップの破片を集めている。

「悪い」

「いえ。それより大丈夫ですか」

「え」

「唇が少し切れているようですけど」

野路は軽く拳で拭い、そこに血が付いているのを見て、椅子に腰を落とした。

「どうして怒らないんですか？」

新聞紙でくるみながら、礼美がいった。えっ、と顔を上げる。

「松村さんは、親友が居眠り運転で死んだことを認めたくないみたいでした。野路さんが抵抗しないことで、やはりなにかあるのだと思ったんじゃないでしょうか」

掌で口を覆い、体ごと横を向いた。もうその話をしたくなかった。だが礼美は、野路が黙り込んだことで逆に考えを強くしたらしく、「松村さんの理不尽な態度に毅然と反論すべきだったと思います。野路さんは助手席にいたのだから、被害者じゃないですか」無視していると更にいい募る。「自分一人が生き残ったことに引け目を感じているんですか？　自分のせいで宗形さんを死なせたと思い込むことにどんなメリットがあるんですか」

「メリットって。あんた、人の気持ちは損得で測るもんじゃないだろう」

「そうですか？　人は結局、損得に集約されるんじゃないでしょうか。あの松村さんは自分の思い込みを正されなかったことで、これからも疑念やわだかまりを抱えたまま生きることになる。木祖川さんだってそうです。これがデメリットでなくてなんなんです？」

野路は、きっと礼美を睨んだ。これまでも付き合いにくい相手だとは思っていたが、ここに至っては、嫌悪を超えて憎しみさえ抱きかねないと感じた。激しい言葉で罵ってしまいそうだ。恩ある山部の妻だとわかっているが、だからといってこの感情を抑えきれるだろうか。そんな野路の葛藤にも気づかない様子で、礼美はなおもいい続ける。

「そのせいで野路さん自身、いつまでも回復できないんじゃないですか？　これも大きなデメリットです。誰一人、ひとつもメリットがない。不毛な隠しごとのような気がします」

「あんたになにがわかる。本当のことをいってわだかまりが消えたとしても、新たな苦しみを生みだすことだってあるんだ」

「やっぱり、なにかあるんですね」

拝命三年にしかならない巡査にうまく乗せられた、その忌々しさが立ち上がる。目尻を痙攣させながら、肩をいからせた。息が荒くなり、心臓が激しく打つ。頭の芯が熱くなって、目の前にいるのが山部礼美でなく、なにか異形の化け物のように見えた。口ではいい負かされるとわかっているから、自然と両腕に力が入る。

こんな若い女相手になにをしようとしている。野路の頭のどこかでそう囁く声があったが、それ以上にどす黒い忌まわしい感情が獣の牙のように剝き出しかける。

「おい、なんの騒ぎだ」

宇藤の声がした。心臓が大きく跳ね、野路はぐっと息を呑み込んだ。振り返るとカウンターの向こう側から、宇藤だけでなく遥香や他にも何人かが屯して、こちらを眺めていた。

礼美が駆け寄り、すみませんと普段と少しも変わらぬ声で応える。

「昔のお仲間の白バイがきていたようだが、遊んでる暇はないんじゃないのか」

文句を続けようとする宇藤をふくよかな体で押しのけ、遥香がカウンターに身を乗り出して大きな声でいう。

「ほら、カメラの調整をしなくちゃいけないんでしょ。その手順を訊きにきたのよ」

礼美は、はいと返事をして、総務課の机から書類を取り出し、その場で配る。説明が終わったあと、みなが階段へと向かうのを野路はのろのろとあとに続いた。一番上の階を任されている。思い出したことがあって足を止め、カメラの映像を確認するために一階に待機する礼美に告げた。

「三階の会議室にある棚のこと、業者に連絡しておいてくれないか」

礼美は頷きながら、「わかりました」と応える。そしてすぐに、壁にあるモニター画面へと目を返した。そろそろ六月という季節に、きちんと合服の上着を身に着ける小柄な背中を見て、野路は細く長い息を吐き出した。

激した野路と相対しても、礼美は怯えるどころか顔色ひとつ変えなかった。ガラスのような目に、唯一浮かんだ人間らしい感情は、戸惑いだけだった。なにか間違ったことをいったのだろうかという、そんな子どものような単純な揺らぎだけだった。

「あれ？」

一緒に階段を上っている途中で気づいた。刑事課からは係長が手伝いにきている。

「飯尾主任はどうしたんですか？　そんなに難しい作業でもないから、自分が行くといっておられたはずですけど」

係長でなく、後ろを歩く遥香がわけ知り顔でいう。

「昔に関わった事件に動きがあったことを聞きつけたみたいよ。それでもう、なんていうのか、ちょっとした興奮状態になっちゃって。使いものになんないから置いてきた」

「最初は、自分も捜査に加わるとかわけのわからんことというから、宥めるのに苦労した」

と係長が実感の籠った口調でいった。警備課の甲本もその場にいたらしく話に加わる。

「なんだかすっごいやる気満々でしたよ。この準備室の仕事が終わったからって、そっちの事件に関われるわけでもないのに」

「そうだよな。まあ、刑事として捜査本部へ顔出しくらいはできるかもしれんが、とにかくあとちょっとだけ我慢しろとはいっておいた。しかし、あの様子じゃ、飯尾さんはこの先、役に立たんだろうなぁ」

「なにいってんだ。これからが大変なんだろうが。式典の準備にどんだけ手間かかると思ってんだ。なにがなんでも手伝ってもらうぞ」と宇藤が喚く。誰も応えず、それぞれ各階に散った。

携帯電話で礼美の指示を受けながら、順次、カメラの微調整を始めてゆく。野路は五階の廊下の端にあるカメラを確認し、すぐ側の倉庫の鍵を開けた。なかに置かれた脚立を取り出して真下に据え、その上に立って礼美からの連絡を待つ。

昔の事件とは、なんのことだろう。あとで刑事課に寄って詳しく訊いてみようと思いながら、なんとなく視線を窓に向けた。駐車場に人影が見える。更に目を凝らすと、どうやら宇都宮早織と佐藤係長らしいとわかった。二人で駐車場をゆっくり歩きながら周囲を見回している。またなにか不具合や瑕疵を見つけたのだろうか。舌打ちしながら、早織のあとを影のようについて歩く佐藤の後ろ姿を見つめた。木祖川さんのような人をたとえ一度でも見たなら、決して忘れることはないだろうにと、今になって首を傾げる。

携帯電話が鳴った。応答すると、まるで機械のように抑揚のない声が聞こえた。

「今、カメラの電源を入れました。鮮明さに問題はないですが、少し、向きを左へ十度ほど調整願います」

11

「それで行方はまだわからんのか」

飯尾は携帯電話を耳に当て、午後になってようやく捕まえることのできた落合に前置きもなく問うた。落合も久し振りに聞く声に戸惑うこともなく、当然のように受ける。

十二年前の事件が動き出したことを落合はしばらく黙っていようと考えた。せめて事件との関連が明確になってからと。だが、いずれ飯尾の方から連絡してくるだろうという予感はあった。思っていた以上に早かったな、とこっそり苦笑いをこぼす。

「わからんのですよ。どこに消えたかまったく」

「なんてザマだ。ったく。今の段階じゃあ、全国に手配ってわけにもいかんし」

「無理でしょうね。重要参考人にもなってない」さすがに落合のテンションも下がる。

河島葵と河島隼の姉弟が、出所後暮らしていた久保井町のアパートから姿を消したらしいのが、五月二十日前後。白骨遺体の捜査本部のある三戸部警察では、二人の追跡班を設けてずっと行方を追っているが未だ手がかりひとつ見つけられない。

「もし、平田が襲撃事件の一味なら、事件を起こしたあともしばらくは知らん顔で働いていたってことになる。隼が捕まったことで、自分のこともバレるとは思わなかったのかな」

飯尾の言葉に落合は古い記憶を呼び起こす。

「思い出しましたよ。隼の取り調べを見て、こいつはただの木偶人形だと飯尾さんがいったことを」

いわれて飯尾も電話の向こうで呻き声を上げた。

「そうだった。河島隼は頭ン中に金と女と酒しかない単細胞だった。姉ちゃんにいわれたから工事現場で働いていただけで、そこにどんな同僚がいたとか、誰と話したとかぜんぜん覚えていなかったんだ。事件の前日まで働いていた運送会社の社長も、一緒に車に乗っていた相方のことさえも知らないといったときは、捜査員も呆気にとられた」

「ああ。そんなだから平田も隼から漏れる心配がないと踏んで、むしろ怪しまれないよう翌日以降も平然と勤めに出たんでしょうな。隼が捕まったことでいずれ相馬興業にも捜査の手は伸びると考えた」

「うむ、捜査員が聞き込みに出向いたあと、姿を消したんだったな。お蔭で気づくのが遅れ、捜査陣は平田を見失った。ところでＤＮＡの照合はどうやったんだ」

「別れた女房の所在を突き止めました」

「ＤＮＡもそこからか。確か、息子がいたな」

「ええ。協力してもらいました」

「あのころは確か、中学生だったか」

「そうです。平田が死んでいたかもしれないというと、さすがに絶句しました」

「離婚したんだったよな」

「ええ。事件後すぐくらいに」

「なら、犯行後も平田が勤めを続けていたのには、離婚の決着をつけたいという意志もあったのかもしれん。大金を得、愛人、恐らく葵だろう、と一緒になろうとしていた」

「当人は本気だったということですね。葵にはそんな気はさらさらなかったでしょう」

「うむ。事件発生が十二月七日で、平田が行方をくらましたのが十日経った十二月十七日ごろ。わしらがそれを知ったのが、十二月二十四日。葵が逮捕されたのが、十二月三十日。それまで行動を共にしていたとすれば、やはり葵が一番疑わしいな」

「わしもそう思います。だが、捜査本部としては、まだそこまで踏み込んで判断はできかねている。なにせ、平田が襲撃の一味だという証拠が挙がっていない」

「そうだろうな。葵と接触したという証でも出てくりゃな」

「今、それをわしが捜一の若いのと一緒に追っているところです」

「そうか、くそう」

飯尾の悔しさはわかる。自分が逆の立場でもそうなると落合は思った。いや、もっといきり立ち、誰に止められようとも捜査本部に出向いていただろう。黙り込んだ電話の向こうの気配から、飯尾もまたあのときの過ちを思い返しているのだと思った。

飯尾や落合のいた現金輸送車襲撃事件の捜査本部は、犯人の一人を取り逃がすだけでなく、罪のない人間を巻き添えにしたのだ。

現金輸送車が、あと少しで銀行というところで車を停車させたのは、道の真ん中で子どもがゲームをして遊んでいたからだ。

捜査本部は当然、犯人一味とどこかに繋がりがあるのではと、その子どもと家族を執拗に調べた。幼稚園の年長だった子どもは、知らない女の人からゲーム機をやるから、ここでしばらく遊んでくれないかといわれたといった。子どもの証言を聞く限り、河島葵に間違いなかった。だが、なぜその子が選ばれたのか、どうして知らない人にいわれてその通りに道端で座り込んだのか。飯尾も落合も、捜査本部も疑いを濃くした。

そして何度も事情聴取し、子どもの両親をつけ回し、近隣へ聞き込みをかけているうち、どこからかそのことがマスコミの一部に漏れてしまった。まるで襲撃犯の仲間かのようにいわれ、子どもは幼稚園に通えなくなり、自宅に悪戯をされ、両親は肩身の狭い思いをさせられた。やがて夫婦仲がこじれ、子どもは母親と共に家を出た。夫は職を替え、自宅も売り払って、今はどこでどうしているかわからない。結局、一家と葵らとに接点はなく、無関係だと判明したのはずい分あとのことだった。

血気に逸った捜査本部の強引なやり方だ。僅かな手がかりだと勢い込んでもいた。その挙句、平凡だが幸せに暮らしていた家族をばらばらにしてしまった。捜査本部が解散となって何年か経ったとき、飯尾が落合のいた所轄を訪ねてきたことがあった。なんの話だろうと思ったら、そのときの子どもの消息を偶然知ったのだといった。

『死んでたよ』

『え。まさかあの事件が原因で？』さすがの落合も顔色を変えた。飯尾は首を曖昧に振った。

『どうだろうな。あのときの子どもは、素行の良くない人間になっていたようだ。中学に入るころには半グレとも付き合っていたらしい。無免許で仲間が運転する車に乗り合わせて事故った。十五歳の誕生日の前日だった』

『飯尾さん――』

事件を未解決にしただけでなく、無辜の市民にあらぬ疑いをかけた。子どもが亡くなったのは、それが直接の原因ではないだろうが、あんな取り調べをしなかったら、別の人生を歩んでいたことだけは確かだ。十四歳で死ぬことはなかったかもしれない。そう思うと刑事としても、人としても慚愧に堪えない。そんな家族のためにも、犯人は必ず捕まえ、事件は解決させなくてはならないのだ。

飯尾もまた同じ気持ちであることは容易に知れた。落合はあえて、暢気な声を出して呼びかける。

「残念ですなぁ。また、飯尾さんと一緒に捜査できるかと期待しとったんですが」

「くっ」

少しの間を置いて、飯尾が歯ぎしりするように吐く。

「姫野な、開署まであとちょっとだ。こっちがすんだら、一度、捜査本部に顔出しする」

「そうですか。お待ちしてますよ」

電話をオフにしかけたが、飯尾の呼びかける声が聞こえた気がして、また耳に当てた。

「なあ、オチよ」

「なんです」

「わしらは十二年前、殺人犯をただの強盗として捕まえ、刑務所に送ったということなのか」

今度は落合が奥歯を嚙んだ。応える前に飯尾が先にいう。

「だが、たとえそうだとしても、まだ間に合うと信じている」

「殺人の時効は撤廃されましたからね」

「事件のケリを今度こそ、きっちりつけようぜ」

「もちろんですよ」落合は携帯電話を強く耳に押し当てた。

仲が良かろうが悪かろうが、警察官にとっての真の敵は犯罪を為す者だ。そいつらを捕まえることがなによりも優先される。「待ってますよ、飯尾さん」

オフのボタンを押したあとも画面が暗くなるまで眺めて、飯尾は息を吐いた。

携帯電話を尻ポケットに入れ、茶でも飲もうかと椅子から立ち上がったところに、係長と遥香が喋りながら戻ってきた。飯尾は片手を挙げて、手伝えなかった詫びをいう。

「カメラの方はうまくいきましたか」

係長は大きく頷き、奥の席に着く。遥香も交通課に戻らずそのまま近くの椅子に座って、なんてことないですよと笑顔を向けた。

「調整するだけですから。でもあれ、なんとなく嫌ね。更衣室や当直室の前までカメラで映されているなんて」

「はっはっは。うっかり、不倫もできんよなぁ」と係長が茶化すのに、遥香は真顔で腕を組む。

「あたしはダンナひと筋だから問題ないけど。実際、上にしてみればそういう不祥事を抑止したいっていう思惑もあるんじゃないかしら」というのに、係長も、うーん、と困惑顔をした。そういう話なら喜んで加わりそうな飯尾が黙っているのに気づいて、二人同時に振り返った。

「飯尾主任、どうした、大人しいじゃないか。例の事件のことか。向こうはどんな様子だって？」

さすがに盗犯の係長だから、十二年前の事件が動き始めたと聞けば飯尾同様気にかかる。聞いた話をそのまま伝えると、係長は顔の中心に皺を寄せ集めるようにして呻いた。

「捜査本部としては、やはり平田・葵共犯説にしがみつきたいだろうな。そうすりゃ、これまでもう一人の襲撃犯を捕らえられなかったいい訳も立つ。だが、そうなると葵が殺人犯である可能性が高くなり、当時の現金輸送車襲撃事件捜査班は殺しを見逃したとなって、面目丸潰れ。一方の白骨遺体捜査本部も、当の葵と隼の姉弟を見失っちまったんだから、こちらも大失態。なんとも息苦しい状況になっていそうだな」

「まあ、そうでしょうが、それでも迷宮入りしたも同然の事件が動き出したとなれば、発奮もしますよ」

「確かにな。当時の捜査員は、捜査本部に戻りたいかもしれんが、それはそれで針の筵だぞ。なんでそのときに調べ尽くさなかったって嫌味をいわれる」

「そんなことは覚悟の上ですよ。実際、手抜かりがあったから、こうなったわけで」

「まあまあ。飯尾主任の気持ちはちゃんと上に伝えているから、もうしばらく待ってくれ。今はまず、この姫野が無事スタートするのを見極めることだよ」

飯尾が声のないまま、天井を見上げる。

「ねえ、飯尾主任」

「あん？」と顎を下ろして視線を流すと、遥香が興味深げに目を光らせていた。

「その平田って男が事件後、殺されていたのなら、例の五億は手つかずで残っているってことじゃないんですか」

さすがに女だな、いやベテラン警官か、と飯尾は感心する。

「王寺主任、そこが今回の事件の核だよ。平田が葵に殺されたにしても、逮捕時、葵がなにも持っていなかったことから、逃げていたあいだに葵か平田が隠したと思われる。当時は、もう一人の襲撃犯が金を持って逃げていると考えていたから、五億の回収も困難と踏んでいたが、それがまだ手つかずとなると話が違ってくる。河島姉弟が消えたのもそのためだろうし、もし金を手に入れたなら二人は高跳びする。その前になんとしても捕まえないと、今度こそ迷宮入りだ」

だからこそ、捜査は急がなくちゃならない。時間との戦いなんだと、再び飯尾は声に力を入れて係長を振り返る。

「わかってる、わかってる。上だってそれは承知だ。捜査本部が人員を増やすという話も聞いている。もうちょっとだけ待て。ここのセレモニーさえすませたらなんとかする」

この話はこれで終わりだといわんばかりに係長は時計を見上げ、ああ時間だ、と帰り支度を始めた。遥香も慌てて立ち上がり、揃って部屋を出るが、係長だけひょいと廊下から顔だけ戻した。「飯尾主任は、今日、当直だったよな」と訊く。

「そうです」

「あと頼んだよ。いっとくけど、メールやファックスで捜査資料なんかやり取りしないでくれよ。まだ、本部の許可が下りていないからな」

「わかってますよ」

飯尾は、そっぽを向くように椅子を回転させると、再び尻ポケットから携帯電話を取り出した。

12

野路が帰り支度を始めたのに、礼美はまだパソコンの前から動こうとしない。

「ああ、そうか、今日は当直だったか」

「はい」

それなら、先に帰ることに引け目を感じることもない。

「じゃあ、あとよろしく」

「お疲れ様です」

「あ、例の三階の棚の件はどうなった？」

「はい。業者の方に連絡をしたら、今日、遅くなるけど回収にくるとのことでした」

「これからか？」

「ええ。あちこち配送してからになるから、八時ごろになるかもしれないということです」

「八時か。しようがな、うん？」

「はい？」

「モニター、映ってないのがあるな」

えっ、と礼美も振り返る。総務課の後方に、今日取り付けたカメラのモニター画面があるが、八か所のうち、二か所が暗くなっている。

「三階と五階の廊下か。どうしたんだろう」

「本当ですね。配線の具合でしょうか」

「かもしれん。ま、明日、もう一度、確認しよう」

「そうですね」

机の上の内線電話が鳴った。礼美がさっと取り上げ、応答する。

「はい、山部です。あ、三好さん、え、なんですか」

「どうした」

礼美が送話口の部分を手で覆いながら、小さく首を傾げた。

「生安の三好さんからですが、五階の更衣室から出てきたら、講堂で人影を見た気がするっていわれるんです」

「それがどうした。誰かがいたんだろう」

「でも、準備室のメンバーと思えないって」

「なんで。まだ、六時にもなってないんだから、退庁していないのもいるさ」

そう話しているあいだも署員が階段を下りてきて、カウンター前を通って裏口へ向かう。挨拶するのを返して礼美を見ると、まだ温子と話をしている。困惑した表情を野路に向けた。「わたしじゃ話にならないそうです、野路さんに替われっていってますが」

　野路は仕方なく、手にした上着をデスクに置いて、受話器を受け取る。

　温子がいうには更衣室から出たとき、講堂へ入る後ろ姿を見かけた。咄嗟に誰だろうと思ったという。当直時間帯は必要のない灯りは落とすことにしているから、廊下や講堂はかなり暗くなる。だが、外はまだ真っ暗というわけではない。窓からの明かりで人の見分けくらいは充分つく。

　更衣室は廊下の突き当たりで、講堂は反対側の端にあるから距離はある。廊下は講堂の前で左に折れ、剣道場、柔道場が並ぶ。準備室のメンバーは十八名ほどだから、全員顔は見覚えている。後ろ姿であれ、薄暗いなかであれ、メンバーかそうでないかは判別できると、唾を飛ばす勢いで喋った。

「この電話はどっから？」

「更衣室に戻って、そこからかけてます」

「わかった、今から俺が上に行く。お宅は一応、更衣室で待っていてくれ。念のため鍵掛けて」

五階には課がなく、応援を頼むにも講堂側にある階段を下りて行かなくてはならないから、用心して更衣室に戻ったのだろう。

野路はちょっと見てくるといって体を返したが、すぐに呼び止められた。

「野路さん、丸腰です。せめてこれだけでも持っていってください」

礼美が机の引き出しから、黒い特殊警棒を差し出した。

「いらない。どうせ誰かと見間違えたんだろ」

「だとしても、持っていくべきです。わたし達は正規の当直態勢を取れていないのですから」というのに、いい合う面倒から素直に受け取ることにした。

本来、所轄では当直時間に入ると、当直員はみな制服に拳銃を装備した帯革を締めることになっている。夜間、なにか事件が勃発(ぼっぱつ)したときはすぐ対応しなくてはならないからだが、まだ署として機能していないこの姫野署ではその必要がない。だいたい、拳銃自体ここには一丁もないのだ。

野路は階段を駆け上りながら、特殊警棒を引き伸ばす。四階の手前で一旦足を止め、そこからゆっくり上がる。五階に着いたところで、廊下と階段の灯りが一斉に点(つ)いた。礼美だろう。各階にもスイッチはあるが、総務課には電気系統のオンオフが全て集約された電源パネルがある。

お蔭で容易に見渡せた。左右に首を振って廊下を見、階段横にある給湯室を窺おうとしたところで、いきなり三好温子が顔を出した。驚いた野路は声もなく跳び退る。

「なんだ。なにしてる」

「応援しようと待っていたんです。わたしも警官ですから」という。見ると、手には野路のものと同じ特殊警棒があった。左手にはご丁寧に手錠まで握っている。温子も今日の当直員だったことを思い出した。その顔つきから戻れといっても聞きそうにないのがわかったから、野路は先頭に立って講堂へとゆっくり足を向けた。

朝礼や大きな会議をするためのフローリングの部屋があり、剣道場、柔道場が横並びにある。まず講堂の扉を開けて、すぐ横の壁のスイッチを入れた。およそ二十畳の広さで、なにもない空間がひと目で見渡せる。奥には演台やマイク、カーペット類を収納している備品倉庫がある。靴のまま入って、なかを見る。誰もいない。隣の剣道場とは続き部屋になっていて、引き戸で仕切られている。開けてまたスイッチを入れる。板張りの冷えた空気しかなかったが、剣道場の隅にある胴着や武具を置くための小部屋を覗くため、靴を脱いでなかに入った。誰もいないのを確認し、更に奥に続く柔道場へ向かいかけたところで、いきなり廊下側から金属音が聞こえた。温子の顔色もさっと変わり、警棒を胸の前で構える。

野路はさっと戸口へ身を寄せ、温子に離れていろと手で指示し、自分は警棒を握った手に力を入れて息を吐き出すのに合わせて勢い良く開けた。

「あっ」

目の前に佐藤係長の姿があり、睨むようにこちらを見つめていた。

「係長でしたか」

「ああ」とだけ応える。野路は、警棒を収縮させた。靴下のまま道場から廊下に出て、奥にある非常口の扉を見やる。先ほどの音はこのドアが開いた音のようだ。今はなかから鍵が掛かっている。

「なにをしておられたんですか」

「確認だ」

「確認？　非常階段のですか」

「ああ」

「あのドアを開けてみたんですか？」

「そうだ」

「お訊きしてもよろしいですか。なぜ、今、そんなことをされたんですか」

「どうなっているのか確認するようにいわれていたのを忘れたんで、今、したところだ」

「いわれてって、宇都宮警視からですか？」

少し間を置いて頷いた。午後、早織について駐車場を見回っていたとき、非常階段を見上げた際に各階のドアはどうなっているのかと問われたという。野路は、カメラの調整をしているとき、五階の窓から二人の姿を見かけたことを思い出す。

「じゃあ、少し前、廊下から講堂の方へと歩いて行かれたのは佐藤係長ですか」

「そうだ。それがどうした」

野路は温子に視線を流し、小さく肩をすくめて見せた。温子は警棒と手錠を握ったまま、眉根をぎゅっと寄せ、佐藤に問う。

「係長がこられたとき、他に誰かおりませんでしたか」

「いない」

「そうですか」とちょっと押し黙り、思い切ったように顔を上げた。「わたしが見かけた人影が佐藤係長だとは思えないんですが」

「どうしてだ」

「その、一瞬でしたが、もっとがっしりした感じに見えました」

「悪かったな、貧相で」

「いえ、そんなつもりで申し上げたのでは。わたしは見たままをいっただけです」

不機嫌さを露わにした佐藤に替わって、野路が応じる。

「ちらっと見ただけなんだろう？　佐藤係長は最近こられたばかりで、三好さんも見慣れていない。薄暗いなかで見たら、実際より大きく怪しく見える。警官の性だな」

「そんな」

ちょっと待って、といって野路は身軽く柔道場に戻り、奥にある小部屋も確認して駆け戻る。

「誰もいなかった。異常なしだ」というと、温子は野路を恨めしげに見、仕方ないというように肩を落とした。

「もういいか」係長が苛立った声を上げる。

「あ、はい」と野路は返事をしながら、なんの気なしに非常口の方へと足を進めた。念のため、扉を開けて階段を見ようと思ったのだ。だが。

「なにをするつもりだっ」

いきなり佐藤が怒鳴った。野路も温子もびっくりして見返した。

「え、えっと、自分も非常階段を見てみようと」

「そんな必要はないだろう。余計なことするな」

「余計？　自分は一度も見ていないのでこの機会にと思っただけですが」

「俺が確認したといっただろう。聞こえなかったのか。だいたいお前は今日当直だろう、こんなところで遊んでいるんじゃない」

いきなり温子まで責められ、口を開けたまま顔色を変えた。野路は目を細めていう。

「なにかドアを開けたらいけないことでも？」

「あるかそんなもの。ふざけた真似をされ、せっかくわたしが確認したのを無駄にされたくないからいっている」

「そうですか」

「いいからさっさと戻れ」

「はい」

野路と温子は大人しく廊下を歩き始める。その後ろを佐藤が歩き出した瞬間、野路はさっと身を翻し、床を蹴(け)って佐藤の横をすり抜け、ドアに取りついた。あっ、という声を後ろで聞きながら、素早く鍵を回して、外へ飛び出した。

階段の踊り場に出て周囲を見回し、下を覗いた。夜の帳(とばり)が下りて周囲は暗かったが、駐車場にある街灯のお蔭で階段は下まで見通せた。なにもなかった。

野路は大人しくなかに戻り、ドアを閉めて鍵を掛けた。佐藤が低い声で、「気がすんだか」といった。

「すみませんでした。お騒がせしました」

　野路は大人しく頭を下げた。温子も室内の敬礼を取る。佐藤はそんな二人を一瞥もせず、身を返すと階段を忙しなく下りて行った。手には携帯電話が握られていた。

　野路らが講堂で佐藤と顔を突き合わせているころ、宇都宮早織が帰り支度の黒のパンツスーツ姿に書類鞄、左手にタブレットを持って署長室から出てきた。総務課の島を見渡しているのに気づき、礼美が慌ててモニターの前から駆け寄る。

　どうしたのと問われ、モニターの不具合を報告すると、早織は眼鏡をすいと持ち上げ、ためつすがめつという風にモニターや他の機器の周囲を見回した。

「どうしたのかしらね」

　それから電源系統のパネルやスイッチ類を見ては、これはなにかと礼美にいちいち問い質し、他に異常がないかと確認をした。

「いえ、ありません」ただ、といいかけるのを早織は軽く目を開いたように反応した。

「なにかあるの」

　礼美は背筋を伸ばし、大したことではありませんがと、三階の棚の件を告げた。それに対し、早織は顎の下に手を置き、じっと考え込むような姿勢を取った。更に、野路が温子の報を受けて、五階へ様子を見に行ったことを聞くなり、どんと書類鞄を側のデスクの上に置いた。

「一度、きちんと庁内を確認しましょう」と毅然とした声を上げた。

「え。は、はい」

「そこから庁内アナウンスはできるのよね」

背面にある機器パネルを指差していうのに、礼美はもちろんですと頷く。

「では、今残っている署員を集めて、二人一組で順次各階の全ての部屋を点検してもらってください」

「はいっ」

礼美が庁内放送用のマイクを握って、緊急チャイムを鳴らしたところに、佐藤係長がやってきた。アナウンスをしている最中、野路と温子が驚いたように天井のスピーカーを見上げながら姿を現した。そして、総務課のデスクの前に早織が立っているのを見て、慌てて駆け寄る。

温子が見たのは佐藤係長だったと早織に報告したが、それでも念のためだからと聞かない。仕方なく、一階に集まってきた準備室のメンバーに説明を始める。残っていたのは八人で、警備課の甲本も交通課の遥香も既にいない。ほとんどが私服に着替えていたが、キャリア警視の手前、不服そうな顔もできず、野路や礼美の指示のまま、諾々と従う。

そして、全ての確認が終わったのは、それから約一時間後だった。

問題なかった。どこにも不審な点は見られなかった。早織は総務課の椅子に座って、モニターを眺めながら、愛用のタブレットをいじっている。そして野路から報告を聞き終わると、そのタブレットを振りながら立ち上がった。

「ご苦労さま、今日の件は一応、上に報告しておきます。ともかく問題がなくてなによりです。開署まであと少し、無事式典を迎えられるよう、皆さん協力よろしくお願いします」

それではと鞄を持ち、佐藤係長に車をお願いしますと声をかける。佐藤は裏口に横づけするために駐車場へと走って行く。早織は集まった準備室のメンバーらに、お先にと告げて背を向けた。

「お疲れ様でしたー」

一斉に室内の敬礼で見送る。

早織が足早に裏口へ行きかけるところに、ちょうど階段から飯尾主任が下りてきた。飯尾は慌てて足を止め敬礼をしたが、早織は、さっさと通り過ぎてゆく。受付横の窓から、佐藤の運転する公用車が駐車場を出て行くのを確認して、全員がほうと力を抜いた。そんな様子を見た飯尾は、「今のが警視殿か。一体、なんの騒ぎだい？」と暢気にいう。

野路が呆(あき)れた顔で、「主任、いたなら下りてきてくださいよ。放送聞かなかったんですか」というと、悪い悪いと手を挙げる。

「知り合いの刑事と電話で話し込んでてさ」

そんな飯尾に礼美が、「庁内放送が流れたらなにをおいても集合するのが規則です」と、あれこれいうのをうるさがるでもなく、素直にごめん、ごめんといって笑顔さえ見せた。残っていた署員らが、それじゃあと挨拶をし、ぞろぞろ裏口へ歩き始める。一時間も足止めされたことで愚痴をいっているのが聞こえた。

「なかなかうるさい警視殿みたいだな」

「ま、キャリアってのは上からの印象をどう良くするかが肝心だから、セレモニーのことで頭がいっぱいなんだろう」

「本部の知り合いが、細かいことに拘(こだわ)るおかっぱ頭の豆狸(まめだぬき)だっていってたっけ」

「豆狸は酷いなぁ。まだ四十前だろ、独身？」

「らしい。にしては、老けて見えるっていうか、肌艶があんまし良くないせいかな。お手入れとか、そういうのに興味ないのかね」

「女性で頭がいいのは、とかく身づくろいは疎(おろそ)かになるっていうから」

「おいおい、セクハラセクハラ」

おっ、と口に手を当て、わざとらしく振り返ってみせた。視線は礼美に向いていたようだが、すぐに背を丸めて廊下の奥へと消えた。礼美は平然としている。

そんな様子を眺めていた飯尾が頭を掻き、「キャリアってのも大変だな。頭がいいのは本人の実力なんだからさ、悪くいわれる筋合いはないんだろうけど。ようは妬みだろうな。そう思わないか、礼美ちゃん」という。

礼美は、馴れ馴れしい飯尾の態度に目をすがめ、「山部です」といい直すが、飯尾は聞いていない。

「いや、お宅も勉強できたって聞いているからさ。ほら、学校で総代までしたんだろ。凄いねぇ」

「勉強だけできてもしようがないと思います」

「ほう。そうかね。頭がいいってのは色々役に立つと思うけどさ。人間、成長するにも心を入れ替えるにも試行錯誤するにも、賢い方がたくさん考えられていいだろう」

礼美が目を見開く。

「いや、つまんないことといったな。じゃあ、わしは部屋にいるから。なんかあったら声かけて」

飯尾が階段へと向かったのを見て、野路も、「俺も帰る、じゃあな」とついて行く。温子は手持ち無沙汰になった格好で、ぶらぶらモニターなどを眺め始める。

階段下で挨拶する。「それじゃ飯尾主任、当直お願いします」

その背に飯尾が声をかけてきた。

「野路は、山部教官を知っているのか」

階段の五段目に立つ飯尾を見上げた。

「はい、世話になりました」と応えると、そうかと飯尾が逡巡(しゅんじゅん)するように視線を外した。更に、「あの子と仲良くやれよ」というのに思わず苦笑いがこぼれる。「してますよ。なんですか」と訊いた。飯尾は視線を足下に落としたままでいう。

「お前も辛(つら)い思いをしただろうが、あの子だって順風満帆だったわけじゃない。人それぞれ不幸の種類が違うから、その辛さは本人自身にしかわからんだろうが、大目に見るだけの労りは持ってやれよな」

「………」

飯尾のいつにない真面目な言葉が、午後、野路と白バイ隊員が揉(も)めたことから出ているのだと気づいた。その場に飯尾はいなかったはずだが、恐らく、王寺遥香辺りから聞いたのだろう。遥香は、野路が礼美といい合うのを見て案じ、飯尾になにか話したのかもしれない。黙っていると、飯尾は一段、階段を下りてきた。

「わしも詳しいことは知らない。王寺主任からちらっと聞いただけなんだが」

「なんですか」

「神谷署で王寺とあの子が同じ当直だったとき、シャワーを浴びて濡れた髪を乾かしているのを見たそうだ」

「はあ」なんの話か見えてこない。黙って聞く。

「あの子、前髪を上げて後ろでまとめてくくっているだろう。あれはな、頭のここんこ」といって飯尾は、自分の額より少し上辺りを指差す。

「ここに五百円玉くらいのハゲがあるから、隠すためにそうしているらしい」

「えっ」

「王寺が驚いて訊いたそうだ。詳しいことはいわなかったそうだが、あの子、小さいときに親を亡くして、親戚をたらい回しの上、施設に入れられたんだと。そんときにできたハゲが、ずっと今も治らないらしい」

「……そう、なんですか」

「山部って教官は、そんなあの子をいたずらに憐れむでなく、理解し、良くないところを直そうとしてくれたらしい。どうしてあんな中年男と結婚したのかと王寺が訊いたら、そういったんだと。これまで会ったどの人間とも違う、ちょうどいい温度の水をずっと肌にかけ続けてくれるような、そんな接し方をしてくれた初めての男だったらしい」

「はあ」

「ま、とにかく、人の来し方ってのは色々ってことさ。だからっていちいち気にかけることもないだろうが、娘と同じ歳の子が大層な苦労してきたと思うとさ、わしみたいなロートルは庇ってやりたくなるんだよなぁ」

最後は、飯尾らしいにやけた笑みを顔じゅうに広げて、階段を軽快に上って行った。

13

五月三十日、開署まであと二日。

朝、携帯電話の呼び出し音で目が覚めた。野路は、ベッドの下に落ちているのを拾い、画面を見ずに応答した。

「野路さんですか」

一瞬、礼美だと思わなかった。いつものガラス面をなぞるような冷ややかな響きがなかったからだ。まるで湿った綿を押し当てられているようだと、そのとき野路は思った。

「どうした。当直でなにかあったのか」

すぐに半身を起こし、着替えを探した。礼美が朝から携帯に連絡してくるのだから、異常事態なのだろう。すぐに出署する必要がある。一瞬で目が覚めた。

「いえ、署はなにもありません。申し訳ありませんが、今から当直を離れさせてください。飯尾主任と三好さんには伝えています。たぶん、午後には戻れると思いますが、様子がわかった時点でまた連絡を入れます」

「なんだ。署を出るっていうことか。なにがあった」

「あの」

ぐんと声に水気がまして、綿が重くなった。

「あの、夫が、山部が怪我をしたと連絡があったので。それでわたし」

「怪我？　山部教官が？　どうした、事故か」

「いえ。担当がいうには――事件だと」

「なんだとっ」

「山部が河川敷で何者かに襲われ、倒れていたところを発見されました。救急で病院に運ばれたということなので、今から行ってきたいと思います」

野路は絶句というのを経験したのは、これで二度目だった。一度目は、車を運転していた後輩の宗形が、意識が戻らないまま死んだと知らされたときだった。

「わかった、すぐに行け。電車はまだないだろうから、飯尾主任に署の車で送ってもらうといい。なんなら俺から頼もうか」

「いえ、大丈夫です。タクシーを呼びました。ですから野路さん、署の方お願いします」

「いや、俺も今から病院に行く」

「え。ですが、総務が二人ともいないのでは」

「始業までには戻る。どこの病院なんだ」

「……有馬(ありま)総合病院です」


山部佑は、重篤でICUに入っていた。

頭から膝下まで、殴打され蹴られた痕跡が全身に広がっていた。襲撃犯は、明らかに殺害を意図していたのだ。運が良かったのは、深夜でありながら河川敷に沿った堤防の上をランニングしていた会社員がいたことだ。橋の下で人の蠢(うごめ)く気配に気づき足を止めた。会社員は堤防に設置された街灯の明かりに照らされ、襲撃犯からはその姿がよく見えたのだ。こちらを窺っている人間がいると知って慌てて逃走し、山部はすんでのところで死を免(まぬか)れた。

だが結局、有馬総合病院ではそれ以上の詳しいことはわからなかった。野路は礼美を置いて、捜査本部が設置される津賀警察署へタクシーで向かった。事件の内容を聞こうと考えたのだ。

津賀市はY県で一番繁華な街だ。姫野の真東に位置し、自動車道を使っても三十分以上かかる。もしかすると始業に間に合わないかもしれないと、携帯で飯尾にメッセージを送ることにした。飯尾からはすぐに了解の返事がきた。

津賀署に着くと身分を告げ、捜査本部のある部屋を教えてもらって階段を駆け上がった。早朝のため、まだ捜査会議は開かれていなかったが、酷くざわついている。所轄署員らが緊張した面持ちでテーブルを並べていた。間もなく鑑識作業を終えた現場から、本部の捜査一課がやってくるだろう。

現職の警官が襲撃されたのだ。さすがに普段の捜査本部とは規模も緊迫度も違う。誰もが殺気立っているようで、そこかしこで荒い声が立っていた。私服姿の野路はたちまち呼び止められる。捜査員が睨みつけてくるのをどうしようかと考えていると、横から野路さんと声をかけられた。そのお蔭で怪しい人間と目されずにすんだ。

近づいてくる活動服姿を見て、ああと呟いた。警察学校を出ると、所轄の交番勤務に配される。その一番初めに就いた交番で共に働いた地域課員だった。確か、一期後輩で綾野といった。胸の階級章を見て、巡査部長になっていることを知り、言葉尻を変える。綾野は笑いながら、気を遣わないでくださいといい、もう体は大丈夫なんですかと逆に気遣ってくれた。簡単に応えて、ここの捜査本部に入るのかと尋ねた。活動服を着ているところからも地域課の交番員だとわかっているが、応援を頼まれる場合もある。

「いいえ、僕は地域ですから。ただ、一報を受けて現着したのが僕と部下だったので、その説明をするためにいるんです」

「そうなのか、綾野主任が一番乗りか」

「そうです。最初、顔を見ても山部教官とは気づかなかった。なにせ顔面血だらけでしたから」

そして改めて、なぜ野路がここにいるのか気になったようで、周囲を見回し、声を潜めた。関係者以外立ち入り禁止の場所だ。野路はそっと綾野の袖を引き、耳元に山部の妻と同じ姫野で働いているといった。

「ああ、例の新署。そうでしたか、それで奥さんは今、病院ですか」

黙って頷くと、綾野は予断を許さない状態と聞いていますが、なんとか頑張って欲しいと憂えた表情を浮かべた。

「それで綾野主任、どんな状況だったか教えてくれないか」

今度は綾野が野路の袖を引き、捜査本部のある会議室を出て、廊下の隅へと身を寄せた。

「一報を受けて現場に出向いたのが、午前一時四十三分。通報した会社員からも話を聞きましたが、相手は一人だったというくらいで詳しいことはわかりません」

「山部教官は、なんでそんなところにいたのだろう」

「奥さんは心当たりがないといっているんですね」

「ああ」

病院で顔を合わせたときに尋ねたが、皆目わからない、最近、気になるようなこともなかったとはっきりといった。そのときの礼美の顔を野路は思い出していた。

ＩＣＵのガラス窓の側で、礼美は細い一本の棒のように立ち尽くしていた。山部佑は全身を白い包帯で巻かれ、口に酸素吸入器を付けられていた。体からは色んな管が延びて小さな機械に繋がり、そこから耳障りな音が繰り返し鳴っていた。薄い布団は少しも上下していないように見えた。

声をかけたが気づかないようで、肩に手を置いてようやく振り向かせることができた。

大丈夫かと問うと、礼美はゆらゆらと首を振って、死ぬかもしれませんと応えた。野路は礼美のことを訊いたのだが、あえて問い直すことはしなかった。

礼美はまたガラスの向こうを見つめたが、その横顔は気味悪いほど白く変わっていて、一重の目は泣いたわけでもないのに腫れあがっていた。全身が不安に包まれているというより、魂を持たない人形と化したようだった。

綾野は野路の前で首を傾げた。

「そうなると、なんであんな時刻にあんな場所にいたのか、本人が意識を取り戻さない限りわからないかもしれませんね」

「携帯電話は？　誰かと待ち合わせたのなら連絡を取り合っただろう」

「はい。恐らく、奥さんの許可を得て、山部教官の携帯と自宅の固定電話を調べていると思います」

「綾野主任」

野路の目を見て綾野は察したらしく、困ったという風に顎を引いた。

「俺はもう姫野に戻らないといけない。最後に誰と連絡を取り合ったのか、事件のことでなにかわかったら教えてくれないか。頼む、この通り」と両手を合わせるのに、綾野は肩を落として応える。そして指で鼻先を掻きながら、「地域課だから大したことはわからないですよ。それでいいなら」といった。

姫野署に入ると、気づいた準備室のメンバーが次々と声をかけてきて、詳細を訊きたがった。あっという間に人だかりがし、階段から宇藤が下りてくるのまで見るに至って、さすがにいけないと、署長室へとさっさと逃げ込んだ。早織にまず報告しなくてはならない。

執務机にいた早織は、山部の容態を聞いて表情を曇らせた。

「警察学校の教官だといいましたね」

「そうです」

「だとすれば、事件の関係者による逆恨みの犯行という線は薄そうですが」

「はい。それはないかと思います。山部教官は、学校に入って既に十年近いですし、それ以前は総務課、生安課で、今ごろ仕返しをしようというような輩と関係があったとは思えません」

「そうですか。それだと行きずりの事件、通り魔、半グレなどによる集団リンチ」

「目撃者の話では、襲撃犯は一人だったようですから、グループの犯行は除外できるかと」

「それじゃあ、行きずりの線ですね」

「ただ、あんな時間にどうして人気のない場所に出向いたのか。それが誰かに呼び出されたものであれば、顔見知りの線もあるかと」

「なるほど。山部礼美さんは、なにか聞いていないのですか」

「いえ。彼女は昨晩、当直でしたし、誰かと会いに行くという話は聞いていないそうです」

「そうですか。とにかく、捜査本部の結果を待ちましょう。山部さんは今も病院ですか」

「はい。しばらくは向こうかと」

「そうですか。あなた一人ではなにかと不自由でしょう。佐藤係長を応援に回します」

「わかりました」

会議用テーブルに黙って着いていた佐藤が、自分の名が出たことで顔を上げた。野路は、その顔に酷い疲労があるのを見て、思わず口を開きかける。目に白い部分がないほど充血していて、一晩中眠らなかったかのような有様だ。怪訝に思いながらなおも見つめていると、佐藤は疎まし気に顔を背けて立ち上がり、ちょっと失礼しますと部屋を出て行った。

戸が閉まるまで見送って、野路は早織を見返った。眼鏡の奥が揺れた気がした。少しの間を置いて、早織は口外しないようにと念を押していった。

「佐藤係長のお父様が入院されていると聞いています。口ぶりから癌で、差し迫ったご容態であるのが想像できます。無理はしなくていいといってはいますが、ここの仕事もあと少しですし、セレモニーが終われば、休みを取るといっていました」

「そうなんですか。それで」

ここ姫野にきてから、無愛想というより乱暴といっていいほど、つっけんどんな態度しか見せていなかった理由が判明した。飯尾にいわれた、人それぞれ不幸の種類は違う、辛さも違うといった言葉が蘇る。

「それじゃ、仕事に戻ってください」

早織に促され、はっと背筋を伸ばした。そして、敬礼する前に執務机に一歩近づく。

「宇都宮警視、お願いがあります」

早織が黙って見上げる。

「差し出がましいことは重々承知しておりますが、お時間のあるときにでも捜査本部の進行状況など訊いていただけませんでしょうか」

早織は愛用のタブレットを手に取り、椅子の背に体を預けて画面に目をやった。指でキーボードを打ちながらいう。

「本部の知り合いを通して、できるだけのことはしてみます。ですが野路さんは、まずはここのセレモニーが無事にすむよう、そのことに集中し、尽力してください」

「了解です、ありがとうございます」

野路は腰から体を曲げ、戸惑う気持ちを隠して敬礼を送った。

これまで早織のことをキャリア警視、形ばかりの置物に過ぎない存在と、そんな風に思っていた。けれど早織は、野路が申し出た無茶な頼みに、思いがけず物わかりの良い反応を示してくれた。事件捜査に関して門外漢である早織が、捜査本部に状況を尋ねるということは、縦社会であり、横の区切りの顕著な警察組織ではタブーに近い。それをなんとかしようといってくれるだけでも気概があるといっていい。キャリアが県警に二年程度在任して、できることなどしれているし、周囲もそうと割り切る。早織はそれを良しとせず、自分の信念で動こうとしているのかもしれない。口にこそ出さないが、礼美が密かにこの早織を敬っているらしいことは気づいていた。それも納得できる気がした。

総務の席に戻り、今日の段取りを確認する。その前に用足しと、一階のトイレに向かった。ちょうど個室から出てきた佐藤係長と顔を合わせた。さっきよりも顔色を青くしている。手の甲で口を拭う仕草を見て、吐いていたのだろうかと訝しんだ。

野路の顔も見ずに蛇口で手を洗い、口をすすぎ始める。その背に、「総務にも多少、薬がありますが」と声をかけた。佐藤は、肩越しに振り返る素振りを見せるが短く、いらんとだけいう。

「そうですか。それでは、総務の仕事をお手伝いしてもらっても大丈夫なんですね」

「そういわれただろう」

「はい。ですが体調が」

「余計な気遣いは無用だ。警視に俺の父親の癌のことでも聞いたか。年寄りが先に逝くのは当たり前だ、気の毒がってもらう必要はない」

むっとしながらも、失礼しましたと謝る。しつこいといわれるかもしれないが、野路はなおも声をかけた。野路も母親を癌で亡くしている。

「なんの癌ですか」

「うるさいっ」

怒鳴り声ひとつ残して、佐藤はトイレを出て行った。

木祖川から聞いた話だが、一緒に働いていたころの佐藤は、陽気で優しく気遣いの人だったらしい。人に対して、たとえ被疑者にでも怒鳴り声を放つ人ではないということだったが。時間が経つと人は変わるからなと、野路は佐藤の後ろ姿を見送った。

地域課の元同僚だった綾野から連絡を受けたのは、その日の昼前だった。

「山部教官の携帯電話の履歴から、昨日の発着信を全て特定しました。日中は学校関係者のみで、夜、連絡を取り合ったのは、奥さんである山部礼美さんともう一人だけ」

「誰だ？」

「教官からその人物に午後七時ごろに一度かけ、数分間通話しています。その後、午前○時半ごろ今度は逆にその番号から着信を受けていました」

「だから誰なんだ。知っているやつか」

「それが、佐藤諄一（じゅんいち）警部補でした」

「なにっ」

「県警本部警務部、姫野署開署準備室長付きの」

もう、綾野の言葉は聞いていなかった。受話器を持ったまま野路は硬直し、それでいて視線だけを素早く流した。向かいの山部礼美の席に、今は佐藤係長が座っている。佐藤諄一警部補だ。

佐藤が気配を察して顔を上げ、受話器を耳に当てている野路を見て、なぜか口元を弛（ゆる）めた。赤い目をして薄い唇を横に広げる。野路はぞくりと背が冷えるのを感じた。その目に野路は一体どんな風に映っているのだろうか。赤みを帯びた薄い色の虹彩（こうさい）は、じっと野路に注がれ、まるで昆虫が獲物を見つめているかのように冷たく光ったまま微動だにしない。今にも、口から獲物を仕留めるための舌が出てきそうだ。

野路はそっと受話器を元に戻す。

向かいの席から佐藤が書類を差し出し、点検の必要な事務機器のリストだといった。

14

落合は、引き続き捜査一課の若い刑事と組んで、元相馬興業の社員であった平田厚好の周辺を当たることになった。

平田と河島葵、もしくは隼との接点を見つけることが肝心だ。そうすれば、平田厚好を現金輸送車襲撃犯の一味と確定できるし、全捜査員を河島姉弟の追跡に投入できる。

だが、と落合は眉間に皺が寄りそうになるのを堪える。同じことを十二年前にもしていながら、当時の捜査本部は結局、繋がりを見つけることができなかった。そのため平田の名前は忘れられていったのだ。それを今また一から始め、新たな物証を見つけねばならない。時の経過がどれほどの枷になるのか。考えると頭が痛くなりそうだが、今度は違うと落合は自らを叱咤した。今回は白骨遺体がある。立派な物証だ。新しい臭いを与えられたのだ。犬はその臭いを糸口として追うだけだ。

中松署から引き上げた過去の資料や県警本部にある捜査記録を精査した。だがそこから新たに深掘りできそうな手がかりや、やるべき未済の案件は見つけられなかった。それを見た中松署の刑事課は、自分達の事件にも関係すると思われるから捜査させろとねじ込んできた。継続班とは名ばかりで大したこともしておらず、おまけに肝心の河島姉弟を見失っておいてなにを今さらと、三戸部の捜査本部は怒鳴り返したらしい。険悪なムードになりかけたが上の仲裁もあって、ひとまず合同にはしないが、中松署の刑事を白骨遺体の捜査に加わらせることで落ち着いた。

それが河島姉弟を最後に見た刑事だった。落合は、居心地悪そうにしているその中松署の刑事を自分達と組むように取り計らう。「しくじった者同士だしな」と親しみを込めた口調で、少しでも情報はないかと問いかけた。

「刑務所から出て、久保井のアパートに入るまでちゃんと尾けたんですよ」と、落合に気を許したのか、刑事は愚痴めいたことも吐くようになった。

三月の末に、姉の河島葵が先に出所した。それからしばらくは、交代で様子を見に行った。アパートの管理人にも意を含ませ、なにか妙な動きがあったら連絡するようにもいった。

「夜は？」

中松署の刑事は視線を揺らし、「最初の二週間ほどは二人一組で夜間張り込みもしましたけど、その後は当直の人間がときどき休憩時間に」と言葉尻を消す。落合は怒ったりせず、むしろ大変だったなと労いながら先を促す。

半月ほど遅れて隼が出所した。すぐに姉と合流し、二人は共に保護司から紹介されたパート仕事に出かける生活を続けた。不審なことはなにも起こらず、やがて張り込みは二日に一度、三日に一度と回数を減らしていった。五月十八日、たまたま近くを通ったのでアパートまで行き、二人を確認した。それが河島姉弟を見た最後となったわけだ。

ホワイトボードには、刑務所を出た直後とアパートで暮らし始めてからの二人の写真が数葉貼られている。逮捕した当時の葵は赤茶色のショートヘアだったが、写真のなかの葵は肩を超す長さをバレッタでひとまとめにしていた。白髪も混じっている。さすがに刑務所暮らしは楽ではなかったようで、十二年前はどちらかといえば肉感的な体型だったのが、やせて貧相な感じになっていた。

アパートを出るときはサングラスをかけ、キャップかチューリップハットを被っていたため顔をまともに撮ったものがない。かろうじて頬や目尻の皺が見え、それなりの年月がちゃんと刻まれているところが、昔の記憶と違うところだ。

一方、弟の隼の方は、以前とそう変わらない雰囲気で、相変わらずでかかった。刑務所で一体どんな運動をしたのかというほど筋肉がついており、角刈りにこちらもサングラスをかけていた。

　写真を見ながら、「さすがに十二年も経つとぴんとこないなぁ」と落合は情けなさそうに呟く。資料を繰っていた捜一の若手が落合を見ることなく、なにがですかと訊いた。

「当時は、葵と対面しただけで妙に体が熱くなったもんだ」

　若い刑事は鼻で笑う。落合が唇をひねりながら、そうじゃないというのに、中松署の刑事も不思議そうに瞬き(またた)きを止めた。

「なんていうのか、この女はそんじょそこらの生半可な悪党じゃない、そんな臭いがぷんぷんした。わしの五感が刺激され、見ているだけで吐き気がしそうだった。指の動かし方、視線の流し方、足の組み方、首の回し方、そして刑事相手の供述の仕方、どれもが全て計算し尽くされたものという気がした。聴取しながら、わしはずっと騙(だま)されているんじゃないかという不安が拭えなかったな」

「へえ」

「だから平田厚好が現金輸送車襲撃事件の一味だったとしたら、仲間というよりは隼と同じく、葵によって選ばれ、招集され、利用された単なる兵隊に過ぎない気がする。色仕掛けで引き込まれ、葵のいいなりとなった」

「当時、葵は三十歳。平田は四十八。平田の方は事件後、すぐに離婚したようですが、もしそれが葵のためなら、相当のめり込んでいたことになりますね」

中松署の刑事はそういったあと、刑務所から出てきたばかりの葵からは、そんなイメージは全然浮かばなかったなと首を傾げる。

「十二年は長いってことですな。女には特に」というのに、落合もゆっくり頷いた。

平田の昔の同僚や友人、知人を片端から当たったが、葵らしき女の姿は現れない。別れた奥さんがいうように、当時、平田に女がいたことだけは周囲の者も気づいていたが、誰もその相手を見た者はいなかった。

落合の発案で、捜一と中松署の刑事の三人で平田の息子を訪ねることにした。交友関係で行き詰まったのだから、基本に戻ろうと考えたのだ。

当時も、行方をくらませた平田の一番身近な人間として、妻子を取り調べていた。父親が消えたことだけでなく、犯罪に加担していたのではないかとの疑いをかけられたことで、中学生だった息子は酷くショックを受けたようだった。落合は、ゲーム機を使って輸送車襲撃に利用された子どもと共に、この少年のこともずっと気になっていた。

平田厚好の息子は現在、二十五歳。大手建築会社の正社員として働いている。父親は現場監督をしていたが、奇しくも同じような道に進んだわけだ。そこに小さな光があるように落合は感じた。少なくとも平田の息子は、父親にかけられた嫌疑のせいで道を歪ませることなく成長し、母親ほどには平田のことを嫌うこともなく生きてきた。だからこそ同じ道を選んだのだろう。

平田好紀は、上着を手に身軽く会社の外へと現れた。さすがに刑事の訪問は望ましくない素振りではあったが、それでもなにか覚悟をしているような真っすぐな目をして刑事を迎えた。当時、刑事らの尋問を受け、嫌な思いをさせられただろうに、ちゃんと相手をしてくれるだけありがたかった。落合はまず今日の礼を述べた。

DNAを採取させてもらう際に、山中で白骨遺体が発見されたこと、そして間もなく親子関係が一致したことは伝えている。父親が十二年前、失踪直後に殺害されていたことを息子はようやく知ることができたのだ。驚きはしたが、そういうこともあるかと、気持ちのどこかで諦めてもいたと淡々といった。

「それで」と落合は当時の話へと振る。

中学生だった好紀は父親っ子だった。女のことで母親と諍いが続くようになっても、それでもまだ父親を慕う気持ちが削がれることはなかったという。

「相手の女のことで知っていることや、気づいたことなどないですか」

落合の目を見て、困ったように首を傾げる。

「以前にも訊かれましたが、もう十二年も前のことですし。僕もまだ中学生で、彼女もいないような地味な子どもでしたから」

「そうですか」

中松署の刑事が、「お父さんの働く現場にもよく行ったそうですね」と訊く。好紀は目を輝かせ、当時から父親の手がける工事の様子を見るのが好きだったといった。高いビルや公共施設が基礎工事に始まって、順々にその姿を現していくのを眺めることが楽しかったと微笑む。

「十二年前のあのころは、確か、公園の造成工事をしておられたんですよね。そこにも?」

「はい。行きました。父に会って、色々見せてもらったんです。ヘルメットを被せてもらうのがなんだか嬉しくてね」

「ほお、工事現場に。まだ学校が冬休みになる前でしたよね。日曜日は現場も休みだろうから、土曜日とか平日の放課後とかに行ったのかな?」と落合が穏やかな視線を向ける。それを見て、好紀は少し黙り込む。視線が落合を通り抜け、徐々に虚ろに揺れ始めた。捜一の主任が更に声をかけようとするのを、落合は手で制す。

好紀の視線が、ゆっくり落合へと戻ってきた。

「おやつを」と好紀。

「おやつ」

「はい。確か、学校の帰りに、三時過ぎくらいに行ったんです。そのとき、父と一緒に食べようと饅頭(まんじゅう)を買って持って行ったのを思い出しました」

「なるほど。お父さんと一緒におやつを食べようとしたんだね。いつもそうするんですか」

「いや、あのときはなんでかな。わざわざ自分のお小遣いで買った気がする。ああ」

「はい？」

「お給料日だったんだ」

「お父さんの？」

「ええ。それを知っていて、きっとお饅頭で懐柔しようとしたんでしょう。なにか欲しい物があったんだ、それで」

「なるほど。給料日か。振り込みでしょうね」

「ええ、振り込みです」といって、ふつりと黙り込んだ。落合はもちろん、捜一も中松署の刑事も黙って待つ。

「コンビニ」

「はい？」

好紀は顔を赤くして、少し興奮したように目を開いた。

「現場に行ったら父が、もう少ししたら休憩だから待っているようにといったんです」

「はい」

「敷地内にある小さなプレハブのなかで待っていたら、父親が工事の囲いから出て行くのが見えたんです」

「ほう」

「僕がいるのを忘れたのかと思って、慌てて追いかけた」

「追いかけた」

「そうしたら、現場の向かいのコンビニに入って行ったんです」

「なるほど。それでコンビニ」

「ええ。少しして父が出てきて、そして」

「そして」

好紀は強い眼差しを落合に向けた。「コンビニから少し離れた電柱の陰に、女の人がいたんです」

「女っ」中松署の刑事と捜一が顔色を変える。落合は穏やかな視線を崩さず、好紀に頷いて見せる。

「お父さんはその女の人のところに行き、話をした？」

「はい。そうです。父はなんだか嬉しそうに笑って、女の人になにかを渡したんです」

好紀の目の奥が暗く沈み込む。

「お金かな」

「そうだと思います。あのころ、父はほとんど家にお金を入れなくなっていましたから。給料日にコンビニで下ろして、それを」といって唇を噛んだ。

「相手の女のことは、嫌な感じがしたでしょう」と子どもに尋ねるように訊いた。こくりと頷くのを見て、「それ、こんな人じゃなかったかな」と落合は、十二年前の河島葵の写真をすっと差し出した。好紀は目を瞬かせ、やがて首を突き出すようにして覗き込んで大きく見開いた。ゆっくり頷く。

「そうです。この女の人です。思い出した。こんな風に、あのときも赤い髪の毛で口を大きく開けて笑っていた。父にしなだれかかるように手をかけていた。それが酷く嫌らしく見えて、結局、僕はそのまま家に帰ったんです」

中松署の刑事と捜一は、興奮というよりはむしろ驚きに顔を青くしてゆく。落合は、写真をポケットに戻し、優しく好紀の肩を叩いた。

「ありがとう。お父さんを殺したやつは必ず捕まえるから」

好紀は小さく頭を下げ、上着を握ったまま会社へと駆け戻って行った。

15

「佐藤係長、どういうことですか」

「なにが」

野路は、机を回って佐藤の席まで行くと強い目で見下ろした。

「山部教官と最後に電話で話したのはあなただそうですね。どんな話をされたんですか」

「なんだいきなり」

「係長が昔、山部教官の部下として働いていたことは伺いました」

津賀署の綾野は、捜査本部が山部と佐藤の繋がりを調べ出したことも伝えてくれた。

十四年前、山部佑は所轄の生安課にいた。そこの少年係の主任で巡査部長だった。そして佐藤は巡査として山部の下についていたのだ。

佐藤は回転椅子を回して立ち上がると壁の方へと歩きながら、携帯電話にメッセージを打ち始めた。そのあとを追うようにしていう。

「どうして山部教官と電話で話したことを捜査本部にいわなかったんですか」

「関係のないことだからだ」

「それでもいうべきではないですか。教官はそのあと襲撃を受けたんですから」

「知った風な口を利くな」

そのとき、ピンポーンと呼び出し音が鳴った。パネルにあるモニター画面へさっと視線だけ流すと、明らかに刑事と思われる人間が二人、駐車場の門扉のところでカメラに向かって手を振っている。

「捜査本部の人間だ」

野路がいうと、佐藤係長も近づいてきて映像を見つめた。見つめながら、「俺はなにもしていない。山部さんから昨夜七時ごろに連絡をもらって、少し話をしようと駅の近くで七時半過ぎに会いはした。それだけだ」といって、カウンターの方へと歩き出した。どうやら捜査員らを自ら出迎えるつもりらしい。野路もついて行き、前を歩く佐藤の背に訊く。

「会ってなんの話をしたんですか」

「お前に話す必要はない」

「じゃあ、午前〇時半ごろに今度は係長から山部教官に電話をしたのはどういうわけですか」

佐藤はうるさそうに、「いい忘れたことがあっただけだ」とだけいって口を閉じた。野路は、「そう、捜査本部の人にもいうんですね」と投げつける。

「ああ、そのつもりだ。すぐ戻ると警視に伝えておけ」

野路は足を止め、佐藤の背が裏口へと消えるのを黙って見送った。

16

昼になって山部礼美が現れた。

「どうしたんだ。教官はどうした、意識が戻ったのか」

いいえと首を振る。「今日、明日がひとつの山だろうといわれました」

「だったら、なんでここにいる。病院にいろよ」

「わたしがいてもしようがありません。見ているからといって回復するわけじゃないですから」

「なにいってんだ。そういうことじゃないだろう」

「じゃあ、どういうことなんですか」きゅっと力のこもった一重の目が野路を見つめる。

「今、生死を彷徨(さまよ)っているのは、あんたの夫なんだぞ」

「それが？」

「それがって、なんとも思わないのか」

礼美は自分の机に着いて、ノートパソコンが起動しているのを見る。

「もちろん、心配はしています。でもそれは、病院でもここでもできることです。病院ではわたしはすることがなにもありませんけど、ここにはやるべきことが沢山あります。それなら、こちらにいるべきだと判断しました」

「あ、あんた」と次にいうべき言葉を探しているうち、礼美が、誰か触ったのかと訊いてくる。仕方なく、さっきまで佐藤係長が礼美の代わりに手伝っていたといい、その流れから、山部と最後に電話で話した相手が佐藤であることを告げた。

「今、捜査本部の刑事から聴取を受けている。佐藤係長は七時ごろに山部教官から連絡をもらって会ったそうだ。すぐに別れて、それ以降は知らないといっている」

礼美は、じっと画面に目を当てながら、瞬きを忘れたように考え込んだ。そして、「わかりました」とあっさりひとこと発しただけで、すぐに椅子に座って仕事を始めた。

「なんとも思わないのか」

キーを打ちながら、「なにをですか？」と訊く。

「自分の夫と最後に会ったのがあの佐藤係長かもしれないんだぞ。まさか襲撃した犯人とは思わないが、なんらかの形で関わっている可能性だってあるんだ」

「まだ、決まったわけではありません」

野路は言葉を失う。二の句が継げないというより、話す気力そのものがなくなった。自席の椅子にどんと座り、向き合わないよう真横に回転させる。背もたれに肘をかけ、落ち着こうと顔を拭った。なんとはなしに痺れの残る右手の指に力を入れた。中指と薬指が細かに震えながら曲がり、すぐにバネのように反り返る。揺れる指を見つめて、深い呼吸をひとつ吐く。

普通にバイクに乗る分には大きな支障とはならない。アクセルグリップを握る力は充分確保できるし、前輪ブレーキのレバーも他の指を全部使えばかけることができる。けれど、白バイは普通のバイクではない。ときに、制限時速を超えるスピードで相手を追うのだ。一瞬の制動の遅れが生死を分けることもある。素早いブレーキも、常時レバーに指をかけていられるからできるのだ。また、あの大きな車体をその場で引き回し、最小の動きで方向転換させるためには、アクセルを回しながら制動もかけるという繊細なアクションが必要となる。そのためには、五指全てを使わねばならない。

普通に乗るには問題ない。だが白バイでは使えない。白バイだから駄目なのだ。

「痛むのですか？」

　野路は目を閉じて天井を仰いだ。クジラのように息を吹き上げ、一気に全身を脱力させて声の主を見返った。

「俺のことなんかどうでもいい。なんでそうムキになってまで、冷静でいようとするんだ？　なにを我慢しているんだ。なにを恐れて自分の気持ちを抑え込もうとしているんだ。俺はそれが知りたい」

　キーボードを打つ音が止んだ。

　野路は椅子の背に肘を乗せたまま、礼美がパソコンの画面から視線を外すのを待った。切れ長の目が野路を真っすぐ見つめ返す。そこには珍しく揺らぐ黒目があった。

「わたし、注意されました」

「え」

「野路さんに酷いことをいったのですね。山部に指摘されてやっと気づきました」

「なんの話だ」

　礼美は昨夜、当直担当だったため、ひと晩署に詰めていた。そういうときは必ず、一度は山部に連絡を入れるという。そのとき、野路の話をしたらしい。

「昨日、白バイの人がここにこられたとき、わたし生意気なことをいいました。本当のことをいわないことで誰もがデメリットを被（こうむ）ると」

「ああ」

「山部にその話をしたら、軽率だったと注意されました」

「…………」

「山部は、『全てを話さなかったり、誤解されたままでいることがいいとは、自分も思わない。だが人というのは、考え方や思い、相手への気持ちの深さにおいても千差万別だから、これこそみなにとって正しいというやり方は存在し得ない。納得する人もいる代わりに更に傷を深くする人もでてくるかもしれない。野路は、それを恐れているのだろう』といいました。だから、ひとくくりにするようないい方をしたのは軽率だったと叱られました」

礼美は椅子から立ち上がると、すみませんでしたと低頭した。頬に微かに赤みがさしたのが見える。ひと呼吸置くと更に、「わたしは」と続けた。

「そういう気遣いが苦手なのです。思いやりの持てない人間なのです」

野路は、前髪を全部上げ、白い額を剝き出しにした顔を見つめた。

「その髪は」

えっ？ という顔をされて、野路は慌てて口を噤む。誤魔化すように、「いや、ご両親を早くに亡くされたと聞いたが、いくつのころ？」と尋ねてみた。礼美は椅子に座りながら、八歳のときに交通事故でと応える。

野路が、「そうなのか。それは厳しいな」というと、礼美がふいに微笑んだ。ぎょっと見つめ返すと、礼美はパソコンの画面に目を落としながらいった。

「山部教官も同じことをいいました」

「そうか」

「それまで、可哀想にとか、淋しいだろうとかはいわれてきましたけど、厳しいなといわれたのは山部教官が初めてでした。確かに厳しいことでした」

「だろうな。八歳の子どもが一人で生きてゆけといわれても困る」

「はい、凄く困りました」

それから親戚をたらい回しにされたといった。詳しいことは話さなかったが、落ち着き場所を得られなかったのだから、辛いことしかなかったのだろう。八歳の子どもが顔もよく知らない親戚の家で、馴染(なじ)めないまま成長してゆくことがどんなに大変なことなのか野路には想像もできない。

「高校に入る前ごろ、引き取られた親戚の家の人から虐待を受け、自力で逃げ出しました。そして市の専門機関に訴え、施設に入ることを希望しました。どうせならまったくの他人に囲まれている方がいいと、そのころには思えるようになっていましたから」

「そうか。そこでようやく落ち着けたんだな」

「いえ、その最初の施設でも問題があって」

どうやら、そこを世話した市の職員に騙され、あやうく売春をさせられそうになったらしい。その職員を当時の礼美は信頼し、頼りきっていただけにショックは大きかったようだ。

「そんなこともあって、誰も信じることができなくなりました。このままだと、自ら死を選ぶか犯罪者になるしかないとまで思い詰めました。でも、死ぬのは嫌でした。これまで自分に酷いことをしてきた人が暢気に生きていて、自分がどうして死ななくてはいけないのか、納得できない気持ちがあったから。だからもう犯罪者の道しかないと、そう思ったとき」

「思ったとき?」

「ポスターを見たんです。警察の」

「ああ、募集のポスター」

「それを見て、ああ、これもひとつの仕事だ、選択肢なんだと思いました。もし、警察官になったなら、自分は死ななくてもいい、犯罪者にならなくてもいいのだとそう思えたんです」

「なるほど。確かに」

「学校に入りました」

それで話が終わるかと思ったが、なぜか礼美は言葉を続けた。

「わたしの旧姓は燈といいます」

「燈？　へぇ、変わった名字だ。いい名前だな」

「皆さん、そういわれますが、わたしは嫌いでした」

「え。ああ、すまない」いい人生を送れていたなら、自分の名にも誇りが持てるだろうが、礼美にはまるで皮肉としか感じられなかったのだ。

「山部教官は、わたしが自分の名字を嫌っていると知ると、それきり呼ぶことはありませんでした」

「じゃあ、なんて呼んだんだ？」

「級長とか、礼美くんとか。君とか、職員番号で呼ばれるときもありました」

警察官は全て番号を付与される。それは警察官である限り、ずっとついて回る。

「ずい分、優しい教官だと思いました。むしろ、学生の我がままに合わせるなんて、教官としてどうなんだろう、軟弱だなとも。でも」

「なにごとも簡単には諦めない。頑丈な人だろう」

一重の目が大きく開いた。黒目に子どもが不思議がるような輝きが満ちた。

「俺も昔、世話になったんだ。聞いていないか」

「いいえ、なにも。姫野で野路さんと一緒になるといったら、あれは根性がある、困ったときは頼りなさいと、それだけいわれましたけど」

「………」

今度は野路が俯く番だ。山部は今も、あのころの野路を信じてくれているのだろうか。二度と道を踏み外すことのない強い人間だと、もしそうでなければ自分が一切の責を負うと、今もそう思ってくれているのだろうか。

激しい羞恥の念が湧いて、野路はいたたまれず立ち上がった。顔を洗ってこようと思った。ふと目をやると向かいの席の礼美の様子がおかしかった。視線が野路を通り過ぎている。ぱっと振り返ると、カウンターの向こうから佐藤係長が歩いてきていた。

「事情聴取、終わったんですか」

佐藤は野路に目をやることもなく、黙って署長室へと向かう。礼美は、そんな佐藤を瞬きもなく見つめ続けた。

廊下の角から捜査本部の刑事が顔を出し、挨拶代わりに片手を挙げると背を返した。野路はとっさに追いかけ、捜査車両に乗り込むところを捕まえて問い質した。

「佐藤係長は山部教官の件とは、いっさい関わりはなかったんですか？」

山部佑襲撃事件を担当する刑事は、運転席のドアの把手（とって）に手をかけ、そういうことだ、と短く返事した。更に、どうしてかと訊くと、応えないままドアを開け、乗り込もうとした。野路は閉まりかけたドアを押さえ、もう一度訊く。

「お前に関係ないだろう。ドアを離せ」

「確かに、俺は姫野署の人間です。ですが、ここには山部教官の奥さんもいるんです。教官と最後に会ったのが佐藤係長かもしれないのに、二人のあいだでなにがあったのか、わからないままで一緒に働けますか」

「働くしかないだろう。だいたい、佐藤警部補は容疑者じゃない。重要参考人ですらない」

「じゃあ、なんです？　佐藤係長は山部教官と連絡を取り合って、わざわざ外で会った。一旦は別れたそうですが、また、今度は係長の方からかけ直している。教官が襲われたのはそのすぐあとだそうじゃないですか。そんな経緯があったのに、佐藤係長は山部教官の身を案じることもなく、しかも電話で話をしたことを捜査本部にも誰にも話さなかった。そのことを係長はなんていっているんですか」

「お前、なんでそんなことを知っている」

「そんなことより、どうして佐藤係長は無関係なんです。アリバイでもありましたか」

「いい加減にしろっ。捜査中だぞ、手を離せっ」

「おいおい、いいじゃないか。そちらは野路明良さんだろう？　うちの県警の英雄じゃないか」

「なんだ、それは」と捜査員が助手席を振り返る。

野路はドアを押さえる手から一気に力が抜けるのを感じた。助手席の捜査員が、にやけた顔を見せている。

「ほら、白バイの英雄。全国大会でうちのチームを優勝させた功労者で、本部長賞をもらったやつ」

「ああ、あの。そうか、お前がそうなのか。へえ、それがなんでこの姫野にいるんだ」

「去年、事故ったんだ。おまけにその事故で同僚を死なせた。それで今は姫野署の準備担当ってことになったんだろう」

「なるほど。それはそれは」

野路は視線を逸らし、静かに呼吸を繰り返した。こんなこと慣れっこだろう、頭のなかで何度も呟く。

「そんな偉い人なら仕方がない。特別に教えてやる。佐藤はただ、自分の父親の病気のこ

とで山部警部補と話をしただけだそうだ。しかも犯行時刻にはアリバイがあるといってい
る。人通りの多い場所で、恐らくどこかのカメラに映っているだろうということだ。もち
ろん確認はするがな」

そういうなり無理やりドアを閉め、車は勢い良く駐車場を出て行った。
野路は力なく歩いて門扉を閉め、鍵を掛けた。ちらりと壁にあるカメラに目をやる。
礼美が見ているような気がした。

17

落合らの聞き込みによって、正式に白骨遺体殺人事件が十二年前の中松署管内現金輸送
車襲撃事件と関連するものとされた。
三戸部署に合同捜査本部が設けられ、捜査一課と落合ら三戸部署員、そこに中松署の刑
事課が本格的に参入する。また当時の襲撃事件を捜査した捜査二課も応援という形で加わ
った。
河島葵、隼姉弟の所在確認が最優先の案件となった。万が一、奪われた五億を手にされ
たなら、海外逃亡もしくは地下に潜(もぐ)られることも充分予想できる。そうなれば現金だけで

なく、殺人の被疑者まで見失うことになる。

葵と隼は十二年ものあいだ刑務所にいた。現金の強奪で懲役十二年は決して短い方ではない。葵が共犯者について白状しなかったことが反省なしと取られ、その分、刑期が延びた。先に捕まったはずの隼の出所が遅れたのは、刑務所内での反抗的な態度が原因だった。そんなことから、姉弟二人は本来よりも長く収監され、偶然ではあるが数週間の差で今年、揃って出所した。その間、外界との接触は限られていたから、なにかを企むにしても刑務所を出たあとの話になる。

そんな河島姉弟を行動確認した中松署の刑事が、捜査本部の会議で改めて語った。そして新しい事実が判明した。

「ムショを出た直後、河島葵は保護司と一緒に用意されたアパートに出向きました。保護司はそのまま帰り、葵は一旦アパートのなかに入って、少ししてから出てきました。必要なものを買いに、近くの商店街やスーパーをハシゴしたんです」

「葵はアパートに入ってすぐに出てきたのか」と捜査一課の班長が問う。

「はい、そうです。キャップを被って、サングラスだけして服は着替えていませんでした」

「買い出しに行って戻ってくるまで、ずっと尾けたのか」

「ええ、もちろん。あの襲撃事件の主犯格ですからね。万が一にも、逃げた仲間から接触があってはと思いましたから」

「それで、どんなものを買った？」

「衣服関係に食料、あと携帯電話を買いました」

「携帯電話か」

「まあ、働くのなら必要でしょうし」

「どんな服を買った？」

「えっ。いや、女性服売り場のなかに入るわけにもいかないから、遠目に見ていました。だから中身まではちょっと」

「それから？」

「は。それから、ですか？」

「その日だけでなく、しばらく張りついたんだろう」

「ああ、ええ。葵は朝、パート先の運送会社に出かけ、夕飯を買ってアパートに帰る。そして朝になればまた仕事に出かける。その繰り返しでした」

「休みの日は？」

中松署の刑事は首を振る。「一歩も外に出なかったようです」

「ふむ。それで隼の方は」

「はい。四月十六日に出所した隼を尾行し、真っすぐ葵のいるアパートに入るのを確認しました」

「で？」

「やはり葵と同じように、保護司から紹介された廃品回収業のパートに働きに出かけました。昼夜、しばらく張ったんですけど、これといった動きもなく。それでまあ、やはり逃げた仲間は金を独り占めしたまま、もう現れることはないというのが大方の考えで」

言葉尻を濁（にご）す態度に、捜一の班長は何度目かの舌打ちをした。うな垂れる中松署の刑事に落合が、「お宅らが張っているあいだ、なにか変わったことはなかったかい。どんなことでもいいんだ」と助け船を出した。

「そうですね。唯一あるとすれば」と刑事は顔を上げ、「仕事を替えたことでしょうか」

といった。

「なに？」

「なんだと」

会議の場が騒然とするのを見て、中松署の刑事はぎょっと顔色を変えた。

「どういうことだ。パート仕事は辞めていたっていうのか」班長が怒鳴る。

「え、いや、仕事はしていました。ただ、保護司が紹介したところは前科を承知で、大した経験もないのを受け入れてくれる会社ですから、どうしても待遇面では余所より落ちたりします。そういうのが嫌な出所者は自力で職を探しますので。だから、葵らもそうしただけだと思っていたんですが……」

「葵らっていうことは、隼もなのか」

「は、はい」

「なんでそのことが捜査資料に書かれていない」

「あ。それは、その、中松署の刑事らだけが知っていればいいことで、口頭で充分だと」

ぎっと睨まれ、更に首が縮む。名ばかりの継続班がしていたことだから、杜撰にもなる。今さら、そんなことを責めてもしようがないと思ったのか、班長は続ける。

「元の職場に聞き込みはかけたんだろうな」

「もちろんです。やはり、賃金が安いのでもっと良いところを見つけたからという理由でした」

「次の職場というのは？」

「葵と隼、それぞれ尾行して新しい職場は確認しています。葵はファミレスの洗い場で、隼の方は警備員として戸外の作業現場に立つ仕事です」

「うむ」

「なにか、なにか問題でも？」中松署の刑事が不安そうに眉を寄せる。

「それはいつのことだ」

えっと、と慌ててメモ帳に視線を落とす。「二人揃って、四月二十七日から新しい職場に入っています」

「四月二十七日。葵が出所してほぼひと月。隼が出所してからはまだ十日程度か」

「なにかあるんでしょうか」

中松署の刑事は班長から返事をもらえないので落合の顔を見る。落合も首を傾げたまま、「なにがどうというわけじゃないんだが、気になるよな」という。

「はあ」

「じゃあ隼が消えたのは、その警備会社に勤めていたときなんだな」

「そうですが、それが？」

「警備員なら、道路工事や色んな作業現場に就くだろう。以前も隼はそんな現場で働いていた。平田厚好と葵が知り合ったのも、隼の働いていた現場だった。今度もなにか目的があったのかもしれない」

「目的ですか？　どういう？」

その質問に応えられる者は誰もいなかった。捜査員全員、爪を嚙むように思案を巡らすが、結局、解答が出ないまま会議は終わった。ただ落合を含め、その場にいた刑事らは多かれ少なかれ、不穏な気配を感じていた。それは刑事として多くの事件を追ってきた者だけが嗅ぎとれる臭気だった。

18

各課から、問題点の報告が順次挙がってきた。予想以上というか、予想通りというか、新しい場所で、新しい家具で、新しい機材なのだ。そう簡単にいくはずはないとはわかっていたが、今日一日の予備日で間に合うだろうかと不安になる。

礼美と野路は手分けして当たり、それぞれの問題箇所を確認し、その場で修正、補完補修できるものはして、できないものはリストアップしていった。

三階の生活安全課では一時間近くも取られ、宇藤のいつ尽きるとも思えない愚痴と文句と御託を聞き流しながら、電気系統の修繕を行なった。なんとか終えて部屋を出るとき、三好温子が声をかけてきた。

「例の棚、何時ごろ引き取りにきたんですか」

「え。ああ、会議室に間違って置かれていた書類棚か」

「はい。わたし昨日、当直でしたから、課の部屋に入ったついでに会議室を覗いたんですが、いつの間にかなくなっていましたから」

「確か、午後八時過ぎに業者がきたと聞いている」

「そうですか」

「どうした。なにかあるのか」

「いえ、ただ、変な感じがしたので」

「変？」

「七時半ごろだったと思うんですが、部屋で片づけをしていたら音が聞こえたんです」

「音？」

「はい。なんか細かな音というのか。うーん、携帯のバイブ音のような印象を持ちましたけど。まさかですよね」

「会議室から？」

温子は首を傾げ、ドアは開けっ放しだったから、廊下のどっち側かははっきりとわからないが、なんとなく会議室のような気がしたという。

「それで」

「すぐに棚を見に行こうと思ったんです。ただ、夕方の佐藤係長とのこともあったし、気にし過ぎかなと」

「そんなことはないだろう」

「はい。しばらく考えて、やっぱり見に行こうと思いました。でも一人ではいけない気もして、二階の飯尾主任に声をかけました」

昨日の当直は、飯尾、礼美、温子の三人だ。人の出入りのない封鎖した建物の留守番だから、そんな人数でも充分だった。

「飯尾主任と一緒に行ったのか」

「いえ。刑事課に内線を入れたんですけど誰も出なかったんです」

「だったら、一階の総務にかければいい。山部がいただろう」

「はあ。でも」

温子と礼美がなんとなく反りが合わないらしいのは気づいていた。礼美の方はなんとも思っていないようだが。

「それで？」

「一人で確認に行きました。でも、なにもありませんでした。棚も開けて見ましたが、変わったところはなく、やっぱり気のせいかと思って部屋に戻り、五階の更衣室に休憩に行きました」

野路は頷いた。温子がいうように単なる気のせいかもしれない。それでも、わざわざ野路に報告したのだから、本人には確証めいたなにかが潜在的にあるのだ。

「携帯のバイブ音のようだといったな」

「なんとなくですけど。ただ、会議室からうちの部屋まで離れているのに、いくらなんでもバイブ音は聞こえない気がします」

夜、誰もいないフロアだ。些細(ささい)な音も増幅されるのではないだろうか。温子は気が強く、生真面目過ぎるくらい職務熱心なようだし、警察官としての注意力は充分備えている。

ましてや、棚のことがずっと気になっていたのだ。

「わかった。業者にもう一度訊いてみよう。それから」

「はい?」

「今後は、たとえ気にくわない相手であれ、必要な助力は求めろ。好悪は二の次にしないと、痛い目をみる」

温子は顎を引くようにして唇を結んだ。

野路は生安の部屋を出て、一気に駆け下りた。総務の机の前に礼美がいた。横を通って、真っすぐ壁のパネルにあるモニターを見る。

「まだ、三階と五階の映像は出ないのか」

背中を見せたまま問うと、「間もなく、業者がきて直してくれることになっています。なにかあるんですか？」と訊き返された。

「昨夜の映像が見たいと思ったんだが」

「どちらの階ですか」

「三階」

「五階はぜんぜん駄目ですが、三階の方は、少しなら見られます」

「え」

「先ほどチェックをしたら、カメラはずっと消えたままだったわけでもないようでした。もちろん、作動していなかった時間帯がほとんどですが」

「そうなのか」

「接触の関係でしょうか、映像が現れたり消えたりしています。見ますか？」

「ああ、見せてくれ」

「はい」

礼美は席にあるノートパソコンを操作し、三階の防犯カメラの映像を出した。昨日の午後、署員らと共に調整をした時刻から、退庁時間ごろまでの映像は鮮明に映っている。それから映像に乱れが出始め、ふつりと消えるとそれきり長く黒い画面が続いた。礼美が早送りしていくうち、パッとそれまでの黒さと違う色合いが過った。どうやら廊下が映っているようだ。天井に設置されたカメラが、階段口までの廊下を真っすぐ捉えている。

夜でも庁舎内ではナイトライトが点るようになっている。だが誰もいない姫野では無駄なので電灯は全て落としていた。そのせいで本来なら見えるはずの廊下の状況が皆目わからない。かろうじて生安課の部屋から漏れる灯りで、廊下らしいことが窺える。野路は身を乗り出し、その暗い画面に見入る。礼美も脇から覗き込んだ。

「業者が八時過ぎにきたらしいが、正確な時間はわかるか?」

野路の唐突な問いに礼美はすぐ、午後八時二十三分だと返す。時刻を示すデジタル表示の数字が変化を続ける。薄暗い映像には変化がない。

「うん?」

野路はすぐ、巻き戻してくれといった。礼美も気づいたようで、巻き戻したあとスローで送り始める。

「これはなんだ」

画面の下になにかが過った。右下の時間表示を見ると、午後七時三十八分だ。天井にあるカメラの角度からすると、影のようなものは画面の下側、つまり廊下の奥から現れた感じだ。

「会議室の奥には小さな倉庫があったな」

「はい」

カメラは会議室の扉は捉えているが、その奥にある倉庫のドアはカメラの死角になる。

「人のようにも見えるな」

「さっきは気づきませんでしたけど、いわれてみると」

画面が消え、また元の黒一色になった。何度見直してもはっきりとはわからない。

「人かな？　だとすれば、奥の倉庫から出てきたことになるが」

「そうですね。こちらを、つまりカメラを見上げて、作動しているのに気づいて隠れた、そんな感じでしょうか」

「そうか。赤い小さなランプが点くから、見れば気づくな」

「はい。でも」

「うむ」

昨日の夕方、温子が五階で人影を見、三階と五階の防犯カメラが正常に動いていないことから、宇都宮早織の英断で居残っている署員総出で庁内を隈なく点検した。各自鍵を持参し、各課の部屋は元より、会議室も倉庫も留置場も拳銃保管庫も開けた。トイレ、シャワールーム、配電盤から掃除道具入れまで全部調べた。誰もいなかったし、不審なものはなにもなかった。

「三階の倉庫を確認し忘れたということですね」礼美がため息を吐くのを野路はぴしゃりと否定した。

「それはない。どうしてそっちを考える。俺なら、総点検の終わった七時の時点では、庁内に怪しい人間は誰もいなかったという前提に立つ。警察官は、常に最悪の事態を考えて行動するものだ。自分が見落として万が一、なにか良くないことが起きたらと。だから捜索の手抜きはしない」

礼美は、画面を見つめたまま小さく、すみませんといった。

「だが、実際には人がいる。ということは居残っていた誰かか、もしくは」

「もしくは？」

「外からの侵入者だ」

「外から？　まさか」

「まさかって、どういう意味だ」

「だって、庁舎は全て施錠(せじょう)されています。しかも、わたしが一階にいました。ここから階段が見通せますから、誰かが上り下りしたなら必ず目に入ります。皆さんが帰られて以降、ここで仕事をしながら業者を待っていたんですから」

「だが、ずっと席にいたわけじゃないだろう。短い時間だがモニターが映像を映していたのを知らなかった」

「それは。わたしもモニターばかり見ていたわけじゃありませんし、トイレにも行きましたし、更衣室にも。でも、外部からなんて、ちょっと考えにくいです」

「そうかな。施錠しているというが、逆に鍵さえあれば誰でも入れるということだ」

「防犯カメラがあります。駐車場の出入り口、塀際、各階。三階と五階のものは不具合が生じていましたが、侵入者がそのことを知っていたとは思えません」

「なぜ？　あのとき、署に残って総点検に参加した人間はみんな知っている」

礼美は啞然（あぜん）として見返す。そして一重の目をわざと細める。

「わたしに警察官を信用しろといいながら、野路さんは、準備室のメンバーを疑うのですね」

「俺は可能性をいっている」

「だったら、倉庫を調べなかった可能性だって」

「あれは二人一組で行なった。その場で適当に組ませた二人が、共犯という可能性は限りなく低い」

午後七時三十八分の時点で、庁内にいたのは当直に当たっていた飯尾憲吾、三好温子、そして礼美だ。

温子は、その少し前に生安の部屋で物音を聞いたといった。山部礼美は業者を待って一階で待機していた。飯尾主任はどこにいたのだろう。温子が会議室を調べるために、飯尾に応援を頼もうと刑事課に内線をかけた。だが誰も出なかったといった。トイレに行っていたのかもしれないし、眠っていたのかもしれない。それとも。

外部から侵入するにしても、なかからの手引きが必要だ。どうしても鍵がいる。庁舎内に入る鍵、倉庫に入る鍵。

野路は繰り返し映像を見つめた。動いているのだから人のように思うが断定はできない。暗い上に映像にも乱れがある。もし人だとして、外部の人間でないなら署員の誰かだ。当直員以外みんな帰ったと思っていたが、残ってなにか用事をしようとうろついていたのか。その方が納得できる。ともかく一度、一人一人確認する必要がある。野路は礼美に、早織に報告した上で判断を仰ごうと提案した。礼美も頷く。

二人揃って画面から目を離したとき、ピンポーンと来訪者を告げる音がした。振り返って駐車場門扉の画面を見ると、サングラスに黒のライダースーツを着た木祖川がホンダの

CB250Rに跨(また)っていた。

19

「どうしたんです、今日は非番ですか」

　交通機動隊員にも当直はある。当直明けだと午前中には帰れるし、その翌日を休みにして、少し長めの休暇にすることもある。木祖川のことだから、ツーリングにでも出かけていたのだろう。250は、野路がいたころから木祖川がプライベートで乗り回している愛車だ。

「山部さんのこと聞いているか」

　門扉を開けにきた野路に向かって、木祖川がいきなり訊(き)く。どうやら昼のニュースで知って、休日の予定を変えて急遽(きゅうきょ)、こちらに駆けつけたらしい。

「こんな格好で捜査本部に行ったところで相手にしてくれるわけないし、お前のとこには山部さんの奥さんがいるから、なにか耳にしているんじゃないかと思ってな」

　木祖川はヘルメットを片手に裏口を入ると、どしどし大股で一階受付へと向かう。ついて歩きながら野路は、山部の容態と捜査本部を覗(のぞ)いたこと、そして礼美もいることを口早に伝えた。てっきり病院にいるものと思っていたらしく、驚いて足を止めた。だがすぐに、そうかといって歩き出す。

「お疲れ様です」

礼美の普段と変わらない態度に息を呑んだようだったが、ゆっくり腹の底から吐き出すと、木祖川は頭を下げた。

「山部さんが襲われたのは、俺のせいかもしれない」

野路はぎょっとした。「どういうことです」

木祖川は奥の署長室を顎で指し、いるのかと問う。野路は礼美と顔を見合わせ、早織も佐藤係長もいると応えた。木祖川はきょろきょろ見回して、正面玄関横にある背の高い観葉植物の鉢の側に立つと手招いた。誰かに話を聞かれないかと危ぶんでのことのようだ。

野路と礼美は黙って従う。

「俺らは、昨日、ここを出たあと、学校に行ったんだ」いきなり木祖川がいう。

「警察学校ですか」

「ああ」とちらりと礼美を見た。礼美は無表情な顔で見返す。

「野路が元気にしていることを伝えようと思った。そのついでに、佐藤係長のことも山部さんに話したんだ」

「え」

　さすがに礼美も顔色を変えた。

「佐藤係長が昔、山部さんの下で働いていたことは聞いていたからな。昨日、佐藤さんが余りにも様変わりしていたんで、俺の知らないなにかがあったのかと思ってさ。もし、そうなら気遣う必要もあるだろうから」

「それで、山部教官はどんな風に？」

「首を傾げておられた」

「………」

「身内に不幸があったという話は聞いていない、去年の暮れ、本部で顔を合わせたときは、変わらず陽気で屈託ない佐藤だった、奥さんや小学校に入ったばかりの娘さんのことを訊くと相好を崩し、自分のことでも若い妻をもらったことを散々からかわれたがと不思議そうにいっておられた」

「去年」

「ああ。そのあと、なにかあったのかもしれないが」

「俺が聞いた限りでは、佐藤係長のお父さんが癌で、余命ないような話でした」

「え、そうなのか。なるほど、そうか、それでか」

木祖川は、ちょっと安堵したように肩の力を抜いた。手にあるヘルメットを弄びながら、「それなら暢気にお喋りする気にもならんかっただろうな。余計な詮索をしたな」とそれはそれで反省するかのようにしょげた顔をした。

「あの」

礼美が声をかけるのに、木祖川も野路も目を向けた。

「あの、山部はそのときどういっていました？　佐藤係長と話をしてみるようなことといってませんでしたか。教官は、あの人は、そういうことを面倒がらずにする人なので」

「ええ。いってましたよ。ちょっと電話でもしてみようって」

今度は野路が腕を組む。

「佐藤係長は、確かに山部教官から電話をもらったといっていました。駅の近くで七時半過ぎに会って、父親の病状について話をしたあとすぐに別れたと。ですが、その後、係長からかけ直しているのも気になりますし、教官が襲われたことに動揺している様子がないのが妙です」

「ふーん」

「ただ、捜査本部の刑事がいうには、佐藤係長には山部教官が襲撃された時刻にアリバイがあるということでした」

「だったら係長は関係ないな。よか、いや、少しは気が楽になった。もしや、俺のした節介が関係しているのじゃないかと、そう考えるとぞっとして、気楽にバイクを乗り回していられなくなった」

「でも、一度は佐藤係長が関与しているのではと考えられたのですよね」

礼美に直球を投げられ、さすがの木祖川も、いや、そういうことじゃないと慌てて否定に回る。

ふいに奥の部屋の扉が開き、その佐藤が顔を突き出したものだから、野路らは息を止めるようにして固まった。佐藤は胡散臭(うさんくさ)そうな目つきで、「なにをしている」と問い、礼美が素早く駆け寄った。

「いえ、別になんでもありません。山部のことで白バイの木祖川さんが、見舞いに訪ねてくださっただけです」

佐藤は赤く充血した目をちらっと木祖川へ流したあと、すぐに奥に引っ込んだ。今度は、宇都宮早織が制服姿で出てきた。野路と木祖川は慌てて駆け寄り、室内の敬礼をする。

「山部さんのその後はどうですか」

礼美が、「まだ意識は戻らないようです」と応える。早織は長い前髪を押さえるように撫(な)でつけ、憂(うれ)えた表情で俯(うつむ)く。

「そう。心配ですね。山部さん、こちらのことは気にせず、いつでも病院に行って構いませんよ」

「はい。ありがとうございます」

あ、それから室長、と礼美が呼びかけ、野路を振り返った。野路が前に出て、三階の防犯カメラのことを告げ、署内をもう一度調べるべきではないかと進言した。早織は話を聞くなり、その映像を見せて欲しいといい、礼美が操作する。巻き戻して何度か確認したのち、「お二人も入って」と告げて、署長室へと戻った。

野路は木祖川に待っていてくれといって、礼美と共になかに入る。ドアを閉めて執務机に着く早織の前に並んで立った。佐藤は後ろの会議用テーブルの椅子(いす)を引いて座っていた。

「あの映像からでは、果たして人なのかどうか断定は難しいですね」

「そうですが、廊下の突き当たりに動くようなものはなかったかと思います」

「なにかの拍子に倉庫の扉が開いたということは？」

野路と礼美は顔を見合わせ、少しの間ののち、野路が渋々のように頷く。

「その可能性は否定できませんが。同じ三階で生安の三好温子巡査が微(かす)かな異音を聞いております」

「そうねぇ」

早織は手元のタブレットを引き寄せ、癖のように指を動かす。

「佐藤係長はどう思われます？」

野路が振り返ると、佐藤がぴくっと肩を揺らすのが見えた。席を立ち、その場で早織に向き合う。

「昨夜、庁舎内を隈なく調べたとき異常はなかったわけですから、不審者がなかにいるとは考えにくいと思います」

「そう？」

「カメラも――設置したばかりでまだ試験運用中で、動作の異常や映像の乱れが生じ易く、動くものというよりは、映像がぶれてなにかの影が動いているように見えたと考える方が自然かと思います」

「では、音の件は？」野路は強い目で佐藤に直に問うた。

佐藤は、ふっと口角の端を曲げ、「女性警官が蚊の翔ぶ音を聞き間違えたのだろう。人気のないフロアに一人でいたことで臆病風に吹かれたのじゃないか。怖いと思えば、風の音でも大袈裟に感じる」という。

「三好巡査はそんな軟弱な警察官ではないと思います」

いい返したのは礼美の方が早かった。驚きながらも、野路も賛同する。佐藤は、ぷいと顔を背け、そのまま椅子に腰を落とした。怒りのせいなのか、膝に置いた拳が微かに震えているのが見えた。

「わかりました」早織が結論を出した。

「野路さん、山部さん、この件はお手数ですがお二人で調べてみてください。他の署員らは、各課の備品や機材の調整で今日一日かかりきりになりますから、応援は頼めません。なんとしても、今日、明日中に万全の設えをなさねばならないからです。六月一日のセレモニーのあと、姫野署は新しい署として完璧なスタートを迎えます。まずはそのことを第一義としてください」

二人でできることはしれている。準備室のメンバーが無理ならせめて神谷署から応援を頼めないかといってみたが、早織は首を振った。まだ、はっきり不審者と決まったわけではない、一応、本部には報告しておくから、とにかくセレモニーを最優先に考えてくれという。野路と礼美は室内の敬礼をして部屋を出た。

木祖川が総務の席で回転椅子を揺らしていたが、二人を見て立ち上がった。

「俺は、これから病院に行くつもりだが、どうされますか」と礼美を向く。「後ろに乗せてあげることもできるから、一緒に行かれますか」

礼美ははっとし、少しの躊躇いののち、頭を下げた。

「姫野の開署までもう日がありませんし、気になることを片づけてから行きます。ありがとうございます」

野路は見送りがてら、木祖川の後ろをついて裏口に向かう。防犯カメラの映像の件をいうと、木祖川も首を傾げた。

「確かに、侵入者ってのは考えにくいなぁ。現役で動いている署ならともかく、ここには拳銃も機材も金もない。全て、セレモニーが終わってから本官らによって厳重に運ばれることになっている。もしかしたら、鳥かなんかが紛れたんじゃないのか」

「搬入の際には、窓や裏口は開け放していましたけど」

「雀がなにか悪戯をした、そんなところじゃないか。そのモニターの映像、もうちょっと鮮明化できないのか」

「防犯カメラの業者を呼んでいますから、一度、訊いてみます」

「それがいい。それと佐藤係長もそっち方面は明るいから、頼んでみてもいいんじゃないか」

「佐藤係長がですか」

「ああ。山城南署のあと、警部補に昇任すると同時に本部の情報管理課に行かれた。大学も理系なんだろう」

「初耳です。さっきはなにもいわれなかった」

「今はキャリアのお守りだからな。余計なことはしたくないんじゃないか」

野路は、バイクに乗った木祖川を外に出し、閉じた門扉越しに声をかけた。

「もし寄れるようなら、津賀署の捜査本部で進捗具合を訊いてもらえませんか」

サングラスをかけた木祖川が沈んだ声で応える。

「難しいな。本官が襲撃された事件だぞ。本部の捜査員が血眼になってホシを追っている。俺なんかが顔を出したところで邪魔者と蹴り出されるのがオチだ」

「でしょうね」

木祖川は片手を挙げたあと、一度だけ勢い良くエンジンを噴かし、軽快な音とともに走り去って行った。

20

ファミレスでは、だいたい午後二時以降、順次休憩を取るようになっている。

落合と捜一の若い刑事に中松署の刑事が加わって、三人でコーヒーを飲みながら店長がくるのを待った。客はほとんどおらず、厨房からホールスタッフの若い女性の笑い声が聞こえる。

この店は、河島葵が転職して就いた職場だった。姉弟が仕事を替えた事実がわかってすぐに聞き込みが行なわれ、その結果は既に会議で報告されていた。

保護司が葵に紹介した仕事は、運送会社の事務の手伝いだった。元々、前科者更生の助力会に賛同している会社で、葵の前科についても承知して雇っていた。他にも前科者が何人かいたが、葵ほどの罪を抱えていた者はいなかった。そのせいもあってか、最初から葵は職場では浮いた存在だったらしい。運送会社の社長は苦笑いしながら、無駄話をすることもなく、同僚らとの付き合いもまったくなかったといった。結局、安い給料が不満だったのだろう、いきなりコンビニのファックスから辞めると送ってきた。それが四月二十六日。社長は驚いたが、他の仕事を見つけたという理由だったのでよくあることと気にしなかった。一応、保護司には連絡したということですと捜査員は締めくくった。その際、運送会社の社長は、出所したばかりの葵の写真を見て本人であることを確認していた。

ファミレスも別班によって聞き込みが行なわれたが、落合は直に訊いてみたかった。なにせ、行方をくらます直前の葵を知る人間だ。捜一が渋るのを無理やり説得し、訪ねてきたのだ。

「お待たせしました」

三十過ぎくらいの眼鏡をかけた若い男が、制服の上着を片手に持って落合の向かいの席に座った。店長は、「またですか。ちょっと前にも同じことを訊かれましたけど」といいながら写真を手に取り、すぐにテーブルの上を滑らせて落合に返した。「たぶん」という。

葵は、目が悪いからといって面接のときもサングラスを外さなかった。中年女の顔などじっくり見ることはないだろうし、履歴書の写真が刑事の差し出す写真と同じだから、同一人物だと思い込む。ファミレスにいた葵は、厨房でも休憩室でもサングラスをしていた。ホールスタッフではないから問題はないですし、と店長は肩をすくめる。

ここで働いていたのは四月二十七日からで、ひと月も経たない五月二十日には無断欠勤し、以降姿を見せていない。

「たった二十四日ですか。それでは大したことはご存知ないでしょうね」

「ですね。喋ったのも、最初に仕事の説明をしたときくらいで、それからはぜんぜん。働いてくれていればそれでいいわけですから」

「なるほど。ところで、女性のスタッフさんともお話しできればありがたいんですが」

「今日、出勤していて、河島さんを知っている人ですね」

「ええ。お願いします」

葵は厨房での仕事だったから、調理人らからの供述は詳細に得ていた。落合は、女性スタッフの話をもっと深掘りしてみたいと考えた。

「河島さんのことですか?」

二人揃ってやってきた二十代の女性は、顔を見合わせ、小鳥のように首を傾げる。

「話とかしなかったし」

「暗かったもんね」

「あたし、喋れないのかと思ってた。挨拶してもなんもいわないから」

「あたしも。お昼も休憩も、隅っこでぼっちですますし。すぐ帰るし」

「だよね」

「あの人、なにしたんですか」

一人が小鳥の目を向ける。応えずに落合は、「着替えは更衣室で?」と訊いた。二人が頷くのを見て、気になるようなことはなかったかと更に尋ねた。二人は、若い刑事の方を見ながら、別に、という。落合が目配せすると、捜一が口を開いた。

「河島さんは、どんなファッションだったかな」

「ファッション?」といってケラケラ笑う。「だって量販店のカットソーとジーンズ、いっつも同じものだった。洗濯してんのか怪しかった」

「うんうん。サイズもあってなくってさ。袖とか裾とか、いっつもだらんとしてたよね」

「袖が長かった？」落合が、急に口を挟んだ。二人はキョトンとしながらも頷く。

「もしかして、ロッカーの把手とか袖ごと摑んでた？」

「あー。そうかも。そんな感じ」

「更衣室で厨房用の服に着替えるんだね。そのときにはもう手袋をしている？」

「うん」

捜一も中松署の刑事もじっと落合を見つめ、落合もそっと見返した。三人同時に、ひとつの可能性を思い浮かべた。

転職した理由。もしかしたら、河島葵は五月二十日でなく、もっと以前に姿をくらましていたのではないか。ファミレスで働いていた女は、葵の振りをした別の女ではないか。

「鑑識に連絡して、葵のロッカー周辺を調べてもらいましょう」と捜一が顔を赤くする。

「一応、してもらおうか。もう日も経っているし、次の人が使っているだろうから期待はできんけどな」

「それでも、新たな筋が見えたには違いないじゃないですか」中松署の刑事が舌なめずりするようにいった。

退庁時間を一分過ぎたところで、携帯電話が鳴った。

画面を見ると、姫野署にいる飯尾からだった。無視しようかと思ったが、暇にしながらも捜査に加われず地団駄踏んでいる飯尾の姿を想像すると、無下にするのも気の毒な気がした。

「それでどうなんだ」

いきなりの問いだ。落合もつべこべいわず、捜査会議で報告されたことを逐一教える。飯尾は唸り声を上げながら、大人しく聞いていた。

ファミレスで聞き込んだ話をいうと、「なるほど。よく気づいたな」といった。珍しく褒めるような言葉を吐くのを聞いて、飯尾はよほど焦っているのだと感じ、落合は河島隼の鑑取りをしている捜査員からの話も教える。

「隼の方も怪しいってか」

「鑑識が入ったが空振りでしたよ。隼はずっと軍手をしていたらしいんで。他にサングラスに防塵用のマスク。まあ、現場で誘導する警備員だから当然なんですがね」

「それでも可能性はあるな」

「ええ。二人は、別人かもしれません」

「なんのためか、と考えたら答えはひとつだな」

「でしょうな。奪った五億」

「ああ。やはり二人は五億を回収しようとしているんだ。そのためにも、張りついている刑事らを撒きたかった」といったきり、飯尾がふつりと黙り込む。落合は気になって、なんです、と問うた。

「弱いな」

「え」

「刑事を撒くためだけにダミーを作ったというのがな。イマイチしっくりこない。葵は頭もいい。刑務所では本を読むことはできるから、勉強もしただろう。なにせ十二年も入っていたんだ。出てすぐ携帯電話を手に入れたというから、ネットを操る芸当など朝飯前だったんじゃないか。ＳＮＳを通じて仲間を物色し、画策し、段取りしたことは充分窺える。だが」

「だが？」

「それだけのために二人の男女を雇うだろうか。刑事を撒くのなんて、どうともしようがあるだろう。まして、中松署の継続班はほとんどヤル気がなかったんだろう？　ひと月程度張り込んだだけで、手を抜いている」

「うーん」

「葵が転職したのは四月二十七日だな？　中松署は四六時中張りつくようなことはなかったはずだ」

「確かにそうですが。なら、なんのためにダミーを作ったと？」

「わからん。それにダミーかどうかの確証も挙がってないんだろう？」

「指紋は出なかったですけどね」

「職を替えてからの二人が、ずっとサングラスをして、だぶついた服を着ていたということをもってダミーというのも早急すぎる気がしてきた。第一、五月二十日には二人とも消えている」

少しの沈黙のあと、「いや」と落合は口調を強くした。「わしはあの葵が意味もなく仕事を替えるとは思わんですな。必ずなにか企んでのことだろうから、ダミーの線は捨てきれないと思ってますよ」

落合は更に、飯尾さんもあの葵を見ているじゃないですか、十二年前、と付け足す。

あの葵を直に見、聴取した飯尾なら、落合が疑う気持ちもわかるだろうというのだ。飯尾も呻くことでしか応えられない。とにかく、二人を捜すしかない。

二十日に二人の痕跡が消え、それから十日経つが未だ消息はわからない。これが既に、五億を手中に収めたことを意味するなら、この先の捜査は厳しいものになる。

「くそっ、葵と隼はどこに行ったんだ」

飯尾の身をよじって絞り出すような声を聞いて、落合も黙るしかない。この先、目ぼしい進展が期待できそうにないことは、捜査会議に出ている落合が一番わかっている。後ろ向きばかりの話になりそうで、接ぎ穂として別の話題を振った。

「そっちにあの学校教官の家族がいるそうですな」

「あ? ああ、山部か」

「現職が襲われたんだ、捜査本部はてんやわんやでしょう。こっちのを何人か戻せっていってきているから、縮小されるかもしれません」

「なんだと。五億を回収されたら、それこそ迷宮入りだぞ」

「わかってますよ。ですが、上層部ではもう回収して逃げているんじゃないかと考える向きもある」

「うー。出遅れたな」

「確かに。警官襲撃事件もただ事じゃないですからな。そっちはそっちでやってくれと一蹴するわけにもいかない」

「その警官の若い奥さんが、ここにいるんだ。ちょっとツンとした感じだが、いい子だ」

「そうなんですか。若いっていくつですか」

「二十五だって話だ」

「ほお。確か、襲われた教官は四十過ぎでしたね。羨ましい」

「だが、二十五で未亡人になったら、こんな悲惨なこともない」

「そうですな。しかしなんだって、学校の教官が狙われたのか」

「昔は生安にいたらしいが、そのからみは薄いだろう」

「でしょうね。現場を離れている警官が襲われる理由がない。どんな人なんですか。その奥さんから聞いてませんか」

「直接ではないが、優しい人だということだ。しかも、粘っこく、頑丈なところがあるとか」

「刑事向きですな」

「ああ。わしの知り合いが警官襲撃の捜査本部にいるから、ちょいと聞いてみた」

「進展がありましたか」

「いや、まだ目ぼしいのは挙がっていない。現場周辺の目撃情報、山部の身辺、学校関係を当たっているが出てこない」

「厄介そうですね」

「それが、大いに期待できそうなのがひとつある」

「なんですか?」

「教官は黙って殴られていただけじゃなかった。振り絞って、相手の体に爪を立てたと思われる」

「おっ。なら」

「ああ、皮膚片らしいのが残っていた。今、DNA鑑定に出している。間もなく結果が出るだろう」

「一気に解決ですね」

「前科があればな」

「きっと出ますよ。そうなりゃうちが縮小されることもない。むしろ、応援を頼み、手を広げて集中できる」

「だといいな。わしもあと二日だ」

「六月一日でしたね」

「ああ。もうちょっとだ。もうちょっとなんだ」

21

野路は木祖川を見送ったあと、引き続き、礼美と共に各課の苦情処理に忙しく走り回った。気づけば、退庁の時刻となっていた。

明日は準備室室長による最終点検となる。その早織が佐藤の運転する公用車で帰宅するのを見送ったあと、野路はワイシャツ姿のまま、懐中電灯を持ち、マスターキーを取り出した。それを見つけた礼美に問われ、明日のことがあるから署内を巡回してみるというと、自分も同行するといい出した。

「いい。俺は今夜当直だから、適当に間隔を空けて随時、確認しようと思っているんだ。一人で充分だし、応援が必要なら他の当直員に頼む。お宅は病院に行くんだろう」

「大丈夫です。面会時間の終わりまではまだ充分あります」

「そういう問題じゃないだろう」

礼美の表情は変わらない。野路は諦(あきら)めて、「じゃあ、今回の分だけ頼む。俺は五階から行くから、お宅は一階から上がってきてくれ」といった。

「はい」

マスターキーは一本だけだから、礼美は一、二階の各部屋の鍵をまとめて持つ。そして廊下を裏口の方へと向かった。

それを見て、野路は階段を上がる。足音を忍ばせ、ゆっくり歩く。五階まで行って、廊下の端から順番に点検してゆく。女性の更衣室やシャワールーム、トイレなどはノックし、応答がないのを確認してから鍵を開けて、なかを覗いた。押入れや棚、クローゼットのなかも全部見る。

終わると鍵を掛け、次に進む。講堂や柔剣道場、防具置き場、非常階段の施錠なども確認する。ひと通り見終わると廊下の真ん中に立ち、耳を澄ませる。人の気配を探り、微かな音に聞き耳を立てる。天井隅にある防犯カメラの赤いランプの点灯を確認し、階段を下りた。

四階も同じように点検し、また下りる。三階の生安課の部屋には誰もおらず、灯りも消えていた。鍵を開けて、電気を点けて確認する。そこがすむと同じフロアにある地域課へ行くが、そちらには今日の当直担当の係長が二人いた。挨拶をして、一応、ロッカーや宿直室などを見せてもらい、すぐに会議室へと向かう。

電気を点けて会議用テーブルのあいだを歩き回る。歪んだ並びを整え、ブラインドを指で広げて外を見た。駐車場の灯りを浴びて、車庫の屋根やオリーブの木が白く浮き上がっている。ドアへと向かいかけたとき、床に黒い汚れが見えた。屈んで指で擦る。会議室に用のある人間はいないから、恐らく、荷物の搬入をした業者のものだろう。そこが間違って置かれた大きな棚のあった場所であったことに気づく。床の汚れを見たあと、会議室を出て、隣にある倉庫も点検する。入る前に天井にある防犯カメラを見上げた。今は赤いランプが点いていて問題ない。

カメラの業者がきたときに、映像の鮮明化ができないかと頼んでみた。ある程度までならとやってもらった。黒い画面が僅かに白んだ程度で、映像に映り込んでいた不審な影はやはり人の頭部、鼻から上の部分であることだけがわかった。だが、髪のある感じが窺えず、最初、帽子でも被っているのかと思ったが、スポーツ刈りかもしれないと思っただけで、あとは目鼻もはっきりせず人相は不明だった。署員の誰かなのかどうかさえ判別できなかった。

野路と礼美は、署にいる一人一人と直接話し、昨日の夜に三階の会議室、もしくは小倉庫に行かなかったかを尋ねた。誰もが否定した。昨夜の当直で、男性は飯尾主任だけだったが当然、三階などには行っていないといわれた。

署員が嘘を吐いている可能性も捨てきれない。結局、早織に報告した上で、本部に伺いを立ててもらった。本部から回答があったと、早織から知らされたのが少し前のことだ。

ようは、現時点では特段の措置は必要なし、だ。

映像に映っている人物が署員の可能性もあることと、庁内を確認して不審な点がないことが証明されていることから、そう決定された。万が一、侵入者があったとしても、既に庁舎からは出ているのだ。今いないのなら、それほど慌てることでもないということらしい。

本部の人間の考えることは決まっている。なにをおいてもまず、セレモニーだ。そんな苛立ちを野路の表情に見つけたのか、早織はいつになく硬い口調でいった。

『今は、白骨遺体の事件に現職が襲撃された事件と、重大事件が重なっています。そこへ不確かな情報だけで新設署の開署を遅らせるような真似はできないということです』

もちろん、セレモニーが終了次第、この件の捜査を姫野署でやってもらうことにはなるが、と付け足した。

早織も所詮はキャリアだと、野路は胸の内で不満を吐いた。横に立つ礼美は、表情こそ動かさなかったが、誰よりもがっかりしたことだろう。早織から適宜、署内を確認してくださいとだけいわれて、この件は終わりとなった。それで野路が今、その適宜のチェックをしているということだ。

明日の最終チェックが、点検のラストとなる。それで問題なく、不審なこともなければ、本部の思惑通りに運ぶことになるだろう。もちろん、それに越したことはないのだが。

三階の点検を終え、二階に下りて礼美と合流する。

「一階は問題なかったか」

「はい。全て調べました」

「拳銃保管庫も？」

「はい。署長室に駐車場、機材倉庫や霊安室まで、あらゆる空間を確認しました。二階もあと留置場だけです」

「わかった。俺が見てくるからここにいてくれ」

「わかりました」

刑事課の部屋から灯りが漏れているのを見て、誰かいるのかと訊いた。

「はい。飯尾主任が残っておられます」

「例の、三戸部署の件でかな？」

「そのようです。ファックスで資料を送ってもらっているようでした」

「ここで捜査か。しょうがないオッサンだな」

そういって、野路は留置場に向かう。隅々まで調べて戻ると、礼美とその飯尾が廊下で立ち話していた。どうやら、山部教官の容態を気にして声をかけたらしい。

「皮膚片？」

山部が、襲撃犯の手がかりを残していたという。

「誰のものだったんですか」と勢い込んで訊いたら、飯尾は小さく手を振った。

「まだだよ。今夜か明日には出るだろう。前科がありゃいいがな」

「そうですか」

シャツの袖を捲った飯尾の姿を改めて見、そろそろ帰ったらどうですかと催促した。飯尾は、遠隔捜査をしているんだとにやつく。そして野路が当直だというと、手を貸そうといってくれた。

「カメラに不審な人影があったんだろう？　今、礼美ちゃんから聞いた。わしももうしばらくいるから、庁内点検のときは手伝うよ。声をかけてくれ」

野路はため息を落とし、「そうですか。じゃあ、あとでお願いします」と背を向けた。

22

姫野署開署まであと一日。

五月三十一日の午前十時に宇都宮早織室長の最終チェックを兼ねた庁内巡視が始まった。

野路は随行のため、身支度を整え、署長室の前で待つ。

礼美は朝から病院に寄り、少し前に駆け込んできていた。その顔を見て、どんな具合だと尋ねるのは止した。意識を取り戻したのなら、そういうだろう。

結局、昨夜から今朝にかけて、二時間置きに庁内を調べたが問題はなかった。やはり、署員の誰かがバツが悪くて嘘を吐いたのか。それか映像の混濁だったか、もしくはどこかのバカが準備中の署なら誰もいないと思って侵入し、人がいるのを知って逃げたか。なにひとつ解答を見つけられないまま、薄気味の悪い謎として残った。

ドアが開き、早織が制服姿で出てきた。野路が前を歩き、早織と佐藤がそのあとにつく。礼美は一階のモニター画面を見ながら待機することになっていたが、早織がふと見返った。

「山部さんもきてください。なにか問題があったとき、少しでも迅速に処理していただきたいので。モニター等の確認は佐藤さんにお願いします」

礼美は、はいといってすぐに席を立ち、佐藤が入れ替わるように総務の席へと回った。

今回は一階から始め、五階まで行ったところで試運転を兼ねてエレベータで降りることになっていた。早織一行は、まず一階にある各課の部屋、用務員室などを巡回する。トイレなどは野路と礼美が確認し、見終わるとその都度、早織に向かって異常ありませんと報告する。そして二階に上がる。

二階の刑事課や交通指導係などの部屋では、準備室メンバーが制服に着替え、直立して待ち受けていた。早織の姿を見、室内の敬礼をする。早織は伏し目がちに小さく頷き返し、形ばかりにさっと室内を歩き、そのまま黙って部屋を出た。王寺遥香が、野路の顔を見て、ほんとに形だけねといいたげに下唇を突き出す。顎を引くようにして返事をし、次へと向かう。

留置場、会議室、倉庫も全てチェックする。異常ありませんの報告を何度も繰り返して、全てを終えた。五階からエレベータに乗り、一階に着くとご苦労様でしたといって、真っすぐ署長室へと入った。佐藤もすぐ様、つき従う。ドアが閉まるのを見て、野路は上着を脱ぎ、ネクタイを弛(ゆる)めた。

礼美が席に腰を下ろしながら、「これで侵入者は庁舎にはいないと考えていいですよね」と、ほっとしたようにいう。

「そうなるな」

「では、あとは明日のセレモニーの準備だけです」

「ああ。少ししたら庁内アナウンスをかけて、全員、一階に集めて段取りを説明しよう」

実際のテント設営などは午後からになる。そのための機材も全て運び込み、署の駐車場に集めていた。

「あれは」

礼美がモニターを見て、怪訝そうに呟く。野路が振り返って見たときはなにも映っていなかった。どうしたと訊こうとしたら、階段の方からけたたましい足音が響いてきた。部屋から駆け出してくる署員の姿がモニターにあったらしい。どうせまた宇藤だろうと、野路がネクタイを外して立ち上がりかけたとき、飯尾が階段から弾丸のように勢い良く飛び出てくるのが見えた。顔が真っ赤に上気し、薄くなった髪が総毛立っている。巡視が終わって着替えようとしていたところらしく、ランニングシャツ一枚で、ズボンはかろうじて穿いているがベルトがなかった。

「どうしたんです、飯尾主任」

「わかったぞ、山部さんを襲撃した野郎が」

「え」

野路はさっと礼美の顔を見る。一重の目がこれ以上ないほど開き、白い頬が強張った。

「誰なんです。前科があったんですね」

しかし、どういうことなんだと飯尾は野路の声も聞こえないのか、一人で身悶え、熊のように一階のカウンターの周囲を歩き始めた。

「飯尾主任っ」野路が苛立って大声を上げた。飯尾が、ああという風に心ここにあらずのような妙な目を向ける。

「どうしたんです。誰だったんですか」

飯尾は自分の二の腕を掌でバシバシと叩きながら、総務の島へと近づいてきた。その目が異様な光に満ちている。飯尾は、野路と礼美の前に立つと大きく息を吐き出した。

「山部さんの爪に残っていた皮膚片のＤＮＡから、前科者が特定された」

「はい」

「名前は、河島隼。十二年前、中松署管内で現金輸送車襲撃事件を起こし、その後、服役。今年の四月に出所した男だ」

妙な沈黙が落ちた。野路と礼美は意味がわからず立ち尽くす。なにをどう尋ねればいいのかもわからない。

「なぜですか」

最初に口を開いたのは礼美だった。声が微かに震えている。

「なぜ、その男が山部を襲ったのですか」

飯尾は総務のデスクに両手を突くと、「わからん」と呻くように吐いた。

「今さっき、落合が知らせてきた。津賀署の捜査本部から三戸部署の捜査本部に報告が入ったんだと。落合ってのは、信大山で発見された白骨遺体の捜査に従事しているやつだが、その遺体が現金輸送車襲撃事件に関連する人間であることがわかって、中松署と合同捜査となっていた。そこに、今度は現職警官襲撃事件が加わる。津賀も三戸部も捜査本部の人間は全員驚愕し、大混乱だ」

野路は小さく首を振る。

「すみません、意味がわかりません。どういうことなんですか」

飯尾はデスクに突いていた腕を離し、体を起こすと笑った。なんともいえない凄まじい笑みだと野路は思った。隣で礼美が、息を吞んで固まっているのがわかる。

飯尾憲吾は刑事畑を黙々と歩き続けた。数多くの事件に関わり、危険を承知でそのなかに飛び込み、被疑者を追ってきた。定年を間近にしていても少しも衰えていない。刑事であることは今やこの男の皮膚の一部になっているのだ。その刑事の性が、不敵な笑みとなって顕れた。いつもは穏やかな、くだらない話で皆を笑わせ、気さくに声をかける中年男が、まるで熊を前にした猟犬のように目をぎらつかせる。

「わからんよ。わしにもどういうことかさっぱりわからん」

だが、追うべき人間はわかっているんだ。飯尾は、自分で自分にいい聞かせるように繰り返した。追うべき人間はわかっている。

23

落合はホワイトボードの前に立ち、捜一の刑事らと共に腕を組んで首を傾げていた。

紺野係長が近づいてきて、どうだったと訊く。

「一体、どういうことなんだ」

何度繰り返された言葉か。もう聞き飽きたと思いながらも、また胸の内で呟いている。

「なにがですか」

「中松署の捜査本部で一緒だった先輩刑事、なんていったっけ」

「ああ。飯尾、飯尾憲吾です。そりゃ、驚いていましたよ。目の前でその顔を拝めなかったのが残念なくらいですよ」

「そうか。見解は？」

「わからん、のひと言」

「だろうな」

雛壇（ひなだん）には誰もいない。恐らく、津賀署にある捜査本部の幹部と打ち合わせをしているのだろう。合同捜査本部になるとしても、主体をどこに置くか。責任者を誰にするか、捜査よりも先に事務的な確認がまず一番になされる。

捜査一課の主任と班長が部屋に入ってきて、ホワイトボードの前に並んで立った。落合らは慌てて席に着く。

「捜査本部の形態がどのようになるかは、決まり次第連絡する。それよりはまず、被疑者の確保だ。現職警官を襲ったのが河島隼と判明したが、我々も平田厚好殺害の容疑で河島葵と隼を追っている。ともかくその二人さえ見つければ、自（おの）ずと現職警官襲撃事件も解決をみるということだ。それによりこれまで以上に、二人の捜索の必然性が出てきた。事件の様相を解明することも大事だが、両名を見つけて確保すること、これが最優先だ。なんとしてもうちの捜査本部で見つける」

主任がいうのに、班長も加わる。

「山部佑が襲撃されたのが五月三十日の午前一時ごろ。昨日の深夜だ。河島隼は近くにいたということだ。恐らく姉の葵もそう遠くないところにいるだろう。津賀の捜査本部でわかっている情報がこっちに入り次第、全捜査員に周知させる。それまで、二人の足取りをなんとしてでも追ってくれ」

合唱したかのように応える声が響き渡る。落合は返事をしながら、昨日という言葉を噛みしめた。

五月二十日に姿を消してから、河島姉弟の足取りがぷつりと途絶えた。いや、それがダミーなら、二人はもっと以前、四月の末ごろから姿を消していたことになる。それがたった一日前、津賀署の管内で山部を襲撃したのだ。

五億はとっくに手にしたのではなかったのか。どうして遠くへ逃げない。なぜ、近くに潜(ひそ)んで山部を襲った。一体、なにをしているのだ。なにを企んでいるんだ。

――山部になにがある。

落合は手にある携帯電話を見つめた。姫野署にいる飯尾が動き出しているだろう。なんでもいいからわかったことは必ず知らせてくれと、落合は何度も何度も念を押したのだった。

「なあ、礼美ちゃん、なんか思い出せないか」

総務の島にやってきてから、飯尾はずっと繰り返している。いい加減、シャツくらい着てくれと野路がいって、ようやくポロシャツを羽織らせた。

襟(えり)を整えることもせず、飯尾は礼美に向き合ったまま、あれこれ質問攻めにしている。

礼美は目をこれ以上ないくらい細くし、両方の眉がくっつくほど寄せて、口を固く引き結んでいる。本人なりに思案しているのだろう。

飯尾から、山部佑に河島葵、隼、もしくは現金輸送車襲撃事件となにか繋がりがないか、なにか聞いたことがないかと問われ、ずっと考え込んでいた。疲れたように息を吐き、申し訳なさそうに首を振る。

「山部は警察学校の教官です。どんな事件であれ、事件というものと関わりを持っていたとは思えないんです。そんな話も聞いたことがありませんし」

「だがな礼美ちゃん。お宅の旦那は河島隼によって半殺しの目に遭っている。隼は粗暴で単純な下司野郎だが、五億持って逃げようかというときに通り魔的に人を襲えばどれほどマズイことになるか、さすがに三十三にもなればわかる。そんなことしたら九つ上の姉ちゃんにドヤされる」

「五億ですか」

「ああ。半端な額じゃない。河島姉弟にしてみれば人の一人や二人殺しても構わんと思うくらいの金額だろう」

「強欲なんですね」

飯尾は野路を振り返ると、僅かに目を細め、ゆっくりした口調で話し始めた。

「十二年前、二人の鑑取りをしていたとき、こんな話が出てきた」

葵が十八歳、隼が九歳のころだ。昼日中に、年寄りを突き飛ばしてバッグを奪い、二人で逃走する途中、小学生が小銭を持って買い物に行こうとしているのにぶつかった。地面にばらまかれたお金を葵と隼はついでのように奪おうとした。母親が驚いて声を上げたため、近くにいた人間によって呆気なく取り押さえられた。

「そのとき子どもが持っていたのは、百円玉とか五十円玉とかなんだ。二人は一円も残さず拾い集めようとした」

「はぁ」と野路は呆れる声しか出ない。

現金輸送車襲撃事件は十二年前のことで、野路も礼美もまだ奉職していなかった。ニュースで事件のことは知っていたが、犯人の詳細までは記憶していなかった。

「その二人の写真はありますか」野路は改めて飯尾の顔を見つめ返す。

「ああ、そうだな。まずはそれだな。わしとしたことが」と、ごそごそ尻ポケットをまさぐり、携帯電話を差し出した。

赤毛の小太りの女だ。肉感的で、目に力がある。一方の弟は、写真でみてもごつい感じが伝わる。粗暴な単細胞という言葉がぴったりだ。目に感情というものがない。

「飯尾主任、これいつのですか。いやに若いじゃないですか。今、四十過ぎっていいませんでしたか」と野路が指摘すると、「ああ」と頭を掻く。

「これはわしが捜査していたころのやつで、今現在の写真は捜査本部にはあるんだが。なんとか取り寄せてみよう。でも、ま、本質的なところは今も変わっとらんはずだ。葵は頭が切れて酷薄な女だ。山部さんの周辺でそんな中年女を見かけなかったか？」

礼美はまた思案にくれる。飯尾が、結婚する前の女性関係は、というのにさすがに野路が脇腹を肘で突いて止める。山部の妻が亡くなったのは、野路が学校を卒業した年で、八年前になる。そのとき、河島姉弟は刑務所だ。接点のありようがない。

飯尾も余計なことだと気づいて、また首筋をさする。野路が言葉を挟んだ。

「山部教官が、たまたま河島隼を見かけて確保しようとしたところ、反撃されたという線はどうです」

「うーん」

応えたのは飯尾でなく、礼美だった。

「もし、見つけたとしても安易に声をかける人ではありません。まず、所轄か本部に連絡をするかと思います」

「連絡をしようとしたところを見つかったとか」

飯尾も礼美も黙っているが、納得していないのは顔を見ればわかる。山部も生安課で働いたことのある人間だ。学校では刑法などを教えている。素人じゃないのだ。

野路自身は、まだ佐藤係長のことを信用し切れていない。自分の父親のことでわざわざ会って話までしたくせに、そのあとで襲撃された山部のことを案じる様子がないのはおかしい。木祖川もまるで人が変わったようだといっていた。

佐藤は、本当に父親のことで山部教官と会ったのだろうか。なにか問題が発覚してその相談のため顔を合わせたのではないのか。教官なら、佐藤の不祥事に気づいても報告する前に説得しようとするのではないだろうか。佐藤は応じず、逆に教官を――。だが、襲撃犯として挙がったのは河島隼という男だった。佐藤自身にはアリバイがある。この線はないか。

そんなことを思っていると飯尾に見咎められた。今や、準備室のメンバーでなく、一人のベテラン刑事に戻った飯尾の目を誤魔化すことは難しい。佐藤への不審を正直に告げると、飯尾は黙って署長室の扉を見やった。

「今もいるのか」と問うのに、礼美も野路も頷く。

「佐藤係長はずっと宇都宮室長につきっきりです。キャリアを補佐する役目だから当然かもしれませんが」

「退庁時間になれば、一緒に帰るんだよな」

「ええ」

「警視殿をマンションに送り届けたら、本部に帰ることもなく、あとはなにをしようと自由なんだろう?」

「たぶん。ただ、犯行時刻にはアリバイがあると聞きました」

「そうなのか。そのアリバイがどういうものかは訊いたのか」

野路は、運転席のドアを押しとどめ、嘲(あざけ)りと共に放たれた捜査本部の刑事の言葉を思い返す。

「確か、現場から離れたところの防犯カメラに映っていたとか」

「ふうん。カメラねぇ。本官がアリバイを作るのにはちょうどいいアイテムだろうな。おまけに佐藤ってのは、そういうのに精通しているんだろう?」

「フェイク映像だと?」

「さあな。現物を見てみないことにはなんともいえん。ただ」

「ただ?」

「確かに妙な感じはあるな。あの佐藤という男、庁内をやたらうろつき回っている。宇都宮警視にいわれてそうしているのかとも思っていたが、もし、そうでないなら」

「庁舎内を?　しかしここにはなにもありませんよ」

「今はなにもなくとも、これからあらゆるものが運び込まれるんだ。逆にいえば、今のうちになにかを仕掛けて、いざというときに役立たせるということもある」

「いざというとき？」

「ああ。警察には個人情報もあれば、拳銃もある。薬物だってそのうち集まってくる。欲しいと思うやつは大勢いるさ」

「まさか。そんな連中と佐藤係長が」

「単なる可能性だ。ああ、ちくしょう。ここで空想ごっこをしていてもクソの役にも立たん」と喋っているうちに、身動きできない自分の立場に苛立ちがましてきたのか、最後は頭を掻きむしる。そして礼美になにか思い出したなら、すぐに知らせてくれといって部屋へ戻って行った。


午後からは、準備室メンバー全員で明日のセレモニーのための会場を設営する。

まず、署の玄関隣にある一般駐車場にイベント用テントを張った。天幕は白のエステル帆布（はんぷ）で、三メートル×五メートルの大きさがある。男数人がかりで銀色のフレームに天幕を付けて組み立てる。その下にパイプ椅子を並べるのだが、それは防犯上の理由から当日の朝行なう。同じく、立ち入りを制限するための仕切りに使うベルトパーティションのポールも準備だけしておく。それらは明日、神谷署からセレモニーのための応援がきてから設置する手筈となっていた。

テントのあとは、少し離れたところにステージを作る。ステージといってもテントと同じ大きさくらいのベニヤ板を地面に置いて、吸音のための赤いフェルト材を敷くだけのものだ。音楽隊の演奏が必要以上に響かないようにするための急ごしらえだが、ないよりはマシという程度に過ぎない。地域の係長や野路らが電動工具で板をくっつけて大きくし、ガンタッカーでフェルトを留めてゆく。

それが終わると署の玄関前、歩道、前の道路、一般駐車場から周囲の植え込みに至るまで隈なく調べ、怪しい物がないかチェックしたあと清掃を始める。玄関扉の内側にはテープカットのポールやリボンを準備し、挨拶をするための演台、司会者用のマイク類、スピーカーも置いておく。全て、明日、セレモニーが始まる直前に表に出すことになっている。

最後にマイクテストをして、ようやく全て終えたのは退庁時間を三十分ほど過ぎたころだった。今夜の当直である宇藤係長は、夕飯を食べてくるといって早々に離脱した。野路にしてみればうるさいのがいなくなってなによりで、それ以外の帰宅する署員らには明日よろしくと、箒を持ったまま一人一人見送った。礼美と飯尾と他の当直担当で残りの片づけをすます。

　そうこうしているうち、開いたままの門扉を潜って黒の公用車が出てきた。野路らは直立し、帽子を被っていないため室内の敬礼で見送る。飯尾だけ野球帽を被っていたため、礼美に睨まれつつも一応、挙手敬礼をした。佐藤の運転する車が、左右を確認して道路に出た。後部座席の早織が窓の向こうで野路らに会釈する。

　夕闇が迫るなか、赤いテールランプが遠ざかるのを見、野路は引き上げようと声をかけた。すぐ側に、タオルを首に巻いた飯尾が立っている。

「飯尾主任、お疲れさまでした。もしかして今日も居残って、遠隔捜査するつもりですか。一旦、帰ったらどうです、明日は早いですから」

　返事がないので、もう一度声をかける。飯尾は、まるで居眠りから覚めたかのようにびくっと肩を揺らした。

「どうしたんです？　大丈夫ですか」

　離れたところで礼美と当直担当が、不思議そうに振り返っている。

「あ、いや、今」

「はい？」

「ちょっと目が合った気がして」

「はあ」

「いや、なんだかな、妙な感じがこの辺に」といって首の後ろをごしごし擦る。野路が訊き返そうとしたとき、飯尾の携帯電話がバイブした。さっと反応し、喋り始めたのを見て、野路は清掃道具を持って礼美らと共に裏口へと向かった。

24

明け方、野路は携帯電話の目覚まし音が鳴る前に目を開けた。セレモニー当日ということで緊張して眠れなかったわけではない。呼び出し音で起こされたのだ。

枕の下に置いていたのを取り出し、画面を見ずに応答する。

「野路か」

すぐに飯尾主任の声だとわかった。

「どうしたんです。署からですか？　なにかありましたか」

捜査本部の知り合いとやり取りしているうち、署に泊まったのかと思ったのだ。

「いや、違う。N県からの帰りの途中だ。そろそろ起きるころかと思ってな」

「N県？　どうしてそんなところへ」

「金井消化器系クリニックに行ってきたんだ」

「はあ？　どこです、それ」

「佐藤の実家の近くにあるクリニックだ」

「佐藤係長の？　あ」

　もしかして、係長の父親が入院しているという、と呟くと、飯尾の含み笑いが聞こえた。

「そうだ。佐藤の所属する本部警務部の人間を捜して昨夜、入院先を知らないかと訊いてみた。父親は確かに入院していたが、癌じゃなかったぞ」

「え？」

「心筋梗塞でカテーテル手術を受けたんだ。予後は順調で、じき退院できるだろうって話だ」

「それは、どういうことです？　佐藤係長が嘘を吐いていた？」

　野路は、署内のトイレで顔を合わせたとき、佐藤が父親は癌だと口にしたときの様子を思い出していた。癌でもなく、命にかかわる病状でもなかったのに、あのときの佐藤は確かに切羽詰まった表情をしていた。酷く追い詰められているような。

「飯尾主任、係長が父親のことで嘘を吐いたのには、きっとなにか理由があると思います」

「理由？」

「飯尾主任は、佐藤係長が庁内をうろつき回って、妙なやつだといっていましたよね。俺も、五階の非常口のところでおかしな行動をしていたのを見つけたことがありました。佐藤係長は苛立った態度で俺らを追い返そうとしました」

「非常口？　なんでそんなところを気にする」

「わかりません。でも、飯尾主任、俺はどうにも納得がいかないんです。今日は、姫野にとって大事なセレモニーの日です。佐藤係長が庁内で不審な行動を取っていたことが、なにか重大なことを招くのではと気になるんです」

「ふん。気になるっていう程度じゃな。それはお前が、総務の人間だからだろう。なにをおいてもセレモニーを成功させることが大事な使命だ」

　野路は黙り込んだ。

　飯尾は電話口の向こうから聞こえる息遣いにしばし耳を傾けた。野路は必死で思案し、なんとかしようとしている。そのことが言葉にならないまでもはっきり伝わってくる。総務であっても警察官だな、と飯尾は思った。むしろ、署内の全てに目が行き届き、あらゆる人間の行動に注意を向けている。総務だからこそ気づけることもある。野路の若さではそれの意味することに気づかないまでも、違和感という形で記憶に残り、疑惑という影を作り出すのだろう。

飯尾は、笑いを含んだ声でいった。

「よし。今から佐藤の家に行って、問い詰めてやるか」

「え。今からですか。それじゃ、俺も行きます」

「いや、お前はセレモニーがあるだろう。署に行け。なにかわかったら連絡する」

「ですが、一人では」

いい終わる前に電話は切れた。野路はすぐに跳ね起き、着替えて支度する。普段なら電車で向かうところだが、始発が出るにはまだ間があると気づき舌打ちした。タクシーを拾うしかないが、その時間も惜しい。ふと思い出して、タンスの引き出しに飛びつき、忙しなく奥を掻き出した。ミニバイクのキーを見つけて摑んだ。

愛用していた750のバイクは復帰後、知人にタダ同然で譲った。そのことを申し訳なく思ったのか、代わりにミニバイクをくれたのだが、野路にしてみれば二輪車はたとえミニバイクでも、もう乗るまいと決めていた。だが、そうもいっていられない。押入れの奥にしまっていたヘルメットを取り出し、玄関から走り出た。

初夏の陽が山際から昇りかけているところで、清冽（せいれつ）な光が矢のように野路の目を射た。いい天気になると思った。六月一日、いよいよ姫野警察署が開署する。

ヘルメットを被り、サングラスをかけた。昔着ていたライダースジャケットを羽織ると、熱を帯び始めた空気が一瞬で纏（まと）いつく。スターターボタンを押してグリップを回した。思った以上に勢い良く道路に飛び出し、慌ててブレーキをかける。ギアがないからグリップを回すだけで呆気なくスピードが出る。しかもミニバイクは尻の真下にタンクがあって不安定だ。二輪車の場合、体の前にタンクがあるから、車体を膝で挟む形で密着できる。バイクが自身の体の一部となるのだ。どんな大きな車体でも自在に動かすことができるのはそのためで、しかもバランスを取るのも容易（たやす）い。だが、ミニバイクは両足を上品に揃えて乗るから、両手だけでしがみついているのと変わらない。これではバランスの取りようもないし、衝撃があったらたちまち投げ出されるだろう。危うい乗り物だと初めて知った。そんなミニバイクだが、こわごわ加減を探ってゆくうち、どうにか乗りこなせるようになった。

陽が真横に並ぶ。朝の風が吹きかかる。

制限時速三十キロとはいえ、それなりの風圧はある。頰や瞼（まぶた）にかかる懐かしい触手。バイクに乗っているという意識が体内を巡る。筋肉が躍動するのを感じ、懸命に、今日だけだといい聞かせる。

通勤する人々や学生らが、徐々に現れてきた。信号待ちをしていると、胸の携帯電話がバイブした。すぐに路肩に寄って応答する。

「飯尾主任、どうでしたか」

「いない」

「は？」

「佐藤は家にいない」

「もう、姫野に出勤しているってことですか？」

「いや、署に電話を入れたがまだきていないそうだ」

「じゃあ、警視を迎えに行っているんでしょうか。ちょっと早い気がしますが、まあ、今日は本番だから」

「うむ。そうだな。だが、ちょっと気になる」

「なにがです？」

「佐藤だけでなく、奥さんや子どももいないんだ」

「え。それは、どういう。奥さんが子どもを連れて出て行っている？」

「そうかと思って隣の家を起こして訊いてみた。佐藤の家は一戸建てで近所付き合いもちゃんとしていた。そのお隣さんが、ここ最近、佐藤だけでなく、奥さん子どもの姿も見かけず案じているというんだ。遠出をしたり家を長く空けるときは必ず声をかけてくれていたのに、ってな」

「佐藤係長も自宅に戻っていないってことですか」

「そうだ」

「もしかして実家じゃないですか。佐藤係長はお父さんのことがあって実家から通っているとか。それで奥さんは子どもと一緒にご自分の実家に戻っているとか」

「かもな。だが、そのオヤジさんはそこまでするほどの病状なんだろうか」

「あ」

「一応、両方の実家を確認してみる必要はある。わしは一旦、署に行き、向こうで佐藤が現れるのを待ち受ける。もしこないようなら、署から落合に連絡をして調べさせる。今は現金輸送車襲撃事件に山部教官の事件も加わって、あいつら混乱しているだろうから、どんな情報でも飛びつくだろう」

「わかりました。俺もすぐに姫野に向かいます」

携帯電話を胸のポケットにしまってグリップに手をかける。だが、すぐにスターターボタンを押す気になれなかった。

飯尾が署に行くのなら、自分は捜査本部に行って直に話をした方がいいのではないかと考えた。そうして、佐藤係長のアリバイを証するというカメラの映像をもう一度確認してもらうのだ。事件に直接関係ないことのようにも思えるが、佐藤が父親のことで嘘を吐いたこと、そして自宅に誰もいないことが気にかかる。襲撃犯を別にすれば佐藤が山部教官と最後に会った人間だろう。その教官が命の危険にさらされているのに動揺する素振りもない。更には姫野にきてからの佐藤のささくれたような態度、庁内での不審な行動。それら全てがなにかを示唆(しさ)しているようでどうにも落ち着かない。嫌な予感しかしないのだ。

野路はボタンを押し、後方を確認して走り出した。すぐに信号を左折し、津賀署に向かう。三つの事件の捜査本部の拠点が、津賀署に決まったことは昨日のうちに飯尾から教えてもらっていた。

姫野とは距離があるから、できれば自動車道に乗りたかったが、ミニバイクではどうしようもない。一般道を使って津賀署に行くとなるとセレモニーには間に合わないかもしれない。着いたら礼美に連絡しようと思いながら、奇妙な緊張感が全身を覆(おお)ってゆくのを感じていた。

「おい、野路じゃないか」

津賀署の駐車場にミニバイクを停め、ヘルメットを脱いだ途端、いきなり声をかけられた。振り返ると、すぐにスカイブルーの色彩が目に入った。

「木祖川さん」

走り寄ると、ＦＪＲに並んでＣＢ１３００Ｐも見えた。側に、顔見知りの隊員が数人と、なかに松村もいる。野路を見て挨拶をくれるが、松村だけは黙って強い視線を投げかける。

「どうしてここに？」

「それはこっちのセリフだ。今日は姫野の開署日じゃないか。こんなところでなにしている」

「そうなんですが、気にかかることがあって確かめにきたんです」

「捜査本部にか？」

「はい」

木祖川は脇に抱えたヘルメットをいじりながら、ちらりと視線を庁舎の三階へと向けた。

「山部さんのことで気になるのはわかるが、捜査本部はお前を相手にしている暇はないぞ。大変な騒ぎとなっていて、俺らまで応援で引っ張り出された。指示があるまでここでなかに入る。

野路は唇を噛むが、ここまできて引っ込むわけにもいかない。小さく会釈して裏口から

「そうなんですか」

待機してろってな」

三階の講堂が捜査本部だろうと見当をつけると、案の定、廊下には記者らしい人間がうろうろしていた。だが、講堂の扉はぴたりと閉まったままで、物音ひとつ聞こえない。野路は大きく深呼吸をし、扉を開けてなかに入って行った。

津賀署は大きな所轄だから講堂も広く、姫野の倍近くある。そこに会議用テーブルが隙間なく並べられ、正面奥にはホワイトボードが二面、他にもスクリーン、パソコンと連動している電子ホワイトボードもある。雛壇は十人以上座れそうなくらいに横に延び、壁際にはタブレットから無線機まで各種機器が密に並べられていた。

本部捜査課に加えて三つの所轄から刑事らが集まっただけあって、授業前の大学の講義室のような有様だ。険しい顔が溢れ、雑然としている。知った顔がないかと必死で首を振り、背を伸ばすがなかなか見つけられない。そのうち、「お前、誰だ」となった。野路は覚悟を決めて、声のした方を向いて室内の敬礼を取る。名前と階級と所属を告げると、案の定、苛立った声でなにしにきたといわれた。

「姫野署開署準備室付きの佐藤諄一警部補について、ぜひ確認をお願いしたいことができました」

「佐藤？」

「あ、お前」と脇から別の声がかかる。当然いるだろうと思っていた人間が指を差しながら近づいてきた。姫野署に佐藤の事情聴取にきた捜査員だ。

「お前、確か姫野の、野路とかいったな。なんの真似だ」

「申し訳ありません。佐藤警部補のことで看過できない疑いが生じたのでご報告と、できればアリバイの決め手となった防犯カメラの映像を見せてもらえないかと思い、出しゃばってきました。どうか」

「ふざけるな。英雄だかなんだかしらないが、捜査員でもない人間が立ち入るな」

「ですが、佐藤警部補は今、姫野におりまして」

「それがなんだ。佐藤は圏外だ。少なくとも、山部襲撃事件には直接関与していない。今はそれどころじゃないんだ。さっさと出ろ」

　捜査員が腕を伸ばして、野路の肩を押す。野路は上半身を揺らしながらも踏みとどまる。

「おい、その看過できない疑いだけでも、一応、聞いておけよ」

野路と捜査員が揉めているのを見つけた上司らしい男が、離れたところから声をかけた。口を歪めながらも捜査員は野路を促す。そして、話を聞くなり、けっという風に睨みつけた。

「その程度のことでどうこうできるか。父親も今は良くなったのだろうが、それまでは悪かったかもしれんだろう。自宅にいないのも、お前がいうように実家にでも戻っていて、単にそのことを報告し忘れた。そうじゃないのか」

「そうかもしれませんが、念のため、佐藤係長が映っているというカメラの映像を見せてもらえませんか」

「なんだとう。映像が作られたものだといいたいのか。アリバイ工作に俺らが騙されているとでも？　貴様、何様のつもりだ」

頼みます、と野路は頭を下げた。

「自分の目で確かめさせてください、お願いします」

体を二つに折る。だが、捜査員は余程気が立っていたのか、意固地になって顔を赤くしたまま怒鳴り続ける。

「帰れ、なにが白バイの英雄だ。同僚を死なせた野郎が、生意気な口を利くな。大人しく反省して、引っ込んでいろ」

ふっと言葉が途切れた。さっきまで騒然としていた室内に一瞬、静寂が落ちた。

どうしたのだろうと野路は、頭を下げたまま後ろを窺う。視界に黒い長靴とスカイブルーの脚が見えた。木祖川と数人の隊員が部屋に入ってきたのだ。

「な、なんだ、お前ら。指示があるまで駐車場で待っていろといわれているだろう」

野路の応援と思ったのか、捜査員はちょっと怯んだ声を出す。場違いなほどに明るい青の制服姿が現れたことで捜査本部の全員が気づき、なんだという風に目を向けてきた。あちこちで、野路に気づいた声が聞こえる。ほら例の白バイの、大会で、事故って、死んだ――。

聞きたくなくとも、耳が勝手に拾ってしまう。目を瞑りかけたとき、大きな声がした。

「わたしからもお願いします。この野路はいたずらに捜査を邪魔だてするような軽率な人間ではありません。どんなことも地道に熱心に取り組む根性のあるやつです。ですから」

頼みますと木祖川が、ヘルメットを小脇にしたまま頭を下げた。

野路は唇を強く嚙みしめる。後輩の宗形に対して、自分は軽率以外のなにものでもない言葉を発した。そんな人間なのだと、喉の奥から叫びたい衝動を堪える。いや、今はそのことは考えるな。

木祖川から再び捜査員へ顔を戻し、そのまま床に両膝を突き、両手を下ろした。

「野路」

木祖川の湿った声が落ちかかる。松村を始めとする後輩隊員の視線を感じる。それを振り払うように顔だけ上げ、捜査員を見つめながら言葉を放った。

「自分も警察官です。事件を解決したいという気持ちは、ここにいる皆さんとなんら変わらないつもりです。ましてや山部警部補は、俺にとっては大切な恩人です」

「だからなんだ」

「河島という男が重要参考人だと聞きましたが、自分は今も佐藤諄一警部補に対し、どうしても疑い(ぬぐ)を拭いきれない。今日は姫野の開署セレモニーが行なわれる日です。万が一でも間違いがあってはならない大事な日なんです。捜査の邪魔をするつもりはありませんが、一片の疑惑もなく姫野に戻るためにも、どうか今一度確認させて下さい。お願いします」

野路はそういうと、両手を床に突いて頭を下げようとした。

「おいおいおい」

すらりとした五十代前後の男が、人の囲いを押し開いて野路の側へとやってきた。

「今どき、そういうの流行(はや)らないよ。そんな真似されたら、眺めているこっちが間抜けに見えるじゃないか。なあ、そう思わんか、オチさん」と野路の二の腕を摑んで引き上げる。落合も顔を出し、「まあそうですな、紺野係長。つまらんお遊びをしているほど、ここは暇じゃあないですから。ほらほら、捜査会議が始まるまでにやらななならんことをしましょうや」と、顔を赤くした捜査員の肩を馴れ馴れしく叩く。他の刑事らも顔を見合わせるが、様子を見ていた県警本部の上層部がなにもいわないので元に戻り始めた。

紺野は野路の腕を強く引いて、木祖川の方へと放り投げるように放した。よろめきながら野路が、「すみません」というと紺野は、「落合さんに頼まれたんでね」といって口角の端を曲げた。今度は、その落合へと頭を下げかけるが先に、「あんたのことは飯尾さんから聞いている。それよか、カメラの映像だな」といわれる。野路が慌てて首を縦に振ると、こちらへと手招きされた。

野路は木祖川らと共に、壁際にあるパソコンの側へと寄った。落合に見せてもらった防犯カメラの映像は、確かに佐藤諄一本人の姿だった。

「商店街の入り口にあるカメラだが、これだけじゃない。他にもあって、手を加えられた痕跡はない。繁華街から駅へと歩いていて、あちこちで捉えられている。間違いなく佐藤警部補で、犯行時刻にすっぽり入る。佐藤は河川敷で山部教官を襲撃していない。ただ」

野路は肩を落としながらも、落合の言葉に縋（すが）るように視線を向ける。

「なんていうのか、映り過ぎなんだよな。やたらある。それが気になるところでもあるんだ。で、佐藤のオヤジさんは大したことなかったんだって?」

「え。ああ、はい。飯尾主任の話ではそのようでした。近々退院できると」

「飯尾さんが調べたのなら間違いないな。確かに妙だ。しかも自宅に誰もいないんだな?」

「はい」

「飯尾さんがおかしいというのなら、おかしいんだ。調べる価値はある。どうです、係長」

紺野は腕を組んだまま、うーん、と首をひねる。

「あの」

なんだい? と落合が、飯尾と似たような目つきで見返す。

「被疑者の直近の写真を見せてもらえませんか」

「ああ、いいよ。こうなったらなんでもいいよ。ついでだ」

落合についてホワイトボードまで行く。写真が数葉貼られている。色々な角度やシーンで撮った、河島葵と河島隼の写真だった。

「十二年前とずい分変わっていますね」

「そりゃそうだ。事件当時、葵は三十歳の色気満タンの女悪党だった。規則正しい刑務所暮らしのお蔭でかなり痩せたし、頰の肉も削げている。隼も背丈こそ変わっていないが髪型も違うし、容貌も様変わりしてる」

「こんなに変わってても、会えばわかるもんですか」

落合は、どうだろうな、といった。細めた目の奥に、獲物の臭いを嗅ごうとする猟犬の殺気が見える。

「中松署の刑事らのお蔭で、現在の顔写真が手に入っているからいいようなもんの」と、一拍置いて首を振った。「もしなかったら、わからんかもしれん。ただ、目を見れば感じる気はするな」

「感じる？」

「臭いというのか、気配っつうのか」

紺野がにやついた顔でいう。「オチさんも、飯尾さんもこの女には煮え湯を飲まされたからな」

落合は、へへへ、と頭を叩く。

十二年前、河島葵は、最後まで共犯者である平田厚好のことは喋らなかった。そして五億も消えたままだった。平田を殺害したことを隠したまま刑務所に入ったのだ。落合や飯尾を含め、捜査を担当した刑事らは面目を潰した。葵が、欲のためなら平気で殺人を犯す人間であることに気づけず、見誤った。姉弟の行方を見失った中松署の刑事らともども、この捜査本部では肩身を狭くしていた。そのせいで少しでも面目躍如たらんと、他が知らない手がかりや情報に飢えてもいたのだ。そこに姫野からきた野路が、なにか気になるといって姿を現した。姫野には、飯尾主任がいる。落合に迷いはなく、すぐ様、紺野にいって野路をこちらに引っ張ってもらうことにしたのだ。

「別に気の毒だと思って助けたわけじゃない。気にせんでいい」とあっけらかんという。

　その言葉に甘えて、捜査本部が集めた情報のあれこれを教えてもらう。

　やがて、捜査会議が始まるぞ、と雛壇の方から声が上がった。さすがに会議の場にいるわけにはいかない。野路と白バイ隊員は落合に礼をいい、部屋を出ようとした。

　そのとき耳に入った。

「——オオトモイの——」

　振り返る野路に気づいて、落合がどうしたと訊く。

「え、いや、すみません。今、大友井って聞こえた気がしたんで」

「大友井？」落合が、その言葉を発した捜査員の方へと近づいて行く。すぐに戻ってきて一枚の紙を差し出した。

「これだな。例の白骨遺体で見つかった平田が事件当時、働いていた現場だ。神谷市大友井三番地の運動公園造成工事」

一枚の紙に平田の経歴が細かに記されている。最後の一行に、その文字があった。

「どうした？　なんかあるのか、この運動公園に」

野路はその紙を握る手に力を込めてゆく。そして声に出していた。考えろ、考えろ。

二年前、三地域が合併して市となることが議会で決まった。今年初めに姫野市が生まれ、姫野警察署もこの四月末に竣工となった。それと同時に準備室メンバーが配置された。

開署は六月一日。それまで、少人数ではあるが姫野には警察官が在勤し、夜間は当直もする。五月二十八日には、宇都宮室長と佐藤警部補が最終チェックとしてやってきた。荷物が遅れて搬入され、一日中雑然としていた。業者の一人が間違えて棚を会議室に運ぼうとしたのを三好温子が見つけて止めた。

翌二十九日は、パソコン機器、大型家具の搬入、防犯カメラの設置がなされた。おかしな棚が会議室に置かれた。夕方、温子が五階で怪しい人影を見つけた。夜、妙な音がした。そして、午前一時過ぎ、山部教官が襲われた。

教官はその日の午後七時半ごろ、佐藤警部補と外で会った。佐藤は、犯行時刻である午前一時前後には、まるでアリバイを作るかのようにあちこちでカメラに映り込んでいた。

しかも父親のことで嘘を吐いていた。

黒い公用車。門から出て行くのを見て飯尾主任がなにかいっていた。なんといった？　なにをいいかけていた？

確か――『妙な感じが』

あのとき、飯尾が見ていたのは。

野路はもう一度、写真を見つめた。目で握り潰すかのように強く睨む。刑務所を出たばかりの四十過ぎの女の目が、眼鏡の向こうにある眼差しと重なった。

「おいっ」

耳元で落合に怒鳴られ、思わず飛び上がる。胸倉を摑まれ、すぐ前まで落合の吊り上がった目が迫ってきた。

「なにか気づいたのか。なんだ、いえよ。この公園がどうかしたのか」

「こ、公園じゃありません」

「なにぃ？」

落合の手を振りほどき、喉元をさする。そして落合を睨みつけ、口早にいう。

「大友井、加野、新条の三地域が合併され、姫野市となりました」

落合の目が見開く。隣で紺野が腕組をほどいていく。

「この大友井三番地にあった運動公園は閉鎖となり、そこに新たな施設が建設されました」

　ごくりと唾を呑み込んだ。

「現在、ここは姫野市新条三丁目一番一号という住居表示で」

　後ろで木祖川と松村が、あ、と声を上げた。

「姫野警察署が建っています」

25

　間もなく九時になろうとしている。

　神谷署からの応援も借りて、セレモニー会場は着々と整えられていった。一階の食堂と交通事故係の部屋を控室にし、音楽隊が支度する部屋や来賓の休憩場所とした。それらの手筈（てはず）を確認したのち、エレベータや各場所の電源を入れ、それぞれの部屋や廊下の電気が全て点灯しているのを確認しようと階段を上っていた。そして四階の踊り場まできたとき、三好温子の背を見つけたのだ。

　礼美は後ろ姿にそっと声をかけた。青い夏制服の背がびくんと揺れた。

六月一日から、一斉に夏服となる。青いシャツに紺のベストだが、本来私服の温子らも今日だけは全員が制服となる。振り返った顔が険しく変わる。

「山部さんか、びっくりした」

温子の様子は不自然だった。音を立てずにゆっくり上っているように見えたのだ。だから礼美も囁くように声をかけたのだが、それが余計に驚かせたのだろう。

「すみません、驚かすつもりはなかったのですが。どうしたんです？」

温子は五階を見上げ、また礼美を見返り、短い躊躇いを経てさっと身を寄せてきた。

「さっき、更衣室から下りてくる途中、上がってきた警官とすれ違ったんだけど」

「はい」礼美は温子の目を見つめて、顔を近づける。

「制服は着ていたんだけど、合服のままだったのよ」

「合服？　それは変ですね。警官が今日の衣替えを知らないはずはありません。顔を見ましたか」

「俯き加減だったし、駆け上がって行ったから。でも、見覚えのない感じだった」

「神谷署からも応援がきていますし、機動隊からも警備に一個中隊きてもらっています」

「それはわかっているわ。体もごつかったから機動隊かと思ったけど、彼らは出動服でしょ？　紺の制服だったのよ。神谷署の人のようには思えなかった」

「本部上層部に随行してきている方は、正装しているかもしれません」

「うーん。そういわれるとね。本部長はもうこられたの？」

「いえ、まだですが。先着して警備状況を確認しているのかもしれません。念のため確認してきます。どのみち五階のチェックもしなくてはいけませんから」

「そう。じゃあ、わたしも行くわ」

「あ、いえ大丈夫です。まずは一階の玄関前でする式典の準備を手伝ってもらえますか。宇藤係長と共に担当していただいているはずだと思うんですが」

「わかってるわよ。でも、その宇藤係長がどこにも見えないのよ」

「え。昨夜の当直ですよね」

「そう。どっかの宿直室でまだ寝ているのかもしれない」

「それは困ります。セレモニーのあと、庁内巡視がありますから、そんなところ見られるわけにはいかないです。すぐに捜してもらえますか」

「わかった。じゃあ、そっちは任せる」

「はい」

　礼美は温子の横をすり抜け、階段を上がる。温子はその背を見送り、自分も階段を下り始めた。二階に近づいたとき、野路にいわれたことを思い出した。

『必要な助力は求めろ。好悪は二の次にしないと、痛い目をみる』

温子は廊下の先にある、刑事課の部屋へと視線を向けた。


五階には誰もいなかった。

それはそうだろう。あと一時間もすればセレモニーが始まる。本部からの上層部もそろそろやってくるのだ。こんなところでうろうろしている暇があれば、迎えに出ていなくてはならない。

最後に男性用トイレに向かって呼びかけ、応答がないのを待ってなかを点検した。礼美は訝しんだ。それなら温子が見かけた人間はどこに行ったのだろう。

更衣室やシャワールームなど全て確認した。部屋を見ているあいだに誰かが階段を下りたのなら、必ず足音なり気配がするはずだ。誰も廊下を歩いていないのは間違いない。非常階段への扉はちゃんと錠が下りていた。ここから出たなら、鍵を持っていない限り外から掛けることはできない。

どういうことだろう。

廊下の窓から下を見ると、大勢の制服を着た警官が右往左往している。機動隊員の姿もあるし、白いユニフォームの集団は音楽隊だろう。昨日まで静かだった署の周辺がまるで祭りのような騒ぎとなっている。さすがに今日は、マイカーを駐車場に停めるものはいない。広々としたなかに青い制服だけが密集している。間もなく公用車が次々と入ってくるだろう。今はまだ、宇都宮警視の車が一台あるきり。

窓ガラスを通して、一階の喧騒が伝わってくる。改めてこのセレモニーを成功させなくてはと強くいい聞かせた。そのためにも、総務課員として手落ちがないか確実にチェックしなくてはならない。

礼美は窓から離れ、周囲をゆっくり見回す。手にあるマスターキーを見て、廊下の奥の倉庫へ向かった。まさかと思うが念のためだ。

鍵を差し入れながら、野路からの今朝の電話を思い返す。どうしても調べたいことがあるから津賀署に寄るというものだった。ここから津賀署までは距離があるからセレモニーには少し遅れるかもしれないといわれた。肝心な当日になんということだろうと思ったが、そのあとの言葉を聞いて黙るしかなかった。

『佐藤係長には注意しろ』

どういう意味かはわからなかったが、野路を褒めていた山部の言葉があるから、信じてみるしかなかった。一人でセレモニーの支度に追われているのを見かねた王寺遥香や甲本らが、積極的に手伝ってくれたのもありがたかった。困ったときはちゃんと助けを求めなさいと遥香にきつめの口調でいわれたが、それが今の礼美には励ましのように聞こえた。そんな風に人の言葉を身の内に抵抗なく受け入れられるようになったのが、自分でも不思議だった。

鍵を開けて倉庫を覗く。五階は課の部屋がないから、ここの倉庫は割と広めに取ってある。コンクリートの打ちっぱなしなので、扉を開けただけで初夏とは思えない冷気が纏(まと)いついた。ここには講堂でなにかあったときのための予備の会議用テーブル、パイプ椅子やカーペットの束が収納されている。奥に入る前に壁のスイッチを入れた。

すぐに点灯し、問題がないようだと足を踏み入れた。そして、壁際にテーブルがひとつだけ広げて置かれているのを見つけた。その上に異様なものがあるとわかったと同時に、全身に強い衝撃を受けた。体が硬直したように感じ、そのまま手を突くこともなく、剝(む)き出しのコンクリート面に棒のように倒れ込む。顔や胸に激しい痛みを感じたが、すぐに恐怖がせり上がる。懸命に動こうとしたが、なぜか金縛りにあったように動かない。いきなり襟首を摑まれ、壁に叩きつけられた。呻き声と共に意識が遠のきそうになり、懸命に堪(た)える。両腕を強く引っ張られ、後ろ手に縛られるのがわかった。

やめてと声に出したつもりだったが、言葉になっていない。髪の毛を摑まれ顔を引っ張り上げられる。薄目を開けてみるが、紺の合服を着た男であることしかわからない。

本官？　まさか、佐藤係長？　佐藤なら、早織について式典に出るから礼装として上着を着ている。合服と見間違えてもおかしくない。今朝、礼美が出勤するのとほぼ同時くらいに、佐藤が公用車を運転して出勤してきた。通常より早い到着だったが、セレモニー当日だからと思った。ただ、運転席から出てきた佐藤はいつにもまして顔色が悪く、酷く緊張しているように見えた。

野路の言葉があったので気をつけてはいたが、セレモニーの準備に手を取られるうち、いつの間にか見失っていた。てっきり、早織と一緒に署長室にいるかと思っていたが、違ったのか。

口をなにかが覆った。ガムテープだ。髪がほどけ、頭か額(ひたい)のどこかから生暖かいものが流れ落ちるのを感じた。コンクリートの壁にぶつけられたときに傷を負って血が流れているのかもしれない。唇が歪むほどテープを引いて貼られ、苦痛で目尻が痙攣(けいれん)する。すぐ突き放され、どっと床に倒れ込んだ。

鼻で懸命に息をしながら、汗だか血だかが顔を濡らす気持ち悪さに耐える。必死で声を上げ、手足を動かすがびくともしない。深い絶望が押し寄せてくる。髪がざらりと頬を撫でる。

横たわった礼美の目の前に男の足先が現れた。本官が制服着用時に履く革靴でなく、スニーカーだ。どんどん近づいてくる。なにをされるのだろう。蹴られるのだろうか。踏みつけられるのだろうか。それとも。

どうっと汗が噴き出し、目を瞑りかけたとき、声がした。

「なにをしているっ」

目の前にあった爪先がさっと返った。それと同時に紺の制服が大きく跳ねた。倉庫の扉付近で誰かと格闘を始めたらしい。礼美は懸命に起き上がろうともがく。せめてガムテープだけでもはがして、声を上げなければと思う。縛られた手足を必死で動かした。横たわった体をなんとか起こして、壁に背をもたせかけたところで、妙な金属音と共にぐわっと短い悲鳴が聞こえた。そして、礼美の体の上になにかが落ちてきて、その重さで一瞬息が止まった。

礼美の胸の上に、知った顔があった。

飯尾主任っ。目が半分閉じられ、虚ろに揺れている。口からは涎が滴り落ちて、体が細かに痙攣していた。さっきの金属音はスタンガンだろう。礼美が浴びたのもこれだったのだ。口のなかで何度も叫ぶ。飯尾主任、飯尾主任っ。

苦しそうな声がして、生きていることだけはわかる。すぐに、礼美と同じように後ろ手で縛られ、口にガムテープが貼られた。そして礼美共々、部屋の隅の柱の一本にガムテープでぐるぐるに巻きつけられる。柱を挟んで後ろに飯尾主任がいる。上半身を動かし、目をこれ以上ないほど寄せて様子を窺うが、うな垂れた格好が見えるだけでぴくりともしない。

「姉ちゃん」

いきなり声がした。顔を上げると、背を向けた男が携帯電話を耳に当てていた。紺色の制服姿で上背がある。一八〇センチは優に超えているだろう。

「ああ、そう。わかんないよ、いきなりきやがった。うん、うん、ああ、大丈夫。このままでいい？　ああ、一緒に吹っ飛ぶよ。うん、わかった。じゃ」

電話が終わったのか、男は尻のポケットに携帯電話をしまうとこちらを振り返ることなく倉庫を出て行った。扉を閉めるとき、男は電気のスイッチを切った。

礼美の視界は闇に閉ざされた。息苦しい漆黒の静寂のなか、ふいに小さな振動音が鳴り響いた。ポケットに入れていた携帯電話がバイブしたのだった。

26

長い呼び出し音のあとスイッチを切って、野路は首を傾げた。

どうして応答しないのか。セレモニーまではまだ間があるのに、聞こえないのだろうか。携帯電話を胸のポケットにしまい、ミニバイクに乗ってサングラスをかけた。スターターボタンを押そうとしたとき、木祖川の声がした。

「おい、まさかそのオモチャに乗って姫野に向かおうってんじゃないだろうな。着くころには日が暮れてるぞ」

冗談をいっている場合じゃないと睨み返すと、いきなりなにかが飛んできた。咄嗟に手で受け止めるとキーだった。

「これは？」

木祖川が親指で後ろを差し、「俺のＦＪＲなら、どの車よりも早く姫野に着ける」と笑う。

「ですが、俺は」

次にヘルメットが飛んできて、慌てて両手で摑む。お蔭でミニバイクが倒れてしまった。

「早くしろ。俺の服を貸してやる。まさか、その格好で白バイに乗れるとは思ってないだろうな」

そういいながら、もうベルトを弛めている。お前にはちょっと大きいかなと胸のボタンを外し始める。

「木祖川さん」

　木祖川と野路が目を向けると、松村が白いマフラーを外し、制服の銀ボタンを外していた。

「俺のを使ってください。俺のなら、合います。野路さんと同じ背格好なので」

「松村、お前」

　木祖川が驚いた表情で見返すのに、松村は大きく頷いた。

「野路さんは事件を調べるために土下座までしようとした。正直、僕にはなにがどうなっているのかわかりません。ただひとつわかるのは、野路さんが覚悟を持って警察官の職務を全うしようとしているということだけです。自分も宗形の友人である前に警察官です。木祖川さんや野路さんと同じ」

「そうか」と木祖川が頷き、野路はなにもいわず口を閉じた。

「さあ、早くしろ。よくわからんが、とにかく急ぐんだろう。早く行かないとマズイんだろう。あれこれ考えている暇はないぞ。白バイ隊員は誰よりも早く現場に到着するもんだ」

「はいっ」

野路は、駐車場の真ん中で服を脱ぎ、松村から制服を受け取る。素早く身に着けベルトを締め、ヘルメットを被った。サングラスの代わりにゴーグルを装着して、ＦＪＲに跨ってキーを差し、スターターボタンを押す。

バネが巻き戻るような軽快な音がした。そしてすぐに雲を吐き出すような爆発音が響き、心地良いエンジン音が駐車場いっぱいに広がる。

軽快でリズミカルな音。いい音だ。スタンドを蹴り上げ、グリップを強く握る。シートが野路の重みを受けてすっと沈み込む。タンクを挟む腿に力を入れた。

木祖川を見ると、ヘルメットのサイドを指で弾いていた。そして、携帯電話を示す。野路は了解と親指を立てる。バイクの側なら無線が使える。ヘルメットのマイクで白バイ同士だけでなく、本部や所轄の無線とも繋がる。だが、バイクから離れ、無線が通じなくなった場合は、携帯電話を使えということだ。

木祖川が三本指を立て、さっと横に振った。ＧＯの合図だ。野路はアクセルを回し、エンジンを一度噴かして、ギアを入れた。

氷の上を行くように滑り出す。公道に出て、徐々にスピードを上げてギアチェンジする。走った。すぐにこれは走るやつだとわかった。あっという間に左右の景色が流れ去る。

さすがに最新のバイクだ。アクセルをほんの僅か、卵を撫でるように回しただけで、反応良くスピードを上げる。まるでしつけの行き届いた犬のようだ。小さな口笛ひとつ聞き逃さず、駆け回る。

赤色灯を回し、サイレンを放った。大鷲（おおわし）の啼（な）き声のような一声が長く遠く響く。前を走る車が、脇に避けて行く。信号の手前では速度を落とし、スピーカーを通して注意喚起し、車が停まったのを確認してまた走った。白バイを見て減速する車の脇をすり抜け、右へ左へと車線変更し、速度を弛めることなく突っ走る。

自動車道の入り口を目指し、通るときは係員に片手を挙げて挨拶した。高速で走る道に合流すると、スロットルを思い切り回した。

風が起きた。吹き寄せる風ではない。自分で起こした風だ。風の圧を受け、その風を裂きながら突き進む。背を屈（かが）め、脇を締め、腿に力を入れ、バイクと同化する。グリップを握る右手の中指は、本当ならブレーキレバーにかかっていなければならない。だが、今の野路にはそれが叶わない。それなら、ブレーキをかけることなく走り通すだけだ。バイクは白い獣で、それを手なずけ自在に動かすのが青い隊服の人間だ。

その二つが一体となって疾風と化す。

速度はあっという間に一〇〇キロを超えた。もっといける。このバイクなら、もっともっとスピードを出せる。目の前の車を避け、次々に追い越してゆく。これならセレモニーが始まる前に着けるかもしれない。

飯尾に似た雰囲気を持つ落合は、野路の考えを聞いて最初は酷く驚いた。だが、大きく胸を上下させたあと、大いにあり得ると猟犬のように目を光らせた。すぐに上層部に進言するといったが、紺野係長は、納得させるだけの証拠がないと難しいだろうといった。まだ可能性の段階だ。せめて証明するための指紋が欲しいという。

そんな暇はないと叫んだのは落合だった。河島葵という女を直に調べた自分が思う限り、ことは今起きようとしている。今日という日まで大人しくなにもしなかったのは、セレモニーの行なわれる日に意味があるからだ、すぐに姫野に行くべきだと怒鳴った。捜査本部の人々が驚いて野路らを見返ったほどだった。落合は悔しげに顔を歪めると野路に、あとからすぐに行くとだけいって雛壇の方へと駆け出した。

間に合わせてみせる。

そう思ってここまできたが、自動車道が高架になり、橋梁(きょうりょう)に近づくころになってマズイことに気づいた。アクセルを戻し、徐々に速度を落とす。

「しまった」

通勤ラッシュがあったのだ。二車線共に車が隙間なく並び、低速で進んでいる。サイレンがむなしく響くばかりで、速度も三十キロ出ているかいないかだ。これではミニバイクと変わらない。やがて、ブレーキをかけて停止しなければならないまでになった。

「くっそう」

歯噛みし、体を伸ばして前方を窺う。出口まではまだある。モトクロス用のバイクなら細身だから脇をすり抜けることもできるが、白バイにはガードバンパーがあるから無理だ。

ちらりと視線を脇に向けた。

コンクリートの壁高欄。高さ一メートルほどの壁が続いている。そしてまともに動かない指へと視線を移して、再び壁を睨んだ。幅二十センチはあるか。唾を呑み込む。

白バイのバランスの訓練のひとつとして一本橋走行がある。幅二十センチから三十センチの細長い板の上を、できるだけ長い時間をかけて通り抜けるというものだ。幅三十センチ、長さ三メートルなら、二分は板に乗っていなければ白バイ隊員とはいえない。大会特練生なら、幅二十センチのものに二分以上は優に乗っていられる。停止状態をどれほど長く維持できるかがポイントだ。バランスだけで二輪を静止させるのだ。

このＦＪＲは前のタイヤ幅が一五〇ミリ、後ろは確か一九〇ミリだったと思う。後輪ははみ出るかもしれない。

ちらりと道路の下を見る。橋脚の高さは二十メートルほど。落ちたら無事ではすまない。死んでもおかしくない。

エンジンを噴かした。恐くないといえば嘘になる。俺は一度死んだ人間だが、それでも二十センチ向こうにある死を思うと震えがくる。

宗形はどうだったのだろう。

フロントガラスにガードレールが迫ってくるのを見て、ほとんどパニック状態になっていた。アクセルを弛めることもブレーキを踏むことも忘れたあのとき、宗形はどんな気持ちだったのだろう。恐いと思わなかったのだろうか。いや、そんなはずはない。人はそう簡単に死ねるものではない。宗形は死のうとしたのではない、そう思った。

後ろに合図し、一旦バイクを停めた。後続の車のなかに荷台がオープンフラットになっている、いわゆる平ボディの4トントラックを見つけ、走り寄って協力を頼んだ。こういったトラックには荷台に物を積み込むときの渡し板が備えられているはずだが、案の定、運転手と助手席に座る作業員風の男性二人は、戸惑いながらも頷いた。

トラックを誘導し、側面アオリを下げたまま塀際まで寄せてもらう。そして地面から荷台へ渡し板を立てかけ、それを使って野路はバイクごと乗り込んだ。壁高欄と荷台には隙間と僅かだが高さの差があるから、それを埋めるために今度は板を荷台から壁へと渡すように置く。作業員の男性二人が押さえてくれるのに礼をいい、野路はFJRのエンジンを上がる。

空噴かしした。そして、すっとシートから腰を浮かし、膝でタンクを挟むようにして立ち
一本橋走行では全身のバランスに加えて、微妙なアクセル操作と細かなブレーキングが必要となる。野路は奥歯を強く嚙み、中指と薬指の二本をブレーキレバーにかける。手に、指に全てを集中する。

動け。今だけでいい、動いてくれ。

アクセルとほぼ同時にブレーキだ。それを繰り返す。野路は声に出しながら、アクセルを噴かし、ゆっくりゆっくりゆっくり動き出す。

嘘だろー　こえぇぇえー　ヤバイよーと若い作業員が騒いだが、すぐに、黙ってろと野太い声が蓋をした。もう一人の年配の運転手だった。そして筋肉のついた両腕に力を入れて板が浮かないように押さえると、野路に小さく頷いて見せた。

野路は再び唇を結び、体を前傾させながら、板の上を斜めに横切る。そのまま幅二十センチのコンクリートの上へ前輪を乗せ、乗せたと思ったらブレーキをかけて飛び出すのを止める。静止したバイクの前輪に体重を乗せ、コンクリート面を摑ませる。立ったまま上半身を左へずらしながらアクセルを僅かに回した。推進力を得てタイヤがしっかり壁の上に乗ったのを見て、今度は後輪が内側に倒れ過ぎないよう、上半身を外側へと大きく傾け

る。そのままグリップを回す、が。

「あっ」

声を上げたのは板を押さえながら固唾を呑んでいた若い男性だった。勢いがつき過ぎてあやうく前輪がはみ出そうになった。野路はすぐにブレーキをかけ、上半身を揺らしてバランスを取る。

ヘルメットのなかから汗が滴り落ちる。乾いた唇を何度も舐める。

後輪のタイヤ幅を考えたならほとんど余裕がない。いや、僅かながらはみ出ている。一瞬でも気を抜いたら、たちまちバイクごと二十メートル下に叩きつけられる。アクセルとブレーキを繰り返し、体を左右に振って、徐々に車体を立て直す。壁の上に二つのタイヤが乗ったのを確認し、体を真っすぐに維持する。下は見ない。視線を遠くにやり、立ち走行のままグリップを回した。

小刻みにアクセルを噴かし、二十センチのコンクリート幅のなかで安定した姿勢を取る。そのまま、速度を上げてゆく。追い越してゆく車から、呆気に取られた顔がこちらを向く。なかには、わっと驚きの声を上げる者もいた。

五十メートルを過ぎ、順調に行けそうだと思ったとき、横風に煽られた。グリップに余計な力が入り、しまったと思った瞬間、バランスを崩し、二十センチ幅から前輪タイヤが半分飛び出た。無理にステアリングで戻すと今度は後輪が外れる。幅いっぱいの後輪が飛び出たら、もう戻せない。静止したまま片足をステップから離し、ほぼ真横へと伸ばし、その反動のように体をめいっぱい倒す。バイクは逆向きに傾いていて、そうして車体の平衡を取る。上半身で引っ張るようにして傾きを抑える。そんな姿勢だから、僅かの風にも体が揺れ、一緒にバイクも揺れる。立ち走行だけにその揺れが大きくなると取返しがつかない。

壁の上でふらつく野路を見つけて、ひいっと乾いた悲鳴が上がる。前が空いているのに車が停まる。まるで走ることで道が揺れ、それで落ちたら大変だと思ったかのようだ。

右へ左へと体を振り子のように微調整しながら、タイヤを中央へと戻してゆく。傾(かし)いだ車体はアクセルで立て直すしかないが、強過ぎても弱過ぎてもいけない。左へ倒した体を起こすのに合わせて、グリップを回した。ＦＪＲが勢いを得、それと同時に車体が立ち上がる。ほぼ同時にブレーキをかけた。

しまった、早過ぎた。野路は心のなかで叫び、目をこれ以上ないくらい大きく見開いた。

起き上がりかけた車体が再び大きく傾ぐ。上半身が宙に飛び出て、二十メートル下の道路が見えた。

どこかから突き刺さるような悲鳴が上がった。

27

温子は一階、二階の部屋をひと通り調べ、遥香や甲本など準備室メンバーにも尋ね回り、結局、また生安課の部屋へ戻ってきた。

礼美にいわれて宇藤を捜しているのだが、やはりどこにも見当たらない。携帯電話にも出ないから声に出して呼びかけるしかない。さっきも確認したが、奥にある畳三畳ほどの宿直室へもう一度入ってみる。押入れをまさかと思いながら開けてみた。布団だけで他になにもない。首を傾げつつ、面倒になって一度、自宅へ連絡してみようかと考えた。自席に戻って携帯電話を取り出したとき、なにか音が聞こえた気がした。

一階はセレモニーの準備に大わらわで、三階であってもその喧騒が這い上がってくる。その騒ぎに紛れながらも、温子のすぐ側から確かに聞こえた。さっと振り返り、壁際に置かれている男性用のロッカーの並びを見つめる。見つめたまま耳を澄ませた。なんの音もしない。だが温子は、端から順番に開けていった。

そして一番奥側にあるロッカーを開けたとき、いきなり大きな物体が飛びかかるように倒れてきた。温子は短い声を上げ、後ろに跳び退るが、すぐに人であるのがわかってかろうじて手で押し返した。その大きさと重さを支えきれず、そのまま床に倒れ込む。

「宇藤係長っ」

温子の体に覆い被さってきたのは宇藤だった。呼びかけても意識がないらしく微動だにしない。怪我をしているのか頭から首にかけて出血している。制服もジャージも着ておらず、ランニングシャツと夏用のステテコ一枚の姿だ。

そっと床に横たえ、呼吸と脈拍の確認をした。大丈夫、生きている。温子はほっとするとすぐ様立ち上がり、机の上の電話に飛びついた。

受話器を上げた瞬間、大音響が部屋中に轟(とどろ)いた。地面が揺れ、窓が割れんばかりに震えた。悲鳴を上げると同時に、体が宙に浮くのを感じた。目が回る気がして、足元から崩れ落ちるように床に転がった。

地震?

温子は床に這いつくばったまま、椅子のあいだから宇藤の苦悶(くもん)に歪む顔を見つめた。

礼美は縛られながらも懸命に暴れた。ガムテープの奥から、飯尾主任の名を呼び続けた。なんとかしないと。

真っ暗な倉庫のなかで、デジタルの数字だけがひときわ光っていた。直前に見たものの形状を礼美は思い出す。壁際に置かれた長テーブルの上には時間を示すデジタル機器とそれを繋ぐコード。そしてそのコードの先には学校で学んだパイプ爆弾と思われるものがあった。金属の筒状の入れ物に爆薬を詰めて、時計のアラーム機能を利用して通電させることで爆発を起こす。爆薬さえ手に入れられれば、素人でも比較的容易に作ることのできるものだ。目の前にあるのはタイマー時計のようで、あと四分三秒を表示していた。また一秒減った。

飯尾主任、飯尾主任っ。テープの奥で声を張り上げ、顔じゅうを汗まみれにする。小さく呻く声がして、動き出す気配がした。はっきり意識が戻ったらしく、飯尾もようやく声を上げて暴れ出した。それに合わせて礼美も力を振り絞って体を揺する。だが、ガムテープは多少の弛みは見せても断ち切るところまではゆかない。

飯尾がテープ越しに獣のような吠え声を上げる。暗い上に背中合わせだから、どんな様子かわからないが、必死の形相（ぎょうそう）で踏ん張っているだろう。礼美は苦しくなるばかりの呼吸のなかで、デジタルの数字を睨んだ。睨みながら、今も横たわって意識を戻さない夫を思う。思いながら目を強く瞑った。暗くなった瞼の奥に、なぜかぶっきらぼうな同僚の顔が浮かんだ。

ふいに光を浴びたのを感じた。目を開け、その眩しさに瞬きをする。倉庫のなかの電気が点けられたとわかって戸口を見ると、駆け寄ってくる男の姿があった。一瞬、野路かと思った。だが、違った。口のガムテープをはがされ、思わず声を上げた。

「佐藤係長っ？」

飯尾も目をこれ以上ないくらい開いて佐藤を見つめる。

「くっそっ」といいながら、飯尾の体に巻きつくテープを懸命に外そうとした。なんとか破ると、すぐに飯尾と共に礼美のテープを引きはがしにかかる。両脇を掴まれ、引っ張られるように抱え起こされた。佐藤が鋭い声で叫んだ。

「早く出るんだっ。もうすぐ爆発するぞ」

三人は互いを庇い合うようにして倉庫を飛び出した。廊下から階段へと走りかけたとき、爆発音がした。その激しい音に耳が塞がれ、全ての音が消えたと思った瞬間、凄まじい熱風が後ろから襲ってきて、三人は床へ叩きつけられるように転がった。

全身を強く打ったせいで声も出ない。無理に目を開けたが視界は白くぼやけている。壁が崩れたせいで粉塵が舞っているのだ。横たわったまま、そっと周囲を見ると、倉庫のあった場所は大きくえぐれていた。ドアは外れ、なかにあった机やパイプ椅子が廊下に散乱し、天井や壁のコンクリートがはがれ落ちている。火花の散る音を立てながら電灯がぶら下がっていた。窓ガラスは割れて、まるで宝石を撒いたように床一面が光っていた。

佐藤が先に体を起こし、すぐに下りるんだと叫ぶ。飯尾がむっとしながら佐藤に、「一体、どういうことだ」といいかけるが、「つべこべいっている暇はないっ。爆薬はまだあるんだ」と血走る目を剝いた。その瞬間、佐藤の姿がいきなり礼美の目の前から消えた。消えたのでなく、横へと吹っ飛んだのだ。紺の制服を着た大きな男が、佐藤を蹴り飛ばした。飯尾が顔を真っ赤にして立ち上がる。

「お前っ」

震える指で差し、鬼の形相で睨みつけた。

「さっきはよくもスタンガンを見舞ってくれたな。ええ？　隼よ。貴様、こんなところでなにをしているっ」

へへっ、と男は顔一面に笑みを浮かばせた。三十代くらいの髪の短いがっしりした体軀の男だ。厚い胸板のせいで制服の胸のボタンが弾けそうになっている。目には感情というものがいっさいなく、礼美はこれほど醜悪な笑みを見たことがないと思った。体の芯が凍りつく。この男が、先ほど倉庫で礼美や飯尾を襲ったのは間違いないが、飯尾は面識があるようだった。廊下の壁際を見ると、佐藤が横腹を押さえながら起き上がろうとしていた。すぐに駆け寄り、声をかけて腕を取る。

「危ない、逃げろっ」

飯尾の声に礼美が振り返るのと、佐藤が腕で礼美の体を払い除けるのが同時だった。

男が佐藤係長に覆い被さってきた。すぐに飯尾が助けようと突進するが、男は気づいて
ステップを踏むように身軽く退いた。その手にはナイフが握られていた。

「佐藤係長っ」礼美は悲鳴のような声で呼びかける。

腹を刺されたのだ。飯尾が抱え起こすと、佐藤は歯を食いしばって、血に染まる制服を
握るように押さえた。

男は少し離れたところからそんな三人をねめつけ、血に濡れた指を舐る。

「土壇場で裏切るからこうなるんだ」

「貴様っ」

飯尾が歯を剝きながら立ち上がった。替わって礼美が佐藤の上半身を抱きかかえると、
大丈夫という風に頷き、かすれた声を出した。

「山部さんを、あんな目に遭わせ……その上、お宅まで死なせるわけにはいかないから
な」と痙攣するように口角を歪めた。

「佐藤係長?」

「山部さんはわたしと会って話しているうち、なにかあったと気づいたんだ。葵も携帯で

話を聞いていて不安に思ったのだろう、もう一度、呼び出せといった」と赤い目をナイフの男に向け、うっと、また痛みに顔を歪めた。ゆっくり瞼を開け、唾を呑み込み、震える声で続けた。

「だが待ち合わせ場所に向かったのはあの男だった。監禁するだけだといっておきながら、わたしには防犯カメラを使ってアリバイを作れともいった。わたしは、わたしは……葵が恐ろしいことをしようとしていると、そう、思いながらも、抵抗できなかった。すまなかった」

――妻と娘が囚われているんだ。佐藤の消え入りそうな最後の言葉を聞いて、飯尾は怒りに顔を膨らませた。そして、近くにある尖ったコンクリート片を拾い上げて、向き合った。

それを見て、男がせせら笑う。

「おいおい。オイボレ、やるってのか？」

男はナイフを手に、大きな身を屈め、攻撃の体勢を取った。

爆発音がし、一階でセレモニーの準備をしていた本官らがその場に屈み込んだ。その姿勢のまま、一拍置いて空を見上げる。

「うわっ」

「なに？」

　駐車場に設営したテントの下で、神谷署の署員とお喋りしていた王寺遥香や甲本らは唖然として庁舎を見上げた。

　最上階の窓が破れ、煙が噴き出している。大きなどよめきが起き、青の制服が入り乱れ始めた。壁面のコンクリートがはがれ、落下した破片にぶつかって怪我を負ったり、逃げ惑う者で辺りは騒然とした。なんだ、なんだ、なにが起きたという叫びのような声に混じって、一階の部屋で待機していた人らが飛び出してきた。

「本部長、車へっ」

「機動隊員、配置につけっ」

「知事、公用車へ」

「誰か、市長の車を回せ」

「いいから全員乗せて行けっ。とにかく離れるんだ」

「警護をつけろっ」

「現状の確認っ」

「規制線を張れっ。一般人を避難させろ」

「本部に連絡しろっ。警備部だっ、特殊班を呼べ」

「救急車は？　怪我人が出てるぞ」

「全員、庁舎から退避っ」

「なかに誰かいるのか、まだいるのか」

　周囲は、まるでデモの衝突でも起きたような騒ぎとなった。パトカーや消防のサイレンが鳴り響き、怒声と呼ぶ声が入り混じる。音楽隊が楽器を持って、道の向こう側へ渡り、そのまま一般人を誘導する。応援にきていた神谷署員や機動隊も周囲を包囲すべく走り回った。

　遥香は、さっきから礼美の姿が見えないことに不安を覚えていた。甲本が、宇藤や飯尾、三好温子も見えないという。まさかまだ庁舎のなかにいるのかと、機動隊員に押しのけられるのに抗(あらが)いながら庁舎へ向かって叫んだ。甲本も同じように呼びかける。

　そんな喧騒のなか、鳥の長鳴きのようなサイレンが徐々に大きく聞こえてきた。

　それがパトカーや消防のものでないことに遥香らは気づく。セレモニーのために呼ばれていた白バイ隊員らがさっと互いの視線を合わせ、道の真ん中に出て、近づく音へと目を向けた。

　真っすぐこちらへと走ってくる白と青の色彩が見えた。バイクの両脇にある赤い回転灯と共にその姿が物凄いスピードで大きくなってゆく。

誰かが、ＦＪＲだと叫んだ。

28

右往左往する人混みをものともせず、器用に人のあいだをすり抜け、白バイは玄関前に乗り上げて、その場で急制動した。

ヘルメット姿のまま降車すると、野路は庁舎の無残な姿に絶句した。遥香と甲本が転げるように寄ってくる。

「あれは、まさか。野路さん？」

「いや、違うようだ」

「木祖川さんか？」

野路が怒った声で、「一体、なにがあったんだ。宇都宮警視は？」と訊く。遥香は首を振り、朝から警務部長にいわれて捜していたのだが警視も佐藤も見つからないのだといい、そして礼美らの姿もないのだと、ひりつく声でいった。

「まだ庁舎内にいるのかもしれない」

遥香の言葉を聞いて野路はヘルメットを脱ぎ、バイクの上に置くと駆け出した。そして規制線を張ろうとしていた機動隊を突き飛ばし、玄関前の短いステップを駆け上がって庁舎のなかに飛び込む。そのまま二階への階段を上ろうとしたとき、下りてくる気配を認め、野路は足を止めた。

「野路さん」

温子が汗だくになって肩に宇藤を支えている。今にも倒れそうな感じでよろめいた。

「大丈夫かっ。今、手を貸す」

「いいえっ、わたしは大丈夫です。それより五階です。五階に山部さんと、飯尾主任がいるはずなんです」

「なんだと」

わかった、といい、階段を一段飛ばしに駆け上がる。

二階の踊り場では、手すりや壁に手を当てながら勢い良く回って更に階段を蹴る。三階の床が目に入ったとき、さっと人影が奥に引っ込むのを認めた。その場で足を止め、壁際に身を寄せながら、誰だと誰何(すいか)した。三階の廊下の先に人が身を潜(ひそ)めている。もう一度、

「誰だ。出てこいっ」と怒鳴る。

ゆっくり紺色の小柄な制服が姿を現した。黒いボブヘアに、前髪が眼鏡の半分まで覆っ

ている。細身で肉感的とはいえないが、それでも頬や首、腰回りに弛んだ感じがあって、昔はそれなりのスタイルだったのではと思わせた。

「あら、野路さん、今ごろご到着？　どこに行っていましたか。姫野署はこんな大変なことになっているのに」そういって、宇都宮早織は甲高く笑った。

　三階手前の階段の途中から野路はじっと睨みつける。ばらばらとなにかが落ちてくる音がする。突然、上の階から男の叫ぶ声が聞こえ、野路ははっと見上げた。

「どうやら、爆発に巻き込まれるのは免れたようね。でも無事ではないでしょうよ」と宇都宮早織が更に出てきていう。

「お前」

　野路は胸ポケットに手をやる。なかには携帯電話があって、庁舎に入ると同時に繋げてイヤホンも耳に装着していた。

「お前は、宇都宮早織じゃないな。本物の警視はどうした」

「あら。そんなこと、今さら訊いてどうするの」

「殺したのか、河島葵っ」

「なんだ、知ってたの。なら、どうしてこんな面倒な真似をしたのかもお気づきかしら」

「ああ、たぶんな」

野路はじりじりと壁に沿いながら階段を上がる。急遽、白バイの制服に着替えたが拳銃は装備していない。武器になるのは、特殊警棒だけだ。腰に手を当て、警棒へと指を滑らせる。

「お前は、十二年前、工事現場の監督をしていた平田という男と金を持って逃げた。だが、弟が捕まったことでいずれ自分も捕まるのではと考え、奪った金を隠すことにした。その場所が」

ここだ、といって野路は足で床を踏んだ。

宇都宮早織、いや河島葵は不敵な笑みを浮かべ、廊下の壁に身をもたせかける。手にはいつものタブレットがあった。野路は視線をさっと走らせ、すぐにまた葵の顔をねめつける。

「金を埋めたあと、その場所を知る平田を殺したお前は、刑期が終わるのを安心して待てば良かった。ところが、運動公園だった場所に警察署が建設されることになった。それを知ったお前は、毎日、目を皿のようにして新聞をチェックしていただろう。結局、金が出てきたというニュースは流れなかった」

「悪運が強いのよ、あたし」

「基礎工事の段階で見つからなかったということは、庁舎建物とは別の場所にあるんだな。駐車場なら掘削(くっさく)する必要がない。偶然、埋めた場所がそういうところだったという意味では、あんたは確かについていた」

　葵は黙って口角だけ上げる。

「だが、お前の運もそこまでだった。駐車場であれ、警察署の敷地内だ。誰にも気づかれず、ハンマーやバールでアスファルトをはがし、五億の金を掘り起こす真似は、二十四時間稼働している警察署に限っては不可能だ」

「まあね」

「だから、この警察署が再び工事に入るようにと考えた」

　それが爆破することだとは、野路自身、姫野署の無残な姿を目にするまでは予想していなかった。

「工事になれば警察官はいなくなり、作業員だけとなる。弟をまた潜り込ませるつもりだったのか」

「ふん」

「いや、弟だけでは無理だな。工事関係者が仲間にいなくては思うように探せない。誰かをまた引き込むつもりだったか。平田のように」

　再工事にもっていくためにも、まずは署内に入り込む必要があった。

「だから宇都宮警視に目をつけたのか」

「調べているうち、宇都宮って女が姫野署にくるって知ってさ。これは使えると思った」

ここでもあたしはついていたね、と笑う。「年齢も近いし、眼鏡をかけて見るからに地味な女だった。お蔭で入れ替わるなんて無茶な真似をしても、なんとかしのげた」

話には聞いて知っていても、キャリアの顔を間近に見る者は少ない。だが、それでも気づかれる危険性はあった。

「そこで佐藤係長か。係長が宇都宮警視だといえば、誰も偽者だとは思わない。しかも警察のルールや慣習まで教えてもらえる」

「そうよ。どう？　うまいもんでしょ」背筋を伸ばし、挙手敬礼をして見せる。

「どうやった。脅したのか」

「もちろんよ。金で動くような人間には見えなかったから、妻子をさらっていいなりにさせた。隼が出てきてくれたから、簡単だった」

「だが、どうして今日にした？　四日も前から宇都宮警視として署に侵入していながら、すぐに爆破しなかったのはどうしてだ。長引けば、それだけバレる恐れもあっただろう」

「それはね、思い知らせるためよ」

「思い知らせる？」

「隼をなんとか潜り込ませた日、ここに、あたしを取り調べた刑事がいるのを知ったのよ。それで趣向を変えた」

飯尾主任か、と野路は合点する。庁舎点検で居残ったとき、あとからきた飯尾と葵は僅かにすれ違った。飯尾は警視だと思い込んでいたが、葵はちゃんと飯尾の顔を見ていたわけだ。

「あのクソ刑事がいるのを見て、十二年もの長いあいだ、刑務所暮らしをさせられた恨みがふつふつ蘇(よみがえ)ってきたんだよ。単に壊すだけじゃ飽き足らない。思い知らせてやろうと思った。立派な庁舎が大事な式典の最中に壊れて、お偉いさんが慌てふためく、そんな姿がテレビやネットに流れたら、警察の面目は丸潰れだろう」

「なんて女だ。だが、もう逃げられないぞっ」

野路はさっと警棒を抜き、伸長する。腰を落とし、体勢を整えながら、一歩階段を上った。葵はその顔に不敵な笑みを浮かばせ、目で上を指した。

なんだ？　と思った矢先、また声がした。今度ははっきり礼美の声とわかった。

「いいの？　こんなことしているあいだに、あの可愛い子が死ぬわよ。弟なら、あの細い首(くび)を縊るのに一秒もかからない」

「なんだとっ」

河島隼が上にいるというのか。野路は動揺し、警棒を握る手から力が抜けた。それを見透かすかのように葵は更にいう。

「佐藤もよ。あと少しのところで裏切ったバカがね。あたしは、そういうの大嫌い。必ず始末するよう弟にいい含めている。クソ刑事とこまっしゃくれた女と一緒にね。だから、さっさと死ぬがいい。ここがお前らの墓場なんだよっ」

「くっ」

野路は再び手に力を込め、足早に駆け上がった。だが、葵確保に向かうのでなく、そのまま上の階を目指す。薄笑いをする葵を横目で捉え、通り過ぎる瞬間、足を止めて反転した。警棒を突き出す。葵は咄嗟に避けようとしたが、野路が狙っていたのは別のものだ。したたかに腕を叩きつけると、葵は思わずタブレットを落とした。それを拾って制服の胸のなかへと差し挟むと一気に駆けた。

葵はきたときからずっと、このタブレットを肌身離さず持ち歩いていた。葵と佐藤係長は常に連絡を取り合っている風だった。また、抵抗されないようプレッシャーを与えるためにも、囚われた妻子の姿なり声なりを常に聞かせる必要もあっただろう。タブレットはそのためのものではないかと思った。賭けをしているような不安があったが、葵にこのまま持たせておくよりはマシだと考えたのだ。

上から叫び声が聞こえ、野路は奥歯を噛んで五階へ向かう。

そのとき、大きな爆発音がした。体が揺れ、転げ落ちないよう壁に手をつき、投げ出されまいと身を屈めた。なんとか体を起こして、階段下を見ると白い土煙が立ち上ってくる。

「あの女、三階まで爆破したのか。俺らを逃がさないためか」

野路は怒りに体を熱くしながら駆け上った。

29

河島隼は、襲いかかってきた飯尾の腕を摑んで体を横倒しにすると、そのままシャツの襟を握って壁に叩きつけた。伏した体に向かってナイフを振り上げようとしたら、いきなりなにかがぶつかってきて、隼は不覚にもよろけて壁に手を突いた。見ると、女が細い目を吊り上げ、顔を真っ赤にして睨みつけている。

隼の唇の端がにやりと持ち上がる。口にナイフをくわえて、これは楽しみだといわんばかりに両手を擦り合わせた。こういう獲物は、手でやるのがいいんだと隼は思う。生暖かい人肌、恐怖に染まる眼、痙攣する体、魂を握り潰すような感触はこの上ない快感を味わわせてくれる。

右へ左へと動き回る女を目で追い、床の瓦礫(がれき)に足を取られてふらついたところを素早く摑もうとした。ところが、ふらついたのはわざとだったらしく、女はくるりと身を返すと隠し持っていたブロック片を振り上げ、屈んだ隼の頭を目がけて打ち下ろしてきた。咄嗟に体をひねるが、耳をかすって激しい痛みが生じた。思わずくわえていたナイフを落とす。

「このアマ」

隼は獣のように体を伸び上がらせると、後ろに跳び退(すさ)る女のパンツの裾を握った。一気に引き倒して、乱れる長い髪を摑んで仰向けさせ、首に手をかける。そのままゆっくり持ち上げた。隼の腕に爪を立て、がむしゃらに足を蹴って逃れようとするが、蚊が暴れるほどの威力もない。女の喉(のど)から短い息のような呻(うめ)きが漏(も)れ、ひくひくと体を痙攣させ始めた。

死ぬと思った瞬間、膝の後ろに衝撃を受けた。両足を二つに折ると、隼はそのまま前に倒れ込んだ。弾みで女が床に転がり、うつ伏せになったまま咳(せ)き込み始める。

両手を突いて振り向くと、真上からなにかが落ちてくる気配を感じた。すぐに反転したが、眉の横を思い切り殴られ、一瞬、意識が遠のく。目を瞑(つむ)った状態で腕を振り回し、次の攻撃を払い除ける。そのまま床を這うようにして後ろに下がって、両目を開けた。

ふざけたような明るい青が視界に入った。男が黒い棒を握って立っており、「河島隼だな」という。

白バイ警官がどうしてこんなところにいるのだろうと、隼は不思議に思った。よくわからないが、とにかくこれも片づけなければいけないのだと、それだけはわかった。そうしないと、姉ちゃんのところには戻れない。

仕掛けた爆弾をいわれた時刻に稼働させようと倉庫に向かったとき、うっかり女の警官とすれ違った。昨夜、居残っていた男の警官から奪った制服を着ていたから、うまくやり過ごせたと思った。なのに入れ替わりのように、今、床でむせている女のお巡りが現れ、あちこち調べ始めた挙句、とうとう倉庫の爆弾を見つけてしまった。なんとか黙らせたと思ったら次はジジイがやってきて、さすがに焦ったが、それも縛り上げて姉ちゃんに連絡した。案の定、怒り出し、ちゃんと始末するまで下りてくるなといわれた。いわれた通り二人を倉庫に閉じ込め、安心していたところに佐藤が上がってきやがった。しかもあろうことか俺の目の前で二人を助けたのだった。やっぱり警官は信用できないと思った。

目の前の青い男を見た。また一人増えてしまった。だが同じことだ。始末すればいいのだと、隼は立ち上がった。

30

顔面血だらけとなった河島隼が、コンクリート片の散らばる廊下を笑いながら近づいてくる。

野路は警棒を握り直すと、再び身構えた。鉄製の特殊警棒であれだけの打撃を受けて、立っているだけでも不思議なのにその上、動いている。人間じゃないなと、腋の下を汗が伝うのを感じた。距離を取りながら、隼の向こうに倒れている佐藤や礼美を見やる。佐藤の周辺には血だまりが見え、怪我を負ったらしいと知る。礼美は髪を振り乱した状態ではあるがなんとか動けているようだ。

飯尾主任は？　と思ったとき、対峙する男がその体軀からは想像もできないスピードで飛びかかってきた。野路は咄嗟に額に狙いをつけて警棒を振り上げるが、それを予測していたのか、横へ体を滑らせるようにしてかわすと、爪先で床を蹴って右の拳を送り出してきた。野路もすぐ様顔を背け、上半身を沈めて警棒で下から突き上げようとしたが、一瞬早く摑まれた。五十センチほどの警棒の長さ分だけを挟んで、隼の顔が野路に迫る。血走った目の下で大きな口が歪んだ。歪んでいると思ったが、笑っているのだと気づき、野路はぞっとする。警棒を奪われるわけにはいかないと、顔を真っ赤にして力一杯引っ張る。隼の目の瞳孔が開き、なにか仕掛けるつもりだと気づいた瞬間、いきなり警棒を放され、野路は後ろへとのけぞった。すかさず腹に拳を打ち込まれ、息が止まる。手から特殊警棒が落ち、尻をつくように床に倒れ込んだ。倒れながら、隼の両脚の向こうにさっと視線を流した。

隼が野路に覆い被さってきて、馬乗りになりながら拳を次から次へと繰り出してくる。それを全身で防ぐ。まともに受ければ意識を失うだろうから、なんとかぎりぎりのところでかわす。唾を飛ばし、苛立った目で渾身の力を込めて打ち込んできた。その拳を両手で摑んだ。麻痺のある右手だけでは間に合わないから両手で凌ぐ。放してたまるかと歯を食いしばる。隼は左拳で横腹を殴りつけ、引きはがそうとする。野路は激痛を堪えた。

あともう少し。そう思ったとき動物の本能なのか、隼はふいに殴る手を止め、振り返った。だが、もう遅い。なぎ払われるように体が横に飛んで、仰向けに転がった。野路は素早く身を起こして、肩で息を吐く飯尾の側へと這い寄った。隼が頭に手を当てたまま床に伸びている。

野路は、隼に組み伏せられる瞬間、飯尾が落ちている壊れたパイプ椅子を両手で抱え上げるのを見ていた。自分に注意を向けさせている隙を狙って攻撃してくれたのだが、期待以上の成果を見たようだ。

飯尾が笑いかける。だがすぐに、その顔が硬直し、「なんだ？」と呟いた。野路はさっと振り返った。隼がのそりと半身を起こすのが見えた。そのままゆっくり立ち上がると、瓦礫のなかから長テーブルを引っ張り出し、両手に握った。

「バケモンか、こいつは。脳天にまともに食らったのにまだ動くってか」飯尾は怒りなのか恐れなのかわからない震えた声で吐き、乾いた舌打ちをする。「姉が姉なら、弟も弟だ。なんてやつらだ」

隼の顔は血と怒りで赤黒く染まり、頬の筋肉を激しく痙攣させている。テーブルを胸の高さまで抱え上げると、獣のような吠え声と共に、野路らに投げつけてきた。咄嗟に飯尾を庇おうとしたが、先に突き飛ばされる。飯尾は腰を落とすと、頭だけでも守ろうと両腕を交差させ身構えた。だが、投げられたテーブルは腹を直撃し、衝撃で飯尾は後ろへ飛んだ。仰向けにどうと倒れ、声もなく苦悶に顔を歪める。

「飯尾主任っ」

ぎっと野路は歯を鳴らした。

「この野郎おぉー」

野路は瓦礫の下にあった黒い警棒を拾い上げると、全身に力を入れて床を蹴った。

　隼が体を揺らしながらも両手を突き出してくる。その手が顔に届こうとした寸前、体を低く屈め、隼の股の下に潜り込んだ。そのまま両手で握った警棒を思い切り突き上げた。ぼごっと妙な音がして、隼が動きを止めた。警棒が顎の下にまともに食い込んでいる。倒れ込んでくるところを転がり出て、野路は上から全体重をかけて腕の付け根へと打ち下ろした。骨の折れる音がした。

　紺色の制服を着た化け物が長々と伏し、野路は屈みこんで意識を失っていることを確認する。そのまま両手をひねり上げ、手錠を嵌（は）めようとした。

　いきなり体が揺れて、思わず手を床に突いて支える。顔を左右に振って目を凝らすと廊下が斜めに傾（かし）いでいる気がした。礼美が、「五階が崩れますっ」と叫ぶ。

　野路は素早く立ち上がり、飯尾を抱え起こすと礼美と佐藤の側へと向かう。野路が佐藤を担ぎ、礼美は飯尾に肩を貸す。大丈夫だというが、飯尾の顔からは脂汗が滴（したた）っている。どこかの骨が折れているのかもしれない。

　階段を途中まで下りかけて、足を止めた。三階は葵によって爆破され、壁と天井の一部が壊れて階段を塞いでいた。怪我人を抱えて通り抜けることは難しい。四階の廊下の床面はかろうじて無事だがひび割れ、傾いている。

「非常階段は？」

礼美がいうのに野路は頷き、四階の奥へと怪我人を引きずるようにして向かった。だが、爆破の影響でどこかが歪んだらしく、錠を開けてもドアが開かない。鉄製だから蹴ったり、叩いたりしたところでびくともしない。エレベータは振動を感知して停止していた。くそうと思ったとき、イヤホンから声が聞こえ、耳に装着した。

「窓？　駐車場？」野路が応答するのを礼美が怪訝そうに見つめ、飯尾と共に廊下の割れた窓から外を見下ろした。

「あ」と二人が目を瞠る。野路も佐藤を抱えて近づいた。飯尾が目を細めながら、なんだあれはと呟いた。

31

駐車場に大きな白い紙が広げられている。よく見ると紙ではなく、布のようだ。

イヤホンから木祖川の声が聞こえた。

「野路、助けに行きたくとも庁舎の階段も非常階段も途中で潰れて上がれない」

顔を突き出すようにして下を見た。スカイブルーの制服がいくつも見えた。そして小刻みなエンジン音も。

いつの間にきたのか木祖川が右手を振っていた。耳に携帯電話を押し当てている。

「いいか、野路、よく聞け。爆破の影響で建物のあちこちが崩落を始めている。レスキュー隊を待っている暇はない。今、ここにテントの天幕がある。エステル帆布だから丈夫だ。それを今から白バイの後ろに結んでバイクの力で四方に引き広げる。衝撃吸収マットの代用だ。一応、下にはなるだけ緩衝材になるようなものを集めて敷き詰めているが大して役には立たないだろう」

野路が応える。「そこへ飛び降りろってことですね」

「そうだ」

「わかりました」

礼美と飯尾に説明する。二人の顔色が変わり、「そんな無茶な」と飯尾は呻く。野路は無視し、木祖川に向けていう。

「先に、飯尾さんと山部を飛ばします。佐藤係長は腹を刺されて出血があるので、俺が抱えて飛びます」

「いや駄目だ」

木祖川が怒ったように叫ぶ。「四人一緒に一気に飛ぶんだ」

白バイが同時に、均一になるよう天幕を引っ張ることができても、上からの衝撃を受ければそのバランスは簡単に崩れる。白バイも倒れるだろう。もう一度、天幕を広げて引っ張っている暇はない。チャンスは一度切りだ。

野路が呟くのを、飯尾と礼美は絶句しながら見つめてくる。再び窓から顔を突き出し、

「一度だけ」

野路は下を見た。

六台の白バイがそれぞれ円を描くように配置され、外側を向いている。バイクの後部にはポールがあって上に赤色灯が付いている。そのポールに天幕の帆布の一部が結ばれている。あれは恐らくベルトパーティションのベルト部分だろう。それをガンタッカーで留めてバイクの後部に繋いだ。多くの警察官が協力し作り上げたことが、白バイを遠巻きに夏制服が取り囲んでいることからもわかる。遥香や甲本、温子ら準備室のメンバーに、現場責任者の赤木もいて、みなこちらを見上げていた。

野路は飯尾と礼美に、「飛ぶしかない」と告げる。

ガラスの破片を取り除け、窓枠に礼美と飯尾を座らせる。隣の窓枠に野路が佐藤を前に抱きかかえて半身を出した。再び、イヤホンから木祖川の声が聞こえた。

「安心しろ、野路。天幕を引いているのは特練生だ。俺が指導して育てた連中だ。お前以上の技量と度胸を持っていると信じる」

「はい」

「いいか、合図したら飛べ」

「はい。木祖川さん」

「なんだ」

「感謝します」

「下で聞く。いくぞ」

野路は礼美と飯尾を見やり、「スリーカウントで行きます」といい、二人が頷くのを確認する。佐藤の頭越しに下を見た。

大丈夫だといいながらも、手に汗が滲み出る。喉を鳴らし、大きく息を吸い、吐いた。目をやると飯尾と抱き合うようにして礼美が忙しなく呼吸をしているのがわかる。乱れた髪でその目の色は見えないが、青白い頬が引きつっていた。

「警察官であることを胸に刻み込め。なにがあろうと決して忘れてはならん」

礼美が顔をこちらに向ける気配がした。山部教官の言葉だと告げた。飯尾が小さく笑う。

木祖川が片手を挙げ、白バイ隊員に指示を放つ。

「いいか、徐々にグリップを回せ。ゆっくりりだ」

白い天幕が張りつめてゆく。

「よし。今、均等に張っている。いいか、各自、今の状態をキープしろ。そして俺が合図したら更に速度を五キロ上げろ。いいな、一気に、同時にだ。多くても少なくても、早過ぎても遅過ぎても駄目だ。少しのズレも許されんぞ。いいな、全員が同じ力で引かなきゃ布は上の連中を受け止めるだけの弾性を取れない」

はいっ、と揃った声がする。

「白バイ精鋭の意地を見せろよ。よしっ、引けえぇっ」

エンジンの音がひとつになって盛り上がるような音を上げた。

「野路、今だ、飛べっ」

野路は、3、2、1と声を放つと、足で窓の下の壁を蹴った。目の端に隣の二人が落ちてゆくのが見えた。

32

わぁーという、歓声に似た悲鳴が轟き湧いた。そしてガシャンという大きなものが倒れる音が野路にははっきり聞こえた。

激しい衝撃を背に受けた。一瞬、胸が圧迫され息が詰まった。上側に佐藤の体を抱いているから、その重さも加わっている。だが、骨が折れたような痛みはない。やがて天幕の下の緩衝材を通して、硬い地面を感じた。佐藤の体で視界が塞がっていたが、すぐに目の前が開いた。大勢の人間が寄ってきて佐藤を運び出し、そして野路を両脇から起こしてくれた。

振り返ると飯尾と礼美も、担ぎ上げられるようにして運ばれてゆくのが見えた。その先にバイクが何台か倒れているのが見えた。白バイ隊員も助け起こされている。

強い力で腕を引かれた。木祖川の青ざめた顔が近づいてくる。震える声で囁(ささや)いた。「うまくいくとは思ってなかった」

苦笑いするが、すぐに思い出し、制服の胸の奥にあるタブレットを取り出した。無事だ。それを突き出し、これで葵が連絡していた相手の居場所を確認してくれと叫んだ。

本部の人間らしい男が走ってきて、タブレットを受け取る。どういうことだというので、佐藤係長の家族のことを伝え、すぐに拉致(らち)されている場所を特定し、救助して欲しいと叫んだ。

木祖川が背を伸ばした。

「バイクが無事で動ける者は全員、出動だ」

危ない、という叫び声が上がった。全員、はっと上を見やる。

五階部分と三階部分、その二つに挟まれて負荷を負った四階部分の壁が崩落を始めた。五階の爆破場所である倉庫と三階の爆破場所と思われる階段付近が激しく崩れ落ちる。

全員駆け出し、署の駐車場を飛び出した。規制線が張られていて、機動隊員や神谷署員、消防のレンジャー部隊が周囲を取り囲んでいる。

飯尾が体を二つに折りながらも、本部の人間を捕まえて怒鳴りつけていた。

「葵はどうした、捕まえたのかっ」

「飯尾さん」

聞き覚えのある声に野路も振り返った。

落合と紺野係長が規制線を潜って、こちらに走り寄ってくる姿が見えた。他に津賀署の捜査本部の連中も見えた。全員が呆気に取られたような顔で庁舎を見上げている。

「オチっ、遅(おせ)えぞっ。早く葵を捜せ。あの女、制服を着て、宇都宮警視の振りをしている」

「え。宇都宮警視なら、先ほど」

本部の人間らしい男がびっくりしたような顔で告げる。どこに行った、と落合と飯尾の二人から吊るし上げられ、慌てて指差した。

「避難していただくため、本部の車で離脱されました。恐らく、県警本部に向かったかと」

「バカ野郎、本部に行くわけがあるかっ。追え、葵が逃げたぞ」というなり、崩れるように膝をついた。

「飯尾主任、大丈夫ですか」

大丈夫だと応えた顔は、もう青を通り越して紙のように白くなっている。紺野が、すぐ救急車に乗せろと叫ぶ。

「飯尾さん、隼は？　隼はどうしましたっ」

落合の縋るような声に、ああ、といいながら指を上に向けた。

「五階にいたんだが、たぶん」

「そうですか」と落合は、目を細めるようにして庁舎を見上げた。


白バイ隊員が道幅いっぱいに並ぶ。先頭にいるのは木祖川でＦＪＲに跨っている。ゴーグルを装着し、赤色灯を回した。全ての白バイの赤色灯が点く。回転しながら赤い照射を受けて、周囲がまだらに染まる。

木祖川はマイクを通さず、地声で指示する。

「今から、佐藤警部補の家族が拉致されていると思われる場所へ向かう。場所の詳細については解析次第、連絡が入ることになっている。今は大まかな方向だけを手がかりに走る」

そして、「必ず見つけ、間に合わせる。白バイは誰よりも早く現着する、いいなっ」と手を伸ばし、三本指を立てるとそれを横に振った。

サイレンが大きく鳴り響く。赤い航跡を引いて、青と白の色彩が風を巻いて飛び立った。

野路はそれを見送り、頼みますと呟く。気づくと礼美が横に立っていた。

「間に合って欲しいです」

「きっと間に合うさ」

「白バイだからですか」

「いや」野路は首に巻いていた白いマフラーを外した。

「警察官だからだ」

そういって礼美の頭に被せ、頭頂部近くにある白い素肌を覆う。礼美ははっと目を開き、徐々に弓なりにしていった。

「山部、山部礼美っ」

王寺遥香の悲鳴のような声が後ろから聞こえた。二人同時に振り返ると、遥香が礼美に飛びかかるように抱きついてきた。「目を覚ましたって」

え、と細い目を開く礼美。

「山部教官、意識を取り戻したって。今、連絡が入ったよ」

礼美の白い顔に朱が走り、端整な顔がくしゃりと崩れた。開きかけた唇が声も出せずに小刻みに震える。遥香がふくよかな体でそんな礼美を丸ごと抱えた。肩口に押し当てられたまま、白いマフラーを被った頭はいつまでも揺れ続けた。

33

白いベッドに半身を起こした姿で、飯尾は報告にきた落合を睨みつけた。

まるで落合一人のしくじりだといわんばかりの目つきだ。うんざりした表情こそ浮かべたが、落合もいい訳をしようとは思わないらしく、短く返答する。

「見つからんのですよ」

捜査員らは河島葵が乗ったと思われる本部の車を追った。無線で運転手に戻るよう呼びかけたが、当然ながら応答はなかった。ＧＰＳで車はすぐに発見できたが、パトカーを見ると速度を上げ、たちまち激しい追跡劇が始まった。多くの警察車両に追われながらも、小柄な女が運転する黒い乗用車は憑（つ）かれたように走り続けた。そして追い詰められたと知ると、自ら橋の欄干にぶち当たり、車ごと川へ転落したのだ。

同乗していた他の本部職員らは、葵によって怪我を負わされながらも無事救助された。

その後、警察のダイブレスキュー隊が川のなかを捜索したのだが、河島葵は発見できなかった。下流に流されたのかと捜索範囲を広げたが、今も見つけられずにいる。

「生きているのか死んだのか」

「まさかあれだけの捜査網のなか、泳いで逃げ切れるとは思えませんがね」

「なら、遺体が見つからないのはどういうわけだ」

落合は口を閉じるしかなかった。誰にもわからないのだ。

飯尾は、コルセットで腰から胸まで固定した体を不自由そうに動かし、手を伸ばす。落合が気づいて、床頭台（しょうとうだい）にある水のペットボトルを取って、蓋（ふた）を開けて渡した。

ひと口飲んで飯尾は窓の向こうに目をやった。青い空を鳥が過（よぎ）る。

「わしらは、またしくじったのか」

落合も振り返って空を見上げる。

眩しい日差しに目を細め、もう夏ですな、と呟いた。

現場検証と十二年前に奪われた金の捜索が行なわれ、瓦礫のなかから河島隼の遺体を回収した。姉の葵は三階を爆破した時点で、自分の弟をも見捨てていたのだ。

強奪された金は、駐車場にある機材倉庫近くで見つかった。僅か一メートルほど掘っただけで、シートにくるまれたアルミケースが五個発見された。反社組織が絡んだ金だから、五億以上あるのではと思われていたが、捜査員や鑑識が床一面に広げて数えた結果、十億に近い額になるとわかった。そのことを知って捜査本部の紺野や落合らは、思わず顔を歪めた。

「十億もあったなら、庁舎ひとつぶっ壊してでも回収しようと思っただろうな」

「ええ、もし葵の出所のタイミングが遅れていたら、開署したあと爆破されていましたよ。そうなりゃ、大勢の犠牲者が出たでしょう」

「ぞっとしねぇな」

更に、緊急手術を受けて命を取り留めた佐藤の供述を得て、廃屋に捨てられた宇都宮早織の遺体を発見した。

河島葵は早織に狙いをつけると、まず早織付きである佐藤警部補を利用すべくその妻子を拉致した。ダミーとして雇った男女は、警察の目を逃れて自在に動くためであったが、警備員として工事現場に潜り込ませ、保管する爆薬を盗み出す手伝いもさせた。佐藤の家族をさらったあとは、監視する役目も負った。

葵はタブレットを通して、佐藤の妻子が囚われている姿やときには殴る場面まで見せつけた。抗う気力を奪われた佐藤は、葵のいいなりとなった。協力すれば無事に帰すという葵の約束を疑いながらも、佐藤の疲弊した心では縋りつくしかなかったのだ。

そうして引き入れた佐藤を使って県警本部内の動向を把握すると、葵と隼は姫野署へ出署する日を狙って早織を襲った。入れ替わった葵は佐藤を伴い、何食わぬ顔をして野路と礼美の前に現れたのだった。姫野にきてからの佐藤は、葵を車で送ったあともずっとマンションに留め置かれ、軟禁状態となっていた。

葵は、姫野署開署準備室室長として乗り込んできた日、荷物の搬入に紛れて弟の隼を署内に侵入させようとした。だが、三好温子に気づかれて一度は断念した。翌日、パソコン類に混じって大型家具が搬入されると知って、再び、潜り込ませることにした。それが会議室の書類棚だ。運び入れた棚に隠れ、人気がなくなるのを見計らって会議室の隣にある小倉庫に移動した。

温子が見かけたという不審な男。あれは、カメラが作動していないと思った隼が安易に動き回った姿だった。署長室から野路や礼美の動向を窺っていた葵は、見つかりそうになったことに気づき、すぐに佐藤を向かわせ、隼を非常階段から逃がした。その後あえて庁内点検をすることで、怪しい人間の存在を払拭しようとした。三階の小倉庫で大人しくしていた隼だったが、結局、なにもしないまま署を出ることになった。

山部佑が佐藤に連絡を取ったからだ。電話があったのは、佐藤が葵と共に公用車で帰途についていたときだった。山部と会うことは許したが、携帯電話を繋がった状態にしておくよう指示した。二人の会話を聞いた葵は、山部が不審を抱いたことに気づいた。

温子が聞いた携帯電話のバイブ音は、葵が隼を呼び戻そうと連絡を取ったときのものだろう。すぐに廊下に出た隼だったが、カメラが動いているのに気づいて慌てて引っ込んだ。そのあと恐らく、棚が回収される際に業者に紛れたかして署から抜け出した。

佐藤は、葵に命じられてカメラを動作不能にはしたが、時折、稼働するよう微妙な細工を施していた。残念ながらカメラに映ったのが誰なのか、なにを意味するのかまでは野路らは推し量れなかったが、佐藤は佐藤で、ぎりぎりのところで抵抗していたのだ。

翌日の三十日は外部の人間の出入りはなく、防犯カメラも動いていたから侵入できなかった。そして、準備室室長による最終チェックの日を迎えた。

早織の振りをした河島葵は、時間をかけて庁内巡視を行なった。準備室メンバーは全員、部屋のなかで待機していなければならなかった。野路だけでなく礼美も随行することになり、代わりに佐藤が一階に居残ることになった。窓口には交通規制係が一人いるだけで、防犯カメラのモニターを見ているのは佐藤のみとなった。河島隼はその時間を狙って、再び署内に侵入したのだ。大胆な行動だったが、他に方法はなかったのだろう。入ってしまえば、あとは倉庫かトイレにでも潜んでいればいい。巡視が終われば、もうどこも点検されることはないのだから。

佐藤は、葵らが庁舎内に隠した現金を回収しようとしていることには気づいていたが、まさか爆薬まで用意しているとは思わなかった。セレモニーの当日、葵と隼が電話でやり取りする話を耳にし、ことの重大さに気づき、倉庫に閉じ込められた飯尾と礼美を助けに走った。佐藤の、警察官としての使命と矜持が、これ以上の犠牲を払うことを敢然と拒んだのだ。

河島隼は遺体となって発見されたが、葵は今もって見つからない。

検察の考えでは被疑者死亡で不起訴処理とするか、未解決として継続するかどちらかだという。世間を騒がせた事件だけに、県警本部の上層部は解決を欲した。河川周辺の捜索をある程度すませた時点で、被疑者死亡で終わらせることになるというのが大方の予想だ。

「前代未聞の非道な犯罪だからな。それなりの終結を見せないわけにもいかないんだろう」

礼美がいつものヘアスタイルで、白い額に皺を作っていう。

「野路さん、冷静なんですね。もっと感情的になられるかと思ってました」

河島姉弟を生きて捕縛できなかったのは、野路とて悔しい。

「一番無念に思っているのは、飯尾主任や捜査本部の人間だろう。犯罪を憎んで恐れる気持ちは同じだが、俺は助かった命を思う方がいい。救えた命を数えて、それが少しでも多いことを喜びたいんだ」

今回の事件で多くの被害者を出し、死者まで出た。姉弟は共に冷徹で非道な人間だ。犯罪計画を立てるのは主に葵で、弟は武闘派で実行犯。だが、長く世間から隔絶していたことで、葵も昔のように狡猾で悪達者な犯罪者とはいかなかった。開署日という期限もあったし、手足となる隼の出所も四月中旬と遅れたことも影響した。

事件の計画から実行まで、周到に張り巡らせたようでいてあちこち綻びがあった。隼を署に侵入させたものの脱出させることになったり、その隼の不手際で野路らに不審を抱かれたり。佐藤を動かすことで余計に怪しまれることにもなった。だがそんな粗雑な計画であったがため、救われた命があるのも事実だ。

佐藤警部補の妻子を拘束していた男女は大金で雇われたに過ぎず、さすがに人殺しまではする気がなかった。木祖川ら白バイが監禁場所に到着すると、サイレン音に驚いて慌てて逃げ出した。当然、捜査車両が追ってすぐに逮捕となった。佐藤の妻と幼い娘は怪我を負ってはいたが無事助け出された。

エピローグ

八月――。

姫野署のあった場所から少し離れたところに、プレハブの仮庁舎が建てられた。

臨時の警察署で実際、業務のほとんどは神谷署が受け持つことになる。出先機関のようなもので、運転免許の受付や道路使用の許可関係、相談の窓口などの限られた部署しかない。働く人員も十人程度だ。

責任者として神谷署の総務課長であった赤木警部が就いた。野路明良と山部礼美は引き続き総務を担当する。

野路は出署するなり、大きく窓を開け放った。

プレハブの建物は高温と湿気で蒸し風呂状態になっているから、ひとまず空気を入れ替え、多少温度を下げてから冷房を入れる。冷房が効き出すまで、青いシャツに汗染みが広がるのをじっと我慢する。

玄関の引き戸を開ける音と一緒に呻くような声がした。

「くそあっついなぁ。クーラー、動いてるのかぁ？　病み上がりの体に、この暑さはこたえるんだよ」

野路が無視していると更に文句をいう。

「おい、野路よ。クーラーはひと晩じゅうつけておいたらいいんじゃないか。そうすりゃ、朝きても涼しいし」

わざと大きくため息を吐き、「そんなことできるわけないじゃないですか、飯尾主任」といって引き出しから団扇（うちわ）を取り出す。礼美が部屋の隅にある扇風機のスイッチを入れると、飯尾はシャツの襟を広げながら羽根の前に陣取った。腰にコルセットを装着していて、激しい運動は禁じられている。回復するまでは、この仮庁舎で刑事事件の相談窓口を担当することになった。準備室のときは暇でいいと喜んでいたが、各段に環境の落ちるプレハブでは話も違ってくるらしい。以前の宇藤のように、文句や愚痴（ぐち）ばかりこぼしている。顔を扇風機に向けたまま、「真面目だなぁ、誰も気づきゃしないだろうにぃ」と声を震わせる。

「飯尾主任、残念だけど確実にバレますよ」

パーティションで仕切っただけの更衣室から、王寺遥香巡査部長が制服の襟を整えながら出てくる。遥香は元来、交通指導係の主任だが、免許更新や送致係の経験もあるので、姫野仮庁舎へ抜擢されてきていた。

「なんで」と飯尾が訊く。

「知らないんですか？　時どき、交番の警官が見回りにきているんですよ。つけっぱなしにしていたら神谷署に報告されちゃいますよ」

「なんとまあ、余計なことを。神谷の地域課にいって、ここの警らはスルーするようにしてもらえ、野路」

「止めてくれ、飯尾さん。わたしの首が飛ぶ」

引き戸を開けて入ってきたのは、この仮庁舎の責任者である赤木警部だ。飯尾を押しのけるようにして扇風機の前に立ち、汗を拭う。

「ただでさえ責任を取らされてプレハブ勤めになってんだ。これ以上なんかあったら、わたしは僻地に飛ばされる」

満更、冗談でなく顔色を変えるのを見て、遥香と礼美は視線を交わし、くすりと笑う。

「お早うございます」

入ってきたのは宇藤係長で、赤木にだけちゃんと挨拶をし、他の面々には顎を軽く振るだけだ。それでも事件以来、毒気を抜かれたように大人しくなって、生安課の相談担当として粛々と務めている。ハンカチで汗を拭いながらパーティションの奥へと向かった。

「そろそろ時間だ。じゃ、ちょっと行ってきます」

野路は団扇を置いて立ち上がる。赤木や飯尾、遥香や礼美からご苦労さん、いってらっしゃいと見送られ、玄関から外に出た。

朝、工事の始まる時間に自転車を漕いで現場へ行くのが日課となっている。鍵を開けて作業員の様子を見たあと、またプレハブ庁舎に戻って、準備室でしていたような業務をこなす。仮庁舎の管理と雑用、署員のフォローといったところだ。そして夕方になるとまた現場に行き、作業員を見送って戸締りをする。

机の上に小型扇風機を並べ、ペットボトルの水を一気に飲んだ赤木が、現場から戻った野路に声をかけてきた。

「どうだ、様子は」

「順調です。問題ありません」

いつもと同じ、いつもの会話だ。

昼を過ぎるころには建物全体が熱せられ、冷房もほとんど効かなくなる。礼美でさえ額に汗を浮かばせ、首筋に冷たいタオルを押し当てていた。風が入る方がマシだから窓は開けている。玄関扉も開けようと野路が立ち上がったとき、外から賑やかな声がした。

「お疲れさまです」「お疲れさまでーす」

　甲本と三好温子が揃って顔を出した。途中で会ったという。二人は事件後、神谷署へ戻っていたが、仕事のついでといっては時どき立ち寄る。声を聞きつけたらしく、奥から遥香や飯尾主任も出てきた。

「アイス買ってきました」

「スポーツドリンクの差し入れです」

　赤木が、仕事中だぞと渋い顔をするが、遥香が、「署員以外、誰もいませんけど」といって温子からドリンクを受け取った。それを見て飯尾も甲本からアイスをもらい、額に当てたあと隅でぱくぱく食べ始める。宇藤や他の署員もそれぞれもらって、パーティションの向こうで細(ささ)やかな涼を取った。

　礼美は温子からドリンクを受け取ると、二人でなにやら熱心に話を始めた。生安の仕事に興味があるのか、色々訊いている。二人で飲みに行ったこともあるらしい。遥香と一緒に昼の弁当を食べているときなど、声を上げて笑っているのを何度も聞いた。以前にはなかった声だ。事件が終わってから、山部礼美の白い顔には笑顔が多く浮かぶようになった。そう思っているのは野路だけではないだろう。

　赤木もアイスを食べながら、甲本に神谷署の様子を尋ねている。飯尾が横から口を挟む。

「課長、プレハブの屋根に覆いを被せてもらったらどうです。ちょっとはマシになる。本部か神谷署に頼んでくださいよ」

遥香が、「大した仕事していないんだから我慢するしかないですよ」と背中をどんと叩く。

飯尾は大袈裟(おおげさ)に痛がる。「ちぇっ。帰りに冷たいビールでも飲まないとやってられんな」

「飯尾主任、体に障(さわ)りますよ」

「今日はいいんだよ、金曜の夜だけはいいって医者がいったんだ」

「どこの医者ですか」

「三戸部の落合庄司先生」

どうと笑いが弾ける。野路も笑いながら、壁のカレンダーを見上げた。明日は土曜日だ。そう思うだけで胸の奥が弾む気がした。

秋には全国白バイ安全運転競技大会が行なわれる。本選出場メンバーが決まり、この夏いっぱい土日を含め、集中的に訓練を行なう。その指導にこないかと誘われたのは、事件が終わってひと月ほどしてからだった。プレハブの仮庁舎を見学しにきたと、ＦＪＲに乗った木祖川が一人で訪ねてきたのだ。

『俺がですか』

『お前ほどの適任はおらんだろう』

『ですが』と言葉を詰まらせていると、礼美の視線とぶつかった。なにかいわれるな、と構えていたが、礼美は小さな口を閉じて横を向いた。

木祖川がいった。『松村は今回のメンバーのなかでは一番期待できるんだが、バランスが今ひとつだ』

『………』

『自動車道の壁高欄を走り抜けるような人間から指導を受けたら、うまくなれるかもしれませんね、っていっていたぞ』

野路が驚いて顔を上げると、なぜか礼美が顔じゅういっぱいに笑みを広げていた。それからは、土日に交通機動隊まで出向き、指導に当たっている。

窓に当たる陽が僅かに色を変えた。

礼美が仕事をひとつ終わらせ、赤木の決裁をもらう。何気なく壁のカレンダーに目をやり、それを見た赤木が声をかけた。

「いつ退院だっけ？」

「来週末の予定です」

「そうか。しばらくは家だな」

「はい」

山部佑は退院の目処がつき、自宅療養することになった。佐藤諄一警部補はもう少しかかるらしい。

「野路、退院されたら挨拶に行けよぉお」

いつの間にきたのか、また扇風機の前に陣取った飯尾が震えた声でいう。

「病院に何度も見舞いに行きましたよ」

「そうじゃない。飯でも食いながら相談に乗ってもらえっていってるんだ」

「相談？」

「ああ、これからのこととかな」

その言葉に赤木もふむふむと頷く。

新庁舎が再建されれば、異動することになる。野路や礼美、飯尾ら準備室メンバーは事件における功績を認められ、希望の部署に異動できるといわれていた。

視線が右手へ落ちかける。それを遮るかのように明るい声が飛んできた。

「わたし、こう見えて料理は得意なんです」

野路だけでなく、飯尾や赤木も戸惑うように礼美を見る。

「こられるときは前もって知らせてください。材料を買って下ごしらえしておきますから」

　飯尾が礼美を見つめ、まるで父親のような顔で頷いた。

「嫌いなものはありますか？」

　野路は掌を拳にして、ぐっと力を入れた。

「ない。なんでも食べる。楽しみにしている」

　野路に対し、厳しい目を向ける人はいなくならないだろう。だが、そんな一部の人らのことよりも、もっと大きく広い視線を持って働こう。俺は、警察官だ。そのことをもっと強く、胸に刻み込むんだ。

　礼美が笑顔のまま、時計を指差す。

「野路さん、そろそろ工事現場に行く時間です。夕方の戸締りお願いします」

　がっくり肩を落とし、小さく息を吐くと自転車の鍵を握って立ち上がった。

　外に出た途端、掌で口を塞がれたかのような熱気に包まれた。アスファルトの上に立つと、沸騰した湯に足をつけているかのようだ。こめかみから顎へと汗が伝い落ちる。掌で拭って制帽を被り、自転車に跨った。ペダルを強く踏み込み、道路の端を軽快に駆ける。街路樹から山吹色の木漏れ日が注ぎ、温い風が上半身をなぶってゆく。

少しでも涼しくなろうとスピードを上げかけたとき、聞き慣れたエンジン音が後ろから近づいてくるのがわかった。振り返る間もなく、一瞬のうちに青と白の色彩が真横を走り抜けた。あっという間に遠ざかる。

すぐに強い風が吹き寄せ、野路の肩を叩くようにして通り過ぎていった。

解説――警察ミステリに新風を吹き込む注目のシリーズ、好発進！

ときわ書房本店　宇田川拓也

本稿に取り掛かった二〇二一年七月、大阪府に堺市中区全域を管轄とする新たな警察署――中堺警察署が新設された。総工費およそ三十二億円を投じた新庁舎は地上七階建て、約二百人の署員を擁し、十二万人が暮らす街の安全と安心を守ることになる。また山梨県では同年五月、旧韮崎警察署の老朽化に伴い、甲斐市へ庁舎を移転。新たに甲斐警察署としての業務がスタートしている。

身のまわりでそうそう起こることではないが、斯様に警察署の新設・開署は時代の流れや地域の変化に応じて適宜行なわれているようだ。

しかし、こうした新たな警察署完成までの期間、その地域で様々な違反行為がなくなるわけでも、犯罪者の動きがピタリと止まるわけでもない。事件は常に警察の都合などお構いなしに発生し、警察官はそれぞれの立場で事に当たらなければならない。それがたとえ、立ち上げ準備どころではない前代未聞の極めて重大なものだったとしても――。

松嶋智左『開署準備室　巡査長・野路明良』は、開署を間近に控えた新警察署にスポットを当てた群像劇であり、過去と現在に跨(また)がる凶悪犯罪に立ち向かうことになる長編作品である。これまでにも主要キャラクターが新たにできた警察署に所属している作品は複数存在するが、開署以前の準備段階から描いたケースは珍しい。百花繚乱(ひゃっかりょうらん)の警察小説ジャンルで、まだこの手があったかと思わず膝を打った。

舞台となるのは、東京からそれほど遠くないＹ県姫野(ひめの)市。三つの地域をひとつに合併してできた新しい市で、そこに地上五階建ての「姫野警察署」が新設されることになる。タイトルロールになっている人物——野路明良は、県警本部内に作られた臨時部署「開署準備室」に総務担当として配属された三十歳の巡査長だ。

とはいえ、野路はそもそも総務の人間ではない。県警本部交通機動隊所属の白バイ隊員。それも日本全国から選び抜かれた人間が出場し、高度な技量を競い合う「全国白バイ安全運転競技大会」で、団体、個人ともにトップの成績を収めるほどの凄腕(すごうで)だった。ところが、ある事故により重傷を負い、一命はとりとめたものの、バイクを繊細に操る際に不可欠な右手の中指と薬指が後遺症で思うように動かなくなってしまう。九か月の療養を終え、復帰という形での開署準備室への赴任(ふにん)だったが、それはつまり白バイ隊員としての終わりを意味し、開署を見届けたのち辞表を出そうと考えていた。

この意気消沈している野路が、準備室室長である三十九歳のキャリア警視——宇都宮早(うつのみやさ)

織の監督指示のもと、刑事課最年長主任の飯尾や細身で日本人形のように整った顔立ちの若手巡査である山部礼美ら準備室のメンバー、そして野路よりふたつ年下で警備課巡査の甲本、交通課を主に拝命二十年目を迎える交通指導係の王寺遥香たちと接しながら、あと四日に迫った開署に向け、備品什器類や事務機器の搬入、開署セレモニーの準備等を進めていく。

いっぽう、遡ること約一か月前。Y県北部に位置する標高五百メートル余の山で、ハイキングに訪れた登山客が偶然、ひとの骨らしきものを発見する。調べてみると、死後十年前後が経過した男性の骨であることが判明。頭蓋骨には殴打された痕があり、土中に埋められていた点から、捜査本部は殺人と断定して被害者の身元特定を急ぐ。

すると遺留品のボールペンと刑事課強行犯係のベテラン主任である落合のアシストにより、十二年前に起きた現金輸送車襲撃事件が浮上する。警備会社の車を狙った襲撃犯三名のうち、首謀者である河島葵、その弟の隼は逮捕。奪った五億円とともにただひとり消えた容疑者、それが白骨となって見つかった男――平田厚好だった……。

野路たち準備室の面々による仕事と、ふたたび動き出した十二年前の大事件。交わりそうにないふたつの流れが、いったいどのように結びつき収斂していくのか。物語を追うなかで目を惹くのは、複数の登場人物たちを的確に動かし掘り下げていく目配りと様々な趣向やエピソードを整然と盛り込んでみせる抜群の手際のよさだ。

著者の小説家としてのキャリアを振り返ってみると、二〇〇五年の北日本文学賞と二〇〇六年の織田作之助賞、ふたつの受賞歴があるが、ミステリシーンに初めてその名を印象づけたのは、二〇一七年に第十回島田荘司選 ばらのまち福山ミステリー文学新人賞を受賞し、翌年刊行された『虚の聖域 梓凪子の調査報告書』だ。元警察官の女性探偵が甥っ子の死を調べることになるハードボイルドテイストな作品で、さらに二〇一九年には主人公である梓凪子の警察官時代に遡り、中国領事館職員とのひと探しに加え、連続殺人事件との関与、刑事課・警備課の縄張り争いまでもが盛り込まれた『貌のない貌 梓凪子の捜査報告書』を上梓している。

このデビュー二作目で早くもその手際のよさを垣間見せているが、二〇二〇年刊行の文庫書き下ろし長編『女副署長』ではさらにその才能が進化し、著者の名を一段と押し上げる高い評価を獲得している。この作品は、県内初の女性副署長として赴任してきた田添杏美警視が、接近する大型台風の対策に追われるなか、なんと署の敷地内で警部補が刺殺される事件が発生。防犯カメラの映像に犯人らしき人物は映っておらず、警察関係者による内部犯の疑いが――という内容で、警察署が舞台の群像劇、不可解な殺人事件の謎、交通が麻痺するほどの自然災害の脅威、閉鎖空間での犯人探し、さらには……と盛りだくさんの要素を、詰め込み過ぎの愚に陥ることなく見事に活かし、まとめ上げてみせた。その手腕が本作でも十二分に発揮されている。

また、もうひとつ特筆すべき美点として、まっすぐな熱がもたらす心地よさを挙げておきたい。人間的に難のある職員も登場するが、改めて物語全体を俯瞰すると、野路が警察学校時代にある大きな過ちを犯した際、副担当教官から告げられた「警察官であることを胸に刻め。なにがあろうと決して忘れてはならん」という愚直なまでに熱く強い言葉が通底していることに気付く。だからこそ、前を向くことができなくなってしまった野路の変化と覚悟やベテラン刑事が抱く解決できなかった事件への悔恨と執念のひとつひとつが胸に迫ってくるのだ。

ちなみに、この熱が最高潮を迎える物語後半の見せ場で白バイが登場するのだが、あのモンスターマシンを操るとはこういうことか——と肌で感じるような一連の描写の上手さには舌を巻くに違いない。それもそのはずで、著者は元警察官というだけでなく日本初の女性白バイ隊員だった異色の経歴を持っており、まさに本作は小説家としての才能と警察官時代の経験が存分に活かされた作品といえるだろう。

ところで、本作はシリーズの第一弾として構想されており、今後も続刊が予定されているという。本編を読む前にこの解説を目にしている方のなかには、確か開署まで四日しかないのにどうやって「開署準備室」の話を膨らませて続けていくのか——と首を傾げる向きもあるかもしれない。真相はぜひその目で直接ご確認いただきたいが、筆者はある場面でまさかと目を疑い、思わずその方向性を理解するまで何度か読み返してしまった。とはいうものの、『虚の聖域　梓凪子の調査報告書』以降の著作を振り返ると、その理解（予想）はあっさり覆されてしまうのかもしれない。梓凪子の物語が第二弾でガラリと作風を変えたように、前述の『女副署長』も続編『女副署長　緊急配備』（二〇一一年）では舞台を過疎化が進行した小さな町に移し、新たな面白さを引き出している。さて、どのような続編をこれから用意してくれるのか、いまから愉しみでならない。

おっと愉しみでならないといえば、悪役についても触れておかなければならない。優れたシリーズには主人公に負けないくらい忘れがたい強力な敵の存在が不可欠だ。本作ではあまりにも大胆不敵な策を行使し、姫野警察署を危機に陥れた強烈な犯罪者が登場したが、それに勝るとも劣らない手強い犯人が現れるのか、あるいはバットマンにおけるジョーカーのような宿敵が構想されているのか。勝手な想像をお許しいただけるなら、野路に負けないくらい大型バイクを自在に操る敵との対決というのも面白いかもしれない。

とにもかくにも、警察ミステリに新風を吹き込む注目のシリーズが走り出した。その目の覚めるような好発進を見逃してはならない。

（本作は書下ろしです）

開署準備室

一〇〇字書評

切り取り線

購買動機（新聞、雑誌名を記入するか、あるいは○をつけてください）	
□（　　　　　　　　　）の広告を見て	
□（　　　　　　　　　）の書評を見て	
□ 知人のすすめで	□ タイトルに惹かれて
□ カバーが良かったから	□ 内容が面白そうだから
□ 好きな作家だから	□ 好きな分野の本だから

・最近、最も感銘を受けた作品名をお書き下さい

・あなたのお好きな作家名をお書き下さい

・その他、ご要望がありましたらお書き下さい

住所	〒				
氏名		職業		年齢	
Eメール	※携帯には配信できません		新刊情報等のメール配信を 希望する・しない		

この本の感想を、編集部までお寄せいただけたらありがたく存じます。今後の企画の参考にさせていただきます。Eメールでも結構です。

いただいた「一〇〇字書評」は、新聞・雑誌等に紹介させていただくことがあります。その場合はお礼として特製図書カードを差し上げます。

前ページの原稿用紙に書評をお書きの上、切り取り、左記までお送り下さい。宛先の住所は不要です。

なお、ご記入いただいたお名前、ご住所等は、書評紹介の事前了解、謝礼のお届けのためだけに利用し、そのほかの目的のために利用することはありません。

〒一〇一－八七〇一
祥伝社文庫編集長　清水寿明
電話　〇三（三二六五）二〇八〇

祥伝社ホームページの「ブックレビュー」からも、書き込めます。
www.shodensha.co.jp/bookreview

祥伝社文庫

開署準備室(かいしょじゅんびしつ) 巡査長(じゅんさちょう)・野路明良(のじあきら)

令和 3 年 9 月 20 日　初版第 1 刷発行

著　者　松嶋智左(まつしまちさ)

発行者　辻　浩明

発行所　祥伝社(しょうでんしゃ)

東京都千代田区神田神保町 3-3
〒101-8701
電話　03（3265）2081（販売部）
電話　03（3265）2080（編集部）
電話　03（3265）3622（業務部）
www.shodensha.co.jp

印刷所　堀内印刷
製本所　積信堂

Printed in Japan ©2021, Chisa Matsushima ISBN978-4-396-34758-1 C0193

祥伝社文庫の好評既刊

五十嵐貴久　炎の塔

超高層タワーに前代未聞の大火災が襲いかかる。最新防火設備の安全神話は崩れた――。究極のパニック小説！

五十嵐貴久　波濤（はとう）の城

沈没寸前の超豪華客船。巨大台風と熱風、猛火が閉じ込められた人々を襲う！諦めない女性消防士が血路をひらく！

五十嵐貴久　ウェディングプランナー

夢の晴れ舞台……になるハズが!? 結婚式のプロなのに自分がマリッジブルーに。さらに、元カレまで登場し――。

宇佐美まこと　愚者（ぐしゃ）の毒

緑深い武蔵野、灰色の廃坑集落で仕組まれた陰惨な殺し……。ラスト1行まで震えが止まらない、衝撃のミステリ。

宇佐美まこと　死はすぐそこの影の中

深い水底に沈んだはずの村から、二転三転して真実が浮かび上がる。日本推理作家協会賞受賞後初の長編ミステリー。

宇佐美まこと　黒鳥の湖

十八年前、〝野放しにした〟快楽殺人者が再び動く。人間の悪と因果を暴くミステリー。二十一年七月ドラマ化。

祥伝社文庫の好評既刊

富樫倫太郎　生活安全課0係　ブレイクアウト

行方不明の女子高生の電話から始まった三つの事件は杉並七不思議がカギを握る!?　天才変人刑事の推理は？

富樫倫太郎　特命捜査対策室　警視庁ゼロ係　小早川冬彦❶

警視庁の「何でも相談室」に異動になった冬彦。新しい相棒・寺田寅三(てらだとらみ)とともに二十一年前の迷宮入り事件に挑む！

中山七里　ヒポクラテスの誓い

法医学教室に足を踏み入れた研修医の真琴(まこと)。偏屈者の法医学の権威、光崎(みつざき)とともに、死者の声なき声を聞く。

中山七里　ヒポクラテスの憂鬱(ゆううつ)

全ての死に解剖を――普通死と処理された遺体に事件性が？　大好評法医学ミステリーシリーズ第二弾！

東川篤哉　ライオンの歌が聞こえる　平塚おんな探偵の事件簿2

湘南の片隅でライオンのような名探偵エルザと助手のエルザの本格推理が光る、ガールズ探偵ミステリー第二弾！

東川篤哉　ライオンは仔猫に夢中　平塚おんな探偵の事件簿3

金髪、タメロ、礼儀知らずの女探偵。でも謎解きだけ(?)は一流です。型破りなガールズ探偵シリーズ第三弾！

祥伝社文庫の好評既刊

樋口明雄
ダークリバー
あの娘に限って自殺などありえない。真相を探る男の前に、元ヤクザの若者と悪徳刑事が現れて……？

樋口明雄
ストレイドッグス
昭和四十年、米軍基地の街。かつての仲間たちが暴力の応酬の果てに見たものは——。

矢月秀作
D1 警視庁暗殺部
法で裁けぬ悪人抹殺を目的に、警視庁が極秘に設立した〈暗殺部〉。精鋭を擁する闇の処刑部隊、始動!!

矢月秀作
警視庁暗殺部 D1 海上掃討作戦
遠州灘沖に漂う男を、D1メンバーが救助。海の利権を巡る激しい攻防が発覚した時、更なる惨事が！

渡辺裕之
怒濤の砂漠 傭兵代理店・改
米軍極秘作戦のため、男たちはアフガンへ。しかしその道中、仲間の乗る軍用機に異常事態が……。

渡辺裕之
紺碧の死闘 傭兵代理店・改
反国家主席派の重鎮が忽然と消えた。コロナ禍の混乱下、世界を恐怖に陥れる謀略が……。

〈祥伝社文庫　今月の新刊〉

長岡弘樹
道具箱はささやく
『教場』『傍聞き』のエッセンスのすべてがここに。原稿用紙20枚で挑むミステリー18編。

西村京太郎
十津川警部　長崎　路面電車と坂本龍馬
グラバーが長崎で走らせたＳＬを坂本龍馬が破壊した!?　歴史に蠢く闇を十津川が追う！

松嶋智左
開署準備室　巡査長・野路明良
姫野署開署まであと四日。新庁舎で不審事が続発する中、失踪した強盗犯が目撃されて……。

南　英男
突撃警部
警官殺しの裏に警察を蝕む巨悪が浮上。心熱き特命刑事真崎航のベレッタが火を噴く！

笹沢左保
取調室2　死体遺棄現場
事件解決の鍵は「犯人との会話」にある。〝落としの達人〟はいかにして証拠を導き出すか!?

長谷川　卓
柳生双龍剣
熊野、伊勢、加賀……執拗に襲い掛かる異能の忍者集団。〝二頭の龍〟が苛烈に叩き斬る！

澤見　彰
鬼千世先生　手習い所せせらぎ庵
薙刀片手に、この世の理不尽から子供を守る。熱血師匠と筆子の温かな交流を描く人情小説。